21 世纪高等职业教育计算机系列规划教材

计算机应用基础

肖　甘　邱绪桃　李　鹏　主　编

電子工業出版社

Publishing House of Electronics Industry

北京 · BEIJING

内 容 简 介

高职课程基于工作过程的教学是由实践来确定典型的工作任务,并为实现任务目标而按完整的程序进行的教学活动,本书正是在这样的思想指导下编写的。

本书为高职高专院校计算机应用基础课教材,介绍计算机基础知识,并把 Windows XP 操作系统、Word 2003 字处理、Excel 2003 电子表格、PowerPoint 2003 幻灯片、计算机网络、常用工具软件使用等内容进行重点介绍,每章均有习题。附录还提供了 5 套模拟题,供学生巩固所学知识之用。

本书可作为高等院校计算机公共基础课程教材,也可作为参加计算机基础知识和应用能力等级考试人员的培训教材。

图书在版编目(CIP)数据

计算机应用基础/肖甘,邱绪桃,李鹏主编. —北京:电子工业出版社,2011.9
(21 世纪高等职业教育计算机系列规划教材)
ISBN 978-7-121-14243-7

Ⅰ. ①计… Ⅱ. ①肖… ②邱… ③李… Ⅲ. ①电子计算机-高等职业教育-教材 Ⅳ. ①TP3

中国版本图书馆 CIP 数据核字(2011)第 153663 号

策划编辑:徐建军
责任编辑:徐建军   特约编辑:俞凌娣
印   刷:涿州市京南印刷厂
装   订:涿州市桃园装订有限公司
出版发行:电子工业出版社
          北京市海淀区万寿路 173 信箱   邮编 100036
开   本:787×1 092   1/16   印张:15.25   字数:390.4 千字
印   次:2011 年 9 月第 1 次印刷
印   数:4 000 册   定价:29.00 元

凡所购买电子工业出版社图书有缺损问题,请向购买书店调换。若书店售缺,请与本社发行部联系,联系及邮购电话:(010)88254888。

质量投诉请发邮件至 zlts@phei.com.cn,盗版侵权举报请发邮件至 dbqq@phei.com.cn。

服务热线:(010)88258888。

前　言

本书是参照"计算机应用基础"课程教学基本要求和计算机等级考试（一级 Windows XP/Office 2003）大纲要求，紧密结合高等职业教育培养应用型人才目标的要求，针对目前我国高职、高专教育的特点和高职类基础知识课程改革热点而编写的。这是一本能明确针对学生特点，分析工作实际过程，兼顾等级考试，并能为后续课程打下牢固基础的计算机基础教材，它根据国家高职、高专教育文件精神，符合高职、高专教育特色，体现高职、高专教育水平，最终达到实用型人才培养目标要求。

"计算机应用基础"这门课程对于高等职业教育的学生来说，既是一门公共基础课程，又是一门基本技能培养与训练的课程。通过对本课程的学习，一方面可以使学生掌握有关计算机的基本常识；另一方面可以训练学生操作计算机的基本技能，如中英文输入技能、简单的计算机软、硬件维护能力、办公软件的使用、常用工具软件使用等。本着此目的，我们组织了一批长期在高职院校计算机教学一线工作的教师，共同编写了这本《计算机应用基础》，同时，为了适应现代教育的发展，符合高等职业教育院校非计算机专业学生的学习要求，在本教材的编写上充分体现了理论够用为度，重点突出技能培养与训练的要求，并根据各种技能结构要求编排内容。

本书基于 Windows XP 操作系统及 Office 2003 编写，强调知识性与实用性，共 7 章，主要内容包括：计算机基础知识、Windows XP 的基本操作、文字处理软件 Word 2003、电子表格处理软件 Excel 2003、演示文稿处理软件 PowerPoint 2003、计算机网络基础、常用工具软件使用等。

本书的教学目标是使读者掌握一定的计算机基础理论知识和具有实践操作能力。因此，在内容的安排上以培养基本应用技能为主线，通过大量的案例及丰富的图解说明，介绍计算机应用的相关知识。本书取材内容丰富，语言简练，通俗易懂。

读者使用本书时，要认真学习各章介绍的内容，通过对书中实例的解析来巩固所学的知识。同时，在学习的过程中要牢记书中的注意点，这往往都是容易出错的部分。在理解并掌握所学的知识后，独立完成每章后所附的练习题，通过自我测试，找到自己学习中存在的薄弱环节。

本书可作为高等院校计算机公共基础课程教材，也可作为参加计算机基础知识和应用能力等级考试一级考试人员的培训教材。

本书由成都纺织高等专科学校的肖甘、邱绪桃、李鹏担任主编。其中，第 1、2 章由肖甘编写，第 3~5 章及附录由邱绪桃编写，第 6、7 章由李鹏编写。费玲玲、刘丽萍、陈谊、李繁等也参加了本书的编写工作，全书由肖甘负责统稿。四川石油大学计算机学院黎明教授负责审稿，张丰满教授作为本书编写顾问对本书的编写工作提出了宝贵建议。

为了方便教师教学，本书配有电子教学课件，请有此需要的教师登录华信教育资源网（www.hxedu.com.cn）免费注册后进行下载。如有问题，可在网站留言板留言，或与电子工业出版社联系（E-mail:hxedu@phei.com.cn）。

由于对项目式教学法正处于经验积累和改进过程中，同时，由于编者水平有限和时间仓促，书中难免存在疏漏和不足。希望同行专家和读者能给予批评和指正。

编　者

目　　录

第 1 章　计算机基础知识

计算机是人类社会 20 世纪最伟大的发明之一，其应用已渗透到社会生活的各个领域，在不同的领域发挥着巨大的作用。现在，计算机已成为人类工作和生活中不可缺少的工具，掌握以计算机为核心技术的基础知识和应用能力，是现代大学生应具备的基本素质。

本章主要内容

📖 计算机的发展和应用

📖 计算机中信息的表示

📖 计算机系统的组成

📖 微型计算机的硬件系统

📖 病毒与计算机维护

1.1　计算机概述

本章主要从计算机文化的角度，通过对计算机的产生发展、计算机的特点和应用、信息技术基础知识的学习，使大家对计算机及信息技术有一个初步的了解。

1.1.1　计算机的发展史

1946 年，世界上第一台电子计算机诞生于美国宾夕法尼亚大学，名叫 ENIAC（Electronic Numerical Integrator And Calculator），全称"电子数字积分计算机"。计算机的产生是 20 世纪最重要的科学技术事件之一，现代计算机技术在半个多世纪的时间里获得了惊人的发展。

从第一台计算机出现到目前为止，计算机的发展经历了 5 个阶段。

第一代计算机（1946 年—1957 年），称为"电子管时代"。

第二代计算机（1958 年—1963 年），称为"晶体管时代"。

第三代计算机（1964 年—1970 年），称为"集成电路时代"。

第四代计算机（1971 年—1990 年），称为"大规模集成电路时代"。

第五代计算机（1991 年至今），习惯上被称为新一代计算机。

1. 第一代计算机，电子管时代

基本逻辑电路由电子管组成，主存储器采用延迟线或磁鼓，软件方面没有操作系统，用机器语言或汇编语言编写程序。每秒运算速度仅为几千次，内存容量仅几千字节，且体积庞大，造价高，主要用于数字计算。

2. 第二代计算机，晶体管时代

基本逻辑电路由晶体管电子元件组成，内存所使用的器件大多是磁芯存储器。运算速度达每秒几十万次，内存容量扩大到几十千字节。软件也有很大发展，开始使用高级语言和操作系统。除了进行数字计算外，还用于数据处理和事务处理。

3. 第三代计算机，集成电路时代

基本逻辑电路由中小规模集成电路组成，运算速度每秒可达几十万次到几百万次。主存储器开始使用体积更小、性能更可靠的半导体存储器，操作系统和程序设计语言日趋成熟。计算机的处理图像、文字和资料功能加强。

4. 第四代计算机，大规模集成电路时代

采用大规模、超大规模集成电路构成逻辑电路，主存储器采用集成度更高的半导体存储器，可将计算机最核心的部件运算器和控制器集成制造在一块很小的芯片上，运算速度最高可达每秒几十万亿次。该阶段计算机应用更加广泛，出现了微型计算机。

5. 第五代计算机，新一代计算机

对于第五代计算机的定义，目前学术界有不同的观点。

一种观点认为，第五代计算机应该以高度的人工智能化为特征。其理由是，主要功能将从信息处理上升为知识处理，使计算机具有人的某些智能。因此，第五代计算机也被称为人工智能计算机。

另一种观点认为，第五代应该是"互联的一代"。其理由是，近年来，计算机网络与通信技术迅猛发展，遍布全球的信息高速公路把大量的专业或普通用户连接在一起，或者说："网络就是计算机"。

1.1.2 计算机的特点

1. 运算速度快

计算机的运算速度已从每秒几千次发展到现在每秒高达几千亿次。计算机如此高的运算速度是其他任何计算工具无法比的，它使得过去需要几年甚至几十年才能完成的复杂运算任务，现在只需几天、几小时，甚至更短的时间就可完成。

2. 计算精度高

一般来说，现在的计算机有几十位有效数字，理论上还可以更高，只要电子计算机内用以表示数值的位数足够多，就能提高运算精度。

3. 存储能力强

计算机具有存储"信息"的存储装备，可以存储大量的数据，当需要时又可准确无误地取出来。计算机这种存储信息的"记忆"能力，使它能成为信息处理的有力工具。

4. 具有逻辑判断能力

计算机既可以进行数值运算，也可以进行逻辑运算，可以对文字或符号进行判断和比较，进行逻辑推理和证明，这是其他任何计算工具无法比拟的。

5. 具有自动运行能力

计算机不仅能存储数据，还能存储程序。计算机内部操作是按照人们事先编制的程序一步一步自动地运行，不需要人工操作和干预。这是计算机与其他计算工具最本质的区别。

1.1.3 计算机的应用范围

1. 科学计算

以数值计算为主要内容，数值计算要求计算速度快、精确度高、差错率低。主要应用于天文，水利，气象，地质，医疗，军事，航天航空，生物工程等科学研究领域。如卫星轨道计算，数值天气预报，力学计算等。

2. 数据处理

数据处理也称为非数值计算，以数据的收集、分类、统计、分析、综合、检索、传递为主要内容。应用于政府、金融、保险、商业、情报、地质、企业等领域，如银行业务处理，股市

行情分析、商业销售业务、情报检索、电子数据交换、人口普查、企业管理等。

3．过程控制

过程控制也称为实时控制，指用计算机实时采集现场数据，按最佳值迅速对控制对象进行自动控制或自动调节。

利用计算机进行过程控制，不仅可以大大提高控制的自动化水平，而且可以提高控制的及时性和准确性，从而改善劳动条件、提高质量、节约能源、降低成本。计算机过程控制已在冶金、石油、化工、水电、机械、航天、纺织等部门得到广泛的应用。

4．电子商务

电子商务是指利用计算机和网络进行的新型商务活动。它可以让人们不再受时间、地域的限制，以一种非常简捷的方式完成过去较为繁杂的商务活动。电子商务旨在通过网络完成核心业务，改善售后服务，缩短周转时间，从有限的资源中获取更大的收益，从而达到销售商品的目的。近年来电子商务交易额正在迅速增长。

5．计算机辅助领域

以在工程设计、生产制造等领域辅助进行数值计算、数据处理、自动绘图、活动模拟等为主要内容。主要应用于工程设计、教学和生产领域，如辅助设计（CAD）、辅助制造（CAM）、辅助教学（CAI）、辅助工程（CAE）、辅助检测（CAT）等。

6．人工智能领域

以模拟人的智能活动、逻辑推理和知识学习为主要内容。主要应用于机器人的研究、专家系统等领域。如自然语言理解、定理的机器证明、自动翻译、图像识别、声音识别等。

1.2　计算机中信息的表示

计算机内部把数据分为数值型数据和非数值型数据：数值型数据指日常生活中可以表示数值大小的数据，可进行数学运算；而文字、图画和声音等数据一般不进行数学运算，更多的是用于排序、比较、转换和检索等处理，所以称它们为非数值型数据。

数据是对客观存在的事实、概念或指令的一种可供加工处理的特殊表达形式，而信息强调的是对人有用的数据。计算机信息处理实质上就是由计算机进行数据处理的过程，即通过数据的采集，有效地把数据输入到计算机中，由计算机系统对数据进行相应的转换、合并、加工、分类、计算、统计、汇总、存储、建库和传送等操作，经过对数据的处理，向人们提供有用的信息，这个过程就是信息处理。

1.2.1　常用数制及相互转换

计算机中存放的是二进制数。二进制仅有两个数字符号即"0"和"1"，特别适合于用电子元件来表示，而且 0 和 1 正好代表逻辑代数中的"假"和"真"，可用逻辑代数作为工具来分析和设计计算机中的逻辑电路，使得逻辑代数成为计算机设计的数学基础。

为了书写和表示方便，还引入了八进制数和十六进制数。无论哪种数值，其共同之处都是进位计数制。

1．进位计数制

在采用进位计数制的数字系统中，如果只用 r 个基本符号表示数值，则称其为基 r 数制，r 称为该数制的基数，而数值中每一固定位置对应的单位值称为权。

对任何一种进位计数制表示的数都可以写出按权展开的多项式之和，任意一个 r 进制数 N 可表示为：

$$N = a_{n-1} \times r^{n-1} + a_{n-2} \times r^{n-2} + \dots + a_1 \times r^1 + a_0 \times r^0 + a_{-1} \times r^{-1} + \dots + a_{-m} \times r^{-m} = \sum_{i=-m}^{n-1} a_i \times r^i$$

其中，a_i 是数码，r 是基数，r^i 是权；不同的基数，表示不同的进制数。

例如，在十进制数值中，348.25 可表示为：

$$348.25 = 3 \times 10^2 + 4 \times 10^1 + 8 \times 10^0 + 2 \times 10^{-1} + 5 \times 10^{-2}$$

常见的进位计数制有十进制、二进制、八进制和十六进制。表 1-1 是常用的几种进位计数制。

表 1-1　常用的各种进位计数制的表示

进 位 制	二 进 制	八 进 制	十 进 制	十六进制
规则	逢二进一	逢八进一	逢十进一	逢十六进一
基数	$r=2$	$r=8$	$r=10$	$r=16$
基本符号	0,1	0,1,2,…,7	0,1,2,…,9	0,1,…,9,A,B,…,F
权	2^i	8^i	10^i	16^i
表示形式	B	O	D	H

（1）十进制（D）。

十进制数的每一位分别可用 10 个数字符号 0~9 表示，进位规则为"逢十进一"。十进制数的基数为 10，位权为 10^n。因此，任何一个十进制数都可以表示为数字与 10 的乘幂的乘积之和。

如十进制数 325.4 可表示为：　　$(325.4)_{10} = (3 \times 10^2 + 2 \times 10^1 + 5 \times 10^0 + 4 \times 10^{-1})_{10}$

（2）二进制（B）。

二进制数分别用数字符号 0 和 1 表示，进位规则是"逢二进一"。任何一个二进制数，同样可以用多项式之和来表示。

例如：　$(101.01)_2 = (1 \times 2^2 + 0 \times 2^1 + 1 \times 2^0 + 0 \times 2^{-1} + 1 \times 2^{-2})_{10}$

其中，二进制整数部分的位权从最低位起依次是 2^0、2^1、2^2、2^3、…，小数部分的位权从最高位开始依次是 2^{-1}、2^{-2}、2^{-3}、…。

（3）八进制（O）和十六进制（H）。

八进制数的基数为 8，用 8 个符号 0~7 表示，进位规则为"逢八进一"，位权是 8 的乘幂。

例如：　$(256)_8 = (2 \times 8^2 + 5 \times 8^1 + 6 \times 8^0)_{10}$

十六进制数的基数为 16，用 16 个符号 0~9 和字母 A~F 表示，进位规则为"逢十六进一"。

例如：　$(2BF)_{16} = (2 \times 16^2 + 11 \times 16^1 + 15 \times 16^0)_{10}$

2．不同进位计数制的转换

（1）二、八、十六进制数转换成十进制数。

将非十进制数 N 转换成十进制数，只需将 N 按权展开相加即可。

例如：101.11B $= 1 \times 2^2 + 0 \times 2^1 + 1 \times 2^0 + 1 \times 2^{-1} + 1 \times 2^{-2} = 5.75$D

　　　　42.57O $= 4 \times 8^1 + 2 \times 8^0 + 5 \times 8^{-1} + 7 \times 8^{-2} = 34.6406$D

　　　　A6.CH $= 10 \times 16^1 + 6 \times 16^0 + 12 \times 16^{-1} = 262.75$D

（2）十进制数转换为二、八、十六进制数。

十进制数到二进制数的转换，通常要区分数的整数部分和小数部分，分别按除 2 取余和乘 2 取整两种不同的方法来完成。

例如，十进制整数 11 转换成二进制数的过程如下：

结果：11D=1011B。

例如，十进制小数 0.6875 转换成二进制数的过程如下：

取整数部分

$0.6875 \times 2 = 1.3750$　　　　　1　　　高位

$0.375 \times 2 = 0.75$　　　　　　0

$0.75 \times 2 = 1.50$　　　　　　1

$0.5 \times 2 = 1.0$　　　　　　　1　　　低位

结果：0.6875D=0.1011B。

十进制数到八进制数的转换过程可以参照十进制数到二进制数的转换方法来实现。

例如，十进制整数 1105 转换成八进制数，过程如下：

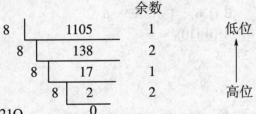

结果：1105D=2121O。

例如，十进制小数 0.385 转换成八进制数，过程如下：

取整数部分

$0.385 \times 8 = 3.08$　　　　　　3　　　高位

$0.08 \times 8 = 0.64$　　　　　　0

$0.64 \times 8 = 5.12$　　　　　　5　　　低位

结果：0.385D=0.305O。

十进制数到十六进制数的转换方法与十进制数转换为二进制数、八进制数类似，这里不再赘述。

（3）二进制数、八进制数、十六进制数间的转换。

二进制表示的数比等值的十进制数占更多的位数，书写较长，容易出错。为了方便起见，人们借助八进制数和十六进制数来进行转换和表示。转换时将十进制数转换成八进制数或十六进制数，再转换成二进制数。二进制、八进制和十六进制之间存在的关系如下：1 位八进制数相当于 3 位二进制数，1 位十六进制数相当于 4 位二进制数，如表 1-2 所示。

表1-2　八进制数与二进制数、十六进制数与二进制数之间的关系

八进制数	对应二进制数	十六进制数	对应二进制数	十六进制数	对应二进制数
0	000	0	0000	8	1000
1	001	1	0001	9	1001
2	010	2	0010	A	1010
3	011	3	0011	B	1011
4	100	4	0100	C	1100
5	101	5	0101	D	1101
6	110	6	0110	E	1110
7	111	7	0111	F	1111

二进制数转换成八进制数时，以小数点为中心向左右两边分组，每3位为一组，两头不足3位补0即可。同样，二进制数转换成十六进制数只要4位为一组进行分组即可。

例如，将二进制数$(1011010010.111110)_B$转换成十六进制数：

$(0010\ 1101\ 0010.\ 1111\ 1000)_B = (2D2.F8)_H$　（整数高位和小数低位补0）

2　　D　　2　　F　　8

例如，将二进制数$(1011010010.111110)_B$转换成八进制数：

$(001\ 011\ 010\ 010.\ 111\ 110)_B = (1322.76)_O$

同样，将八进制数、十六进制数转换成二进制数只要将1位转化为3位或4位即可。

例如，$(3B6F.E6)_H = (0011\ 1011\ 0110\ 1111.\ 1110\ 0110)_B$

　　　　　　　　　　3　　B　　6　　F　　E　　6

$(6732.26)_O = (110\ 111\ 011\ 010.\ 010\ 110)_B$

　　　　　　　6　　7　　3　　2　　2　　6

1.2.2　数据的组织存储

在计算机中，任何一个数都是以二进制形式存储的。计算机的内存是由千千万万个小的电子线路组成的，每一个能代表0和1的电子线路能存储一位二进制数，若干个这样的电子线路就能存储若干位二进制数。关于内存，常用的术语有以下几个。

（1）位（bit）：每一个能代表0和1的电子线路称为一个二进制位，它是数据的最小单位。

（2）字节（Byte）：简写为B，通常每8个二进制位组成一个字节。字节的容量一般用KB、MB、GB、TB来表示，它们之间的换算关系如下：

1KB=1024B　　　　1MB=1024KB　　　　1GB=1024MB　　　　1TB=1024GB

（3）字（Word）：在计算机中作为一个整体被存取、传送、处理的二进制数字串叫做一个字或单元，每个字中二进制位数的长度，称为字长。一个字由若干个字节组成，不同的计算机系统的字长是不同的，常见的有8位、16位、32位和64位等，字长越长存放数的范围越大，精度越高。

字长是衡量计算机性能的一个重要指标，例如，早期的APPLE-Ⅱ个人计算机的字长为32位，586则是64位机。

（4）地址（Address）：为了便于存取信息，每个存储单元必须有唯一的编号（称为地址），通过地址可以找到所需的存储单元，存入或取出信息。

1.2.3　非数值信息的编码

字符是计算机中使用最多的信息形式之一，它是人与计算机进行通信、交互的重要媒介。它包括了西文字符和中文字符。由于计算机是以二进制的形式存储和处理的，因此字符也必须按照特定的规则进行二进制编码才能进入计算机。

1．ASCII 码

对西文字符编码最常用的是 ASCII。ASCII 码是美国信息交换标准代码（American Standard Code for Information Interchange）的简称，是国际上使用最广泛的一种字符编码。ASCII 用 7 位二进制编码，它可以表示 2^7 即 128 个字符，如表 1-3 所示。每个字符用 7 位基 2 码表示，其排列次序为 $d_6d_5d_4d_3d_2d_1d_0$，d_6 为最高位，d_0 为最低位。

表 1-3　7 位 ASCII 代码表

$d_3d_2d_1d_0$＼$d_6d_5d_4$	000	001	010	011	100	101	110	111
0000	NUL	DLE	SP	0	@	P	`	p
0001	SOH	DC1	!	1	A	Q	a	q
0010	STX	DC2	"	2	B	R	b	r
0011	ETX	DC3	#	3	C	S	c	s
0100	EOT	DC4	$	4	D	T	d	t
0101	END	NAK	%	5	E	U	e	u
0110	ACK	SYN	&	6	F	V	f	v
0111	BEL	ETB	,	7	G	W	g	W
1000	BS	CAN	(	8	H	X	H	X
1001	HT	EM	)	9	I	Y	I	Y
1010	LF	SUB	*	:	J	Z	J	Z
1011	VT	ESC	+	;	K	[	K	{
1100	FF	FS	'	<	L	\	L	|
1101	CR	GS	-	=	M	]	M	}
1110	SO	RS	.	>	N	↑	N	~
1111	SI	US	/	?	O	↓	O	DEL

其中常用的控制字符的作用如下。

BS：退格　　　　HT：水平制表　　　LF：换行　　　　VT：垂直制表
FF：换页　　　　CR：回车　　　　　CAN：取消　　　ESC：换码
SP：空格　　　　DEL：删除

计算机的内部存储与操作以字节为单位，即以 8 个二进制位为单位。因此，一个字符在计算机内实际是用 8 位表示。正常情况下，最高位 d_7 为 0。

2. 中文字符

用计算机处理汉字时，必须先将汉字代码化。汉字是象形文字，种类繁多，编码比较困难，而且在一个汉字处理系统中，输入、内部处理、输出对汉字编码的要求不尽相同，因此要进行一系列的汉字编码及转换。

（1）汉字输入码。

在计算机系统中使用汉字，首先遇到的问题是如何把汉字输入到计算机内。为了能直接使用西文标准键盘进行输入，必须为汉字设计相应的编码方法。汉字编码方法主要分为三类：数字编码、拼音码和字形编码。

数字编码就是用数字串代表一个汉字的输入，常用的是国标区位码。国标区位码根据国家标准局公布的 6763 个两级汉字（一级汉字有 3755 个，按汉语拼音排列；二级汉字有 3008 个，按偏旁部首排列）分成 94 个区，每个区分 94 位，实际上是把汉字表示成二维数组，区码和位码各两位十进制数字，因此，输入一个汉字需要按键 4 次。

拼音码是以汉语读音为基础的输入方法。由于汉字的同音字太多，输入重码率很高，因此，按拼音输入后还必须进行同音字选择，影响了输入速度。

字形编码是以汉字的形状确定的编码。汉字的总数虽多，但都是由一笔一画组成，全部汉字的部首和笔画是有限的。因此，把汉字的部首和笔画用字母或数字进行编码，按笔画书写的顺序依次输入，就能表示一个汉字。五笔字型、表形码等便是这种编码法。

（2）内部码。

内部码是字符在设备或信息处理系统内部最基本的表达形式，是在设备和信息处理系统内部存储、处理、传输字符用的代码。一个国标码占两个字节，每个字节最高位仍为 0；英文字符的机内码是 7 位 ASCII 码，最高位也为 0，为了在计算机内部能够区分是汉字编码还是 ASCII 码，将国标码的每个字节的最高位由 0 变为 1，变换后的国标码成为汉字机内码，由此可知汉字机内码的每个字节都大于 128，而每个西文字符的 ASCII 码值均小于 128。以汉字"大"为例，国标码为 3473H，机内码为 B4F3H。

（3）字形码。

汉字字形码是表示汉字字形的字模数据，通常用点阵、矢量函数等方式表示。用点阵表示字形时，汉字字形码指的就是这个汉字字形点阵的代码。根据输出的汉字的要求不同，点阵的多少也不同。简易型汉字为 16×16 点阵，提高型汉字为 24×24 点阵、32×32 点阵、48×48 点阵等。

点阵规模越大，字形越清晰美观，所占用的存储的空间也越大。以 16×16 点阵为例，每个汉字要占用 32B 存储空间，两级汉字大约占用 256KB。因此，字模点阵用来构成"字库"，字库中存储了每个汉字的点阵代码，当显示输出时检索字库，输出字模点阵得到字形。

1.3　计算机系统的组成

计算机系统由硬件系统和软件系统两部分组成。硬件是物质基础，是软件的载体，两者相辅相成，缺一不可。

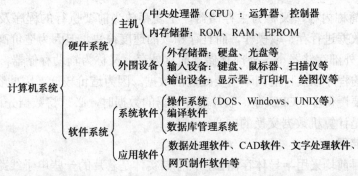

硬件系统通常指机器的物理系统，是看得见、摸得着的物理器件，它包括计算机主机及其外围设备。

软件系统通常又称为程序系统，它包括程序本身和运行程序时所需要的数据或相关的文档资料。

1.3.1 硬件系统

根据美籍匈牙利数学家冯·诺依曼的理论，计算机硬件系统主要有 5 大组成部分：运算器、控制器、存储器、输入设备和输出设备。如图 1-1 所示是计算机硬件系统的组成框图。

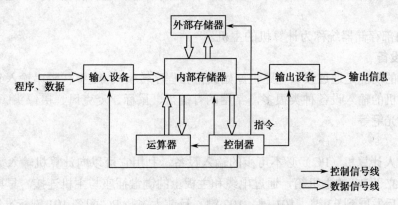

图 1-1 计算机硬件系统的组成框图

1. 运算器

运算器也称为算术/逻辑单元 ALU（Arithmetic/Logic Unit），是执行算术运算和逻辑运算的功能部件。它受控制器的控制，对存储器送来的数据进行指定的运算。

2. 控制器

控制器是计算机的指挥中心，它逐条取出存储器中的指令并进行译码，根据程序所确定的算法和操作步骤发出命令，指挥并控制计算机各部件工作。控制器与运算器一起组成了计算机的核心，称为中央处理器，简称 CPU。

目前全球生产 CPU 的厂家主要有 Intel 公司和 AMD 公司。Intel 领导着 CPU 的世界潮流，它始终推动着微处理器的更新换代。Intel 公司的 CPU 不仅性能出色，而且在稳定性、功耗方面都十分理想，在 CPU 市场大约占据了 80%的份额。AMD 公司是唯一能与 Intel 公司竞争的 CPU 生产厂家，AMD 公司的产品现在已经形成了以 Athlon XP 及 Duron 为核心的一系列产品。

3. 存储器

存储器是计算机用来存储信息的重要功能部件，包括内部存储器和外部存储器两种。

内部存储器简称内存，又称为主存储器，主要存放当前要执行的程序及相关数据。CPU可以直接对内存数据进行存、取操作，而且存和取的速度很快，但因为造价高（以存储单元计算），所以容量比外部存储器小。外部存储器简称外存，又称为辅助存储器，主要存放大量计算机暂时不执行的程序以及目前尚不需要处理的数据。因为造价较低，因此容量远比内存大，但存、取的速度要慢得多。CPU存、取外部存储器的数据时，必须将数据先调入内部存储器，因为内部存储器是计算机数据交换的中心。

（1）内部存储器。

内部存储器目前均采用半导体存储器，其存储实体是芯片的一些电子线路。内部存储器又可分两类：一类是只能读不能写的只读存储器（ROM），保存的是计算机最重要的程序或数据，由厂家在生产时用专门设备写入，用户无法修改，只能读出使用，在关闭计算机后，ROM存储的数据和程序不会丢失；另一类是既可读又可写的随机存储器（RAM），在关闭计算机后，随机存储器的数据和程序就被清除。

通常所说的"主存储器"或"内存"，一般是指随机存储器。

（2）外部存储器。

外部存储器主要有硬盘、光盘等。其存储实体分别是硬盘片和光盘片。在关闭计算机后，存储在外部存储器的数据和程序仍可保留。所以，外部存储器适合存储需要长期保存的数据和程序。

CPU与内部存储器统称为计算机的主机。

4. 输入设备

输入设备的功能是通过接口电路把原始数据和程序转换成0、1代码串输入到计算机的存储器中。计算机的输入设备种类很多，常用的有键盘、鼠标、麦克风、摄像头（网眼）、扫描仪、触摸屏和光笔等。

（1）键盘。

键盘是个人计算机（PC）必不可少的输入设备，利用它可以向计算机输入数据、程序、命令等。它独立于PC的主机箱，通过电缆和主板上的键盘插座与主机连接。早期PC使用83键的键盘，其后发展到93键、101键、102键，目前大多数PC配备101键标准键盘。

（2）鼠标。

鼠标器简称鼠标，源于英文Mouse。鼠标上有三个键或两个键。

当鼠标指针移到预定位置，如菜单的选项、窗口的按钮或边框、文本的特定位置时，单击鼠标上的键就可以实现特定的输入。击键产生的信号通过连线传给主机，结合鼠标指针在屏幕上的位置，就可以解释用户输入信号的意义，引发相应的操作，如定位、选择、移动图形或文本和扩大窗口等。

5. 输出设备

输出设备通过接口电路将计算机处理过的信息从机器内部表示形式转换成人们熟悉的形式输出，或转换成其他设备能够识别的信息输出。输出设备的种类也很多，常用的有显示器、打印机、绘图仪、喇叭和音箱等。磁盘驱动器和磁带机本来属于外部存储器，但兼有输入、输出的功能，因此也作为输入设备或输出设备看待。

（1）显示器。

显示器是 PC 的一种基本输出设备。PC 使用的显示器（又称监视器）有多种，可分为单色显示器和彩色显示器两大类。它们要通过不同的显示卡（又称显示适配器）与主机连接。显示器的主要指标是分辨率，它指的是显示器屏幕横向和纵向显示的点（像素）数。例如，1024×768 指的是屏幕横向显示 1024 点，纵向显示 768 点（即 768 条扫描线）。分辨率越高，显示的字符和图像就越清晰。另一个指标是色彩的深度（又称色彩位数，它指的是在一点上表示色彩的二进制位数（bit），一般有 16 位、24 位、30 位和 36 位等。位数越多，色彩层次越丰富，图像越精美，但是需要使用的显示缓冲区（显存）也越大。

每一种显示器都要与相应的显示模式和显示卡匹配。常用的显示模式有 VGA、TVGA 和 SVGA 等，功能一个比一个强。

（2）打印机。

打印机是 PC 的另一种基本输出设备，它通过并行打印接口或 USB 接口与主机相连接。PC 可以配置的打印机种类很多，有点阵式打印机、喷墨打印机和激光打印机等。要求高质量输出时必须使用激光打印机或喷墨打印机。

外部存储器、输入设备和输出设备统称为外部设备。

以上介绍了计算机硬件的 5 大主要组成部分和常用的外部设备。将计算机硬件的 5 大功能部件用总线连接起来，就构成了一台完整的计算机硬件系统。

1.3.2　软件系统

计算机软件可分为系统软件和应用软件两大类。

系统软件是计算机系统的核心，它管理系统所有的硬件资源和软件资源，人们只能够使用它，而不能进行修改。系统软件可以看作用户与计算机的接口，为应用软件和用户提供控制、访问硬件的手段。操作系统、编译软件等均属于系统软件。

应用软件是指为解决各种实际问题而设计的专门软件，从其服务对象的角度出发，又分为通用软件和专用软件两类。

1. 系统软件

系统软件中最重要的是操作系统、语言处理程序、数据库管理系统等，下面分别介绍。

（1）操作系统。

操作系统管理计算机系统的全部硬件资源、软件资源及数据资源，使计算机系统所有资源得到最大限度地发挥作用，为用户提供方便的、有效的、友好的服务界面。所有的其他软件（包括某些系统软件与所有的应用软件）都建立在操作系统基础上，并得到它的支持和服务。

常用的操作系统有：DOS、Windows、Linux、UNIX、OS/2 等。

（2）程序设计语言。

程序设计语言是用户用来编写程序的语言，它是人与计算机之间交换信息的工具。程序设计语言是软件系统重要的组成部分，一般可分为机器语言、汇编语言和高级语言 3 类。它为人们编写各类应用软件提供了极大的方便。

高级程序设计语言包括面向过程和面向对象两大类，面向过程的语言代表有 BASIC 语言、C 语言等，面向对象的代表语言有 Visual Basic、Visual C++、Java、Delphi 等。

（3）数据库管理系统。

随着计算机应用的发展，数据管理日益重要，数据库管理系统发展迅速，该系统主要解决数据处理的非数值计算问题。目前主要用于档案管理、财务管理、图书资料管理及仓库管理等方面的数据处理。常见的数据库管理软件有 Access、FoxPro、Visual FoxPro、MS SQL Server、Oracle 等。

2. 应用软件

在计算机硬件和系统软件的支持下，为解决某类实际问题而设计的程序系统称为应用软件。随着计算机的不断发展，应用软件也在不断增加。用户要解决的问题不同，需要使用的应用软件也不同，在本书后面要介绍的 Word 2003、Excel 2003、PowerPoint 2003 及各种工具软件等都属于应用软件。应用软件大体可分为：

（1）用户程序。

用户程序是面向特定用户，为解决特定的问题而开发的软件。

（2）应用软件包。

应用软件包是为了实现某种功能或专门计算而精心设计的结构严密的独立程序的集合。它们是为具有同类应用的许多用户提供的软件。软件包种类繁多，每个应用计算机的行业都有适合于本行业的软件包，如计算机辅助设计软件包、科学计算软件包、辅助教学软件包和财会管理软件包等。

（3）通用应用工具软件。

通用应用工具软件是用于开发应用软件所共同使用的基本软件。其中，特别重要的是数据库管理系统，此外还有文字处理、电子表格等软件。

1.3.3　硬件系统和软件系统之间的关系

计算机系统包括硬件和软件两部分。软件系统是在硬件系统的基础上为有效地使用计算机而配置的，一台没有安装任何软件的计算机称为裸机，裸机是不能解决任何问题，仅当装入并且运行一定的软件时，计算机才能发挥它强大的作用，这时的计算机才真正成为计算机系统。

操作系统是直接控制和管理硬件的系统软件，它向下控制硬件系统，向上支持各种软件，所有其他软件都必须在操作系统支持下才能运行，操作系统是用户与计算机的接口。在操作系统之上分别是各种语言处理程序、用户使用的应用程序。计算机系统的软、硬件系统层次关系如图 1-2 所示。

图 1-2　计算机系统的软硬件系统层次

1.4　计算机的工作原理和主要技术指标

1.4.1　计算机的工作原理

计算机的工作过程就是执行程序的过程，怎样组织程序，涉及到计算机体系结构问题。

1946 年，美籍匈牙利数学家冯·诺依曼提出了关于计算机组成和工作方式的基本设想。其设计思想最重要之处在于明确地提出了"程序存储"的概念，他的全部设计思想实际上是对"程序存储"概念的具体化。

计算机的工作过程实际上是快速地执行指令的过程。计算机在工作时，有两种信息在执行指令的过程中流动：数据流和控制流。

数据流是指原始数据、中间结果、结果数据、源程序等。控制流是由控制器对指令进行分析、解释后向各部件发出的控制命令，指挥各部件协调地工作。

下面以指令的执行过程来认识计算机的基本工作原理。指令执行的过程分为以下 4 个步骤：

（1）取指令。按照程序计数器中的地址，从内存储器中取出指令，并送往指令寄存器。

（2）分析指令。对指令寄存器中存放的指令进行分析，由译码器对操作码进行译码，将指令的操作码转换成相应的控制电位信号；由地址码确定操作数的地址。

（3）执行指令。由操作控制线路发出完成该操作所需要的一系列控制信息，去完成该指令所要求的操作。

（4）一条指令执行完成，程序计数器加 1，或将转移地址码送入程序计数器，然后回到（1）。

一般把计算机完成一条指令所花费的时间称为一个指令周期，指令周期越短，指令执行得越快。CPU 的主频就反映了指令执行周期的长短。

计算机在运行时，CPU 从内存读出一条指令到 CPU 内执行，指令执行完，再从内存读出下一条指令到 CPU 内执行。CPU 不断地读取指令、分析指令、执行指令，这就是程序的执行过程。

1.4.2　计算机的主要技术指标

微型计算机的主要技术指标包括以下几个部分。

1．字长

字长是指计算机运算部件一次能同时处理的二进制信息的位数。字长由 CPU 内部的寄存器、运算器和内部数据总线的位数决定。字长越大，则计算机的运算速度和处理能力就越强。字长通常是字节的倍数，如常见字长有 8 位、16 位、32 位和 64 位等。

2．运算速度

运算速度通常指处理器每秒钟所能执行的指令条数。运算速度单位常用百万条指令每秒（MIPS）来表示，该指标能直观地反映计算机的速度。

3．主频

主频又称为时钟频率，指 CPU 在单位时间内发出的脉冲数。主频在很大程度上决定了计算机的运算速度。主频越高，计算机的运算速度越快。微型计算机的主频在不断提高。

4．存储容量

存储容量包括内存容量和外存容量，主要指内存容量。内存容量越大，机器能运行的程序就越多，处理能力也就越强。内存的速度用存取周期来衡量。存储器执行一次完整的读（写）操作所需要的时间称为存取周期。

在微型计算机中，外存主要指硬盘。硬盘的主要技术指标是磁盘的容量和存取速度。

5．高速缓冲存储器

随着 CPU 主频的不断提高，它对内存 RAM 的存取速度更快，而 RAM 的响应速度达不到 CPU 的要求。为了协调 CPU 与 RAM 之间的速度差问题，在 CPU 芯片内又集成了高速缓冲存储器（Cache），一般在几十 KB 至几百 KB 之间，将内存中的数据和指令调入 Cache，CPU 直接访问 Cache 中的数据，大大缩短了 CPU 得到数据和指令的时间，提高了计算机的整体运算速度。

Cache 存储器也是影响计算机性能的重要因素，它一般由处理器芯片内的 Cache（一级 Cache）和外加的 Cache（二级 Cache）两部分组成，其速度应和 CPU 主频匹配。

1.5　计算机的日常维护与病毒的知识

1.5.1　计算机的日常维护

1. 计算机的硬件维护

对计算机进行硬件方面的维护，包括计算机使用环境和各种器件的日常维护和工作时的注意事项等。

（1）电源稳定。

要尽可能使用比较稳定的工作电源，另外要保持电源与插座的接触良好，摆放合理不易碰绊，尽可能杜绝意外断电，一定要做到关闭电源后离开。

（2）做好防静电工作。

静电有可能造成计算机芯片的损坏，为防止静电对计算机造成损伤，在打开计算机机箱前应当用手接触暖气管等可以放电的物体，将本身的静电放掉后再接触计算机的配件。另外在安放计算机时将机壳用导线接地，可以起到很好的防静电效果。

（3）防止震动。

震动会造成计算机中部件的损坏（如硬盘的损坏或数据的丢失等），因此计算机工作时应避免震动，在搬运时要轻拿轻放。

（4）计算机平稳安放。

计算机主机的安放应当平稳，保留必要的工作空间，留出来用于放置磁盘、图纸等常用备品备件的地方以方便工作。要调整好显示器的高度，位置应保持显示器上边缘与视线基本平行，太高或太低都会使操作者容易疲劳。

（5）显示器的设置。

显示器如使用不当，显示效果会较差，也容易刺伤眼睛，正确地设置分辨率和刷新率会使眼睛感觉舒适，15 寸显示器合适的分辨率为 800×600，17 寸显示器合适的分辨率为 1024×768，刷新率在 85 时效果最好。

2. 计算机的软件维护

软件系统出现问题的表现形式一般是程序不能运行，严重的会造成蓝屏和系统死机，所以维护好软件系统是十分必要的。

（1）做好防毒杀毒工作，不要运行来历不明的软件。

（2）同时打开的任务数量不要太多，特别是计算机在复制数据、安装程序时不要运行无关的程序。

（3）清理垃圾文件。Windows 在运行中会留下大量的垃圾文件，对于这些垃圾文件 Windows 无法自动清除，它占用大量磁盘空间，使系统的运行速度变慢，所以这些垃圾文件必须被清除，清除方法，详见操作系统有关章节。

1.5.2　计算机病毒与预防

计算机病毒就是通过某种途径，潜伏在计算机存储介质里，当达到某种条件时，就被激活的、具有对计算机资源进行破坏作用的一组程序或指令。它是人为故意地编制出来，可在计算机上运行，会给计算机造成损害。

计算机病毒的首次出现是在 20 世纪 70 年代，那时由于计算机还未普及，所以病毒造成的破坏和对社会公众造成的影响还不是很大。随着 Internet 的风靡，给病毒的传播又增加了新的途径，网络已经成为病毒第一传播途径。Internet 的广泛普及发展，使病毒可能成为灾难，病毒的传播更加迅速，反病毒的任务更加艰巨。人为编写和传播计算机病毒属于违法行为，将受到法律的惩罚。

1. 计算机病毒的特点

（1）可执行性。

计算机病毒是一段可执行程序，它和其他正常程序一样能被执行。

（2）传染性。

传染性是指计算机病毒可以从一台计算机传染到另外的计算机上，传染性是计算机病毒的基本特征，是判断一个程序是否为计算机病毒的最重要条件。

（3）自我复制性。

计算机病毒，一旦发作条件满足，可以在短时间内，大量自我复制，占用系统资源，使正常软件没有可以利用的资源，无法运行。

（4）潜伏性。

计算机病毒是设计精巧的计算机程序，进入系统之后一般不会马上表现出来，常常潜伏数天至数月。

（5）可触发性。

当某个事件或数值的出现，即满足一定的条件时，病毒就开始实施感染或对计算机系统进行攻击，这种特性称为可触发性。

（6）破坏性。

计算机病毒会对计算机系统产生一定的破坏性作用，破坏性的强弱，取决于病毒设计者的目的。

（7）针对性。

计算机病毒是针对特定的计算机或特定的操作系统的，计算机病毒的针对性指病毒作用的硬件和软件环境。

（8）隐蔽性。

病毒一般是具有很高编程技巧、短小精悍的程序，通常附在正常程序中或磁盘较隐蔽的地方，也有个别以隐含文件形式出现。

2. 计算机感染病毒后的特征

（1）屏幕显示异常。

屏幕上的字符出现脱落；屏幕上显示异常提示信息；屏幕上出现异常图形；屏幕突然变暗，显示信息消失；屏幕上出现雪花滚动或静止的雪花亮点等。

（2）计算机系统异常。

系统出现异常死机；系统的运行速度减慢；系统引导过程变慢；系统的蜂鸣器出现异常声

响或者奏音乐；系统找不到硬盘或硬盘不能引导系统；系统丢失文件或数据；系统文件的长度改变或位置发生变化；系统可用空间异常减少；系统磁盘容量异常减少；系统无法存入文件；系统程序运行出现异常现象或不合理结果等。

3. 病毒的传播途径

计算机病毒的传播主要是通过复制文件、传送文件、运行程序等方式传播。而主要的传播途径有以下几种：

（1）软盘传播。软盘携带方便，早期在网络还不普及时，为了计算机之间互相传递文件，经常使用软盘。因此，通过软盘，就可以将一台机器的病毒传播到另一台机器。

（2）硬盘传播。由于带病毒的硬盘从本地移到其他地方使用、维修等，将病毒传染并再扩散。

（3）光盘传播。光盘的存储容量大，大多数软件都刻录在光盘上，由于普通用户购买正版软件的较少，一些非法商人就在刻录软件的同时，也把带毒文件刻录在上面。

（4）网络传播。在计算机日益普及的今天，人们通过计算机网络，互相传递文件、信件，这样使病毒的传播速度加快了。因为资源共享，人们经常在网上下载免费、共享软件，病毒难免也会夹在其中。因此，网络是现代病毒传播的主要途径。

4 计算机病毒的预防

预防病毒入侵，阻止病毒传播，及时清除病毒是非常重要的工作，其中预防病毒入侵则尤为重要，可以采取如下措施：

（1）定期用杀毒软件对系统进行检查。

（2）不使用来历不明的软件，不使用非法复制或解密的软件，特别要警惕各种游戏软件。对外来的软件、数据文件以及在其他机器上使用过的移动存储设备都要进行必要的病毒检测。

（3）定期使用杀毒软件将硬盘上的重要文件，如主引导记录、操作系统引导记录、分区表和重要数据文件等进行备份，一旦系统或数据遭到破坏后能及时得到恢复。

（4）硬盘中的重要文件应赋予"只读"属性。

（5）用于引导硬盘的移动存储设备，要确保无毒，以备急用。

（6）连接网络的计算机最好运行防火墙，以防病毒通过网络传给其他用户。

1.6　本章小结

通过本章的学习，读者应该掌握计算机产生与发展以及计算机的特点和应用的知识；理解数制转换及其运算，能够进行不同进位计数制之间的转换；理解计算机的基本工作原理和计算机系统的组成，以及微型计算机系统的分类；了解微型计算机的硬件系统，包括主机系统和常用外部设备；了解计算机使用和日常维护常识以及计算机安全知识。具备了这些知识，可以更好地使用计算机。

1.7　练习题

一、选择题

1. 世界上第一台电子计算机名是在（　　）年诞生的。

    A. 1927　　　　　　　B. 1946　　　　　　　C. 1943　　　　　　　D. 1952

2．第三代计算机是由（　　　）构成。

A．电子管 　　　　　　　　　　　　　B．晶体管

C．中、小规模集成电路 　　　　　　　D．超大规模集成电路

3．以下关于计算机特点的论述中不正确的是（　　　）。

A．运算速度快、精度高 　　　　　　　B．具有记忆功能

C．能自动完成程序运行 　　　　　　　D．不能进行逻辑运算

4．计算机的 CPU 是（　　　）。

A．控制器和内存 　　　　　　　　　　B．运算器和控制器

C．运算器和内存 　　　　　　　　　　D．控制器和寄存器

5．在计算机中指令主要存放在（　　　）中。

A．CPU 　　　　　B．内存 　　　　　C．键盘 　　　　　D．磁盘

6．一条指令通常由（　　　）和操作数两部分组成。

A．程序 　　　　　B．操作码 　　　　C．机器码 　　　　D．二进制数

7．微型计算机的运算器、控制器及内存储器的总称是（　　　）。

A．CPU 　　　　　B．MPU 　　　　　C．ALU 　　　　　D．主机

8．在计算机中，bit 的含义是（　　　）。

A．字 　　　　　　B．字长 　　　　　C．字节 　　　　　D．二进制位

9．英文大小写字母 A 和 a 的 ASCII 码相比较是（　　　）。

A．A 比 a 大 　　　B．A 比 a 小 　　　C．A 与 a 相等 　　D．无法比较

10．被称为随机存储器的是（　　　）。

A．ROM 　　　　　B．RAM 　　　　　C．CD-ROM 　　　D．RAM 和 ROM

11．在微型计算机系统中，数据存取速度最快的是（　　　）。

A．硬盘存储器 　　B．内存储器 　　　C．软盘存储器 　　D．只读光盘存储器

12．只读光盘的简称（　　　）。

A．MO 　　　　　　B．Word 　　　　　C．WO 　　　　　D．CD-ROM

13．计算机病毒能造成（　　　）。

A．硬盘短路 　　　　　　　　　　　　B．CPU 烧毁

C．计算机用户染病 　　　　　　　　　D．程序和数据遭到破坏

二、填空题

1．计算机系统包括_____和_____两大部分。

2．_____和_____构成 CPU。_____和_____合成为主机。

3．软件系统包括_____软件和_____软件。

4．1MB 的含义是_____，1KB 的含义是_____。

5．(D2F. A8)$_{16}$ 转换为十进制数等于_____，(269. 31)$_{10}$ 转换为二进制数等于_____。

6．(1100010111. 010111)$_2$ 转换为八进制数等于_____，转换为十六进制数等于_____。

7．在计算机存储器中，保存一个汉字需要_____个字节。

8．计算机病毒的特征主要包括_____、_____、_____。

9．常见的打印机类型有_____、_____、_____。

三、简答题

1．计算机的发展经历了哪几个阶段？

2．计算机具有什么特点？主要应用在哪些领域？

3．计算机硬件系统主要由哪几部分组成？

4．内存和外存有哪些相同点和不同点？

5．字、字节和字长有什么区别？

6．计算机的主要技术性能指标有哪些，它们的含义是什么？

7．日常生活中使用计算机要注意哪些事项？

8．计算机感染病毒以后具有什么症状？

第 2 章　Windows XP 操作系统

操作系统是最基本的系统软件，是管理和控制计算机系统硬件资源、软件资源和数据资源的一组程序。操作系统已经成为现代计算机系统不可分割的重要组成部分。基于图形方式的窗口操作系统已经成为现代计算机系统最重要的配置，是用户和计算机之间的接口。本章重点以 Windows XP 为学习内容。

本章主要内容
- 操作系统的基础知识
- Windows XP 的基本操作
- Windows XP 的系统资源管理
- Windows XP 的系统环境设置
- Windows XP 的附件程序

2.1　操作系统的基础知识

2.1.1　操作系统的主要作用

操作系统（Operating System，OS）是管理和控制计算机系统软硬件资源、控制计算机工作流程的程序。

操作系统在很大程度上说就是一套具有特殊功能的软件，它在用户和计算机之间搭起了一座沟通的桥梁。操作系统一方面管理计算机，命令计算机做各种工作，另一方面提供给用户一个友好的界面并接收用户的各种指令。所有软件的运行都是在操作系统的基础上进行的。操作系统性能的高低直接影响计算机系统整体性能的优劣。

通常，一台只包含计算机硬件系统的计算机用户是没法正常使用的。一般的系统软件或应用软件都必须在操作系统的支持下才能正常安装、运行。安装软件时，通常首先安装的是操作系统（如 DOS、Windows 等），然后才能安装其他的系统软件（如 VB、VFP、SQL Server 等）和应用软件（如 Office 等）。运行软件时，也必须是首先运行操作系统软件，等到操作系统软件运行正常后才能正常启动其他的系统软件或应用软件。

在 Internet 中有很多各种各样的服务器（Web 服务器、FTP 服务器、E-mail 服务器等），这些服务器实际上是一些运行服务器程序的计算机系统。很多服务器程序需要在网络操作系统的支持下才能很好地运行，因此，一台计算机是否安装网络操作系统（如 Windows 2000、UNIX 等），通常决定了该计算机系统在网络中扮演什么样的角色（是服务器，还是客户机）。

综上所述，操作系统是系统软件中很特殊的一类软件系统。

2.1.2　文件、目录、路径的基本概念

文件：是存储在磁盘上的一组相关信息的集合，是计算机储存数据、程序或文字资料的基本单位。在使用计算机时需要长期保存的数据将存放在磁盘上。计算机在存放数据时，把相关的数据按照一定的结构组织成文件，以文件的形式存取，并给文件一个文件名。

目录：一个磁盘可以存放许多文件，如果不分类存放，就会给查找带来不便。因此，Windows

采用文件夹（又称为目录）形式来组织和管理文件，把相关的文件存放在同一个文件夹。

　　路径：从当前目录（或根目录）到达指定文件所在目录所经过的目录和子目录名，即为路径。路径从根目录开始的，称为绝对路径；从当前目录开始的称为相对路径。

2.1.3　Windows 的产生与发展

　　在 Windows 操作系统出现之前，DOS 操作系统在微型计算机上占主导地位。但它是一个单用户单任务系统，也是一个基于字符界面的操作系统。用户需要从键盘输入命令，系统显示的信息也是字符，操作不方便。

　　20 世纪 80 年代初，美国微软（Microsoft）公司开始开发具有图形界面的操作系统。1990 年 5 月 Microsoft 公司推出 Windows 3.0 操作系统，1992 年更新为 Windows 3.1 版本，1993 年升级为 Windows 3.2 版本，它们在 Windows 操作系统上统称为 Windows 3.X 操作系统。

　　1995 年 8 月，微软公司在 Windows 3.X 的基础上开发出了真正具有图形化操作界面的操作系统 Windows 95，之后又相继推出了 Windows 98、Windows ME、Windows 2000、Windows XP 操作系统，以及 Windows Vista 和 Windows 7 操作系统。

　　Windows 是基于图形用户界面的操作系统。因其生动、形象的用户界面，简单的操作方法，吸引了成千上万的用户，成为目前装机普及率最高的一种操作系统。

　　Windows XP 是微软公司开发的新一代操作系统，其中，XP 是英文 Experience 的缩写，表示新版本是一个丰富的、充分扩张的全新体验。微软公司对自己的 Windows XP 一直推崇备至，比尔·盖茨甚至说"Windows XP 是微软自发布视窗软件以来，所推出的意义最为重大的一个操作系统软件"。

　　Windows XP 包含三个产品：面向个人家庭用户的 Windows XP Home Edition 版本，面向小型公司的 Windows XP Professional 版本和面向大中型企业的 Windows XP Server 版本。Windows XP Professional 版本是目前普通用户使用最多的操作系统。

　　本章以下提到的 Windows XP 如无特殊说明，均指 Windows XP Professional。

2.1.4　Windows XP 的主要特点

- Windows XP 采用 Windows NT/XP 的技术核心，运行非常可靠、稳定。
- Windows XP 采用窗口及图形环境操作环境，直观的命令表现方式，使用鼠标操作。
- Windows XP 是一个多任务操作系统，允许同时运行多个程序。
- Windows XP 支持长文件名，并可含空格。
- Windows XP 提供大量的实用程序（如系统维护、写字板、画图、视频操作、网络等）。
- Windows XP 提供便捷、有效的网络操作，只要通过局域网或互联网就可以登录到别的电脑上。

2.2　Windows XP 的基本操作

2.2.1　Windows XP 桌面的组成元素

1．Windows XP 的桌面

Windows XP 启动后呈现在用户面前的是桌面。所谓桌面是指 Windows XP 所占据的显示

器屏幕空间，即整个屏幕背景，如图 2-1 所示。

图 2-1　Windows XP 桌面

2. 任务栏

任务栏是位于桌面最下方的一个小长条，它显示了系统正在运行的程序、打开的窗口、当前时间等内容，用户通过任务栏可以完成许多操作，也可以对它进行一系列的设置。

任务栏可分为"开始"菜单按钮、快速启动工具栏、窗口按钮栏和通知区域等几部分，如图 2-2 所示。

图 2-2　任务栏

（1）"开始"菜单按钮："开始"按钮是运行 Windows XP 应用程序的入口，这是执行程序最常用的方式。单击此按钮，可以打开"开始"菜单，在用户操作过程中，要用它打开大多数的应用程序。

（2）快速启动工具栏：它由一些小型的按钮组成，单击可以快速启动程序。

（3）窗口按钮栏：当用户启动某项应用程序而打开一个窗口后，在"任务栏"上会出现一格相应的有立体感的按钮，表明当前程序正在被使用。如果要切换界面，只需单击代表该界面的按钮。在关闭一个界面后，其按钮也将从"任务栏"上消失。

（4）音量控制器：即桌面上小喇叭形状的按钮，单击它后会出现一个音量控制对话框，通过拖动上面的小滑块来调整扬声器的音量。

（5）日期指示器：在任务栏的最右侧，显示了当前的时间，把鼠标在上面停留片刻，会出现当前的日期，双击后打开"日期和时间属性"对话框，可以完成时间和日期的校对。

3. 图标

通常把使用频繁的程序和文件放在桌面上，以方便操作。Windows XP 桌面上的图标由小图形配上说明文字组成。每一个图标代表一个可执行应用程序。Windows XP 的桌面上常见的图标有"我的电脑"、"我的文档"、Internet Explorer、"回收站"和"网上邻居"等。

桌面上的图标实质上就是打开各种程序和文件的快捷方式,用户可以在桌面上创建自己经常使用的程序或文件的图标,这样使用时直接在桌面上使用鼠标左键双击图标即可快速启动该项目。

- 当用户在桌面上文件夹中创建了多个图标时,如果不进行排列,会显得非常凌乱,这样不利于选择所需要的项目,而且影响视觉效果。使用排列图标命令,可以使桌面看上去整洁而富有条理。
- 用户需要对图标进行位置调整时,可在桌面或文件夹的空白处使用鼠标右键单击,在弹出的快捷菜单中选择"排列图标"命令,在子菜单项中包含了多种排列方式,如图 2-3 所示。

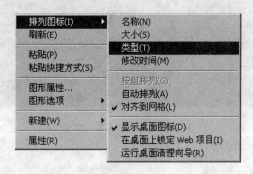

图 2-3　"排列图标"命令

名称:按图标名称开头的字母或拼音顺序排列。

大小:按图标所代表文件的大小的顺序来排列。

类型:按图标所代表的文件的类型来排列。

修改时间:按图标所代表文件的最后一次修改时间来排列。

当用户选择"排列图标"子菜单其中几项后,在其旁边出现√标志,说明该选项被选中,再次选择这个命令后,√标志消失,表明取消了此选项。

如果用户选择了"自动排列"命令,在对图标进行移动时会出现一个选定标志,这时只能在固定的位置将各图标进行位置的互换,而不能拖动图标到桌面上任意位置。

当用户取消了"显示桌面图标"命令前的√标志后,桌面上将不显示任何图标。

4. 开始菜单

"开始"按钮是启动应用程序的起点,位于任务栏左端。单击该按钮后,将弹出"开始"菜单,该菜单包含一组命令,如图 2-4 所示。

(1)在"开始"菜单的左侧中间部分是用户常用的应用程序的快捷启动项,通过这些快捷启动项,可以快速启动应用程序。

(2)在"开始"菜单的右侧是系统控制工具菜单区域,比如"我的电脑"、"我的文档"、"搜索"等选项,通过这些菜单项用户可以实现对计算机的操作与管理。

(3)在"开始"菜单的"所有程序"菜单项中显示计算机系统中安装的全部应用程序。

(4)在"开始"菜单最下方是计算机控制菜单区域,包括"注销"和"关闭计算机"两个按钮,用于进行注销用户和关闭计算机的操作。

图 2-4　默认"开始"菜单

2.2.2　Windows XP 窗口的组成及操作

1．窗口的组成

窗口是 Windows 系统中最常见的操作对象，它是屏幕上的一个矩形框，如图 2-5 所示是"我的电脑"窗口。运行一个程序或打开一个文档，系统都会在桌面上打开一个相应的窗口，这也是 Windows 这个名称的来由。窗口按用途可分为应用程序窗口、文档窗口和对话框窗口 3 种类型。

图 2-5　"我的电脑"窗口

应用程序窗口：是应用程序面向用户的操作平台，通过该窗口可以完成应用程序的各项工作任务，如 Word 是用于文字处理的应用程序。在 Windows XP 中，运行应用程序，就会打开一个对应的应用程序窗口。

文档窗口：是某个文件夹面向用户的操作平台，通过该窗口可以对文件夹的各项内容进行操作。

对话框窗口：是操作系统或应用程序时打开的、与用户进行信息交流的子窗口。

一个标准的窗口，一般由以下几个部分组成。

标题栏：位于窗口的顶部，用于显示窗口的名字。标题栏的左侧是控制菜单框，右侧有 3 个按钮，即"最小化"、"最大化"（或"还原"）和"关闭"按钮。

菜单栏：位于标题栏的下面。每个菜单包含一系列的命令，用户可以完成各种功能。

工具栏：在工具栏上显示各种按钮或其他常用工具。工具栏一般是可选的，既可显示也可关闭。

窗口主体（工作区）：显示这个程序的主体内容，对应不同的程序有不同的内容。

滚动条：当窗口无法显示所有内容时，可使用滚动条来查看窗口的其他内容。

状态栏：显示程序的当前状态，对应不同的程序显示各种不同的信息。

2. 窗口的操作

Windows XP 是一个多任务操作系统，允许同时打开很多窗口，每打开一个窗口，在任务栏上就有一个任务按钮与打开的窗口对应，如果打开的窗口很多，就要对窗口进行适当的管理。

窗口的操作主要有移动、缩放、切换、排列、最小化、最大化、关闭等。

（1）窗口按钮的使用。

窗口的右上角有 3 个按钮："最小化"、"最大化/还原"和"关闭"按钮。

"最小化"按钮 ▁：单击该按钮，窗口将最小化，并缩小到任务栏中。

"最大化/还原"按钮 ▢/▣："最大化"和"还原"按钮是可以互相转化的。当窗口处于原始状态的时候，单击"最大化"按钮，窗口将充满整个屏幕。"最大化"按钮此时变成"还原"按钮，单击该按钮，窗口变成原始大小。

"关闭"按钮 ✖：单击该按钮，将关闭当前窗口及应用程序。

（2）窗口的激活（切换）。

Windows XP 操作系统可以同时打开多个窗口，但只有一个是处于激活状态的。

要切换窗口，一个方法是用鼠标单击任务栏上对应窗口的按钮；另外一个方法是直接单击想要激活的窗口。

按 Alt+Esc 组合键或者 Alt+Tab 组合键可以在所有打开的窗口之间进行切换。

（3）窗口的移动。

当窗口处于打开状态并且没有最大化时，移动窗口只需要用鼠标指向窗口的标题栏，按住鼠标左键不放，移动到指定的位置释放即可。

（4）窗口的缩放。

窗口的缩放是指窗口尺寸的改变。当窗口处于打开状态并且没有最大化时，将鼠标指向窗口边框，当指针变成上下、左右箭头时，拖动鼠标左键，就可使窗口上下或者水平缩放。当鼠标指向窗口的任何一个角，变成斜向箭头时，按住鼠标左键拖动鼠标，可以使窗口同时在高度和宽度上有所改变。

（5）窗口的排列。

当桌面上同时打开多个窗口时，可以对窗口进行排列。排列方式有 3 种："层叠"、"横向平铺"和"纵向平铺"。在任务栏空白处右击，在弹出的快捷菜单中选择相应的窗口排列方式即可。窗口的排列方式对已经最小化的窗口无效。

（6）窗口的复制。

要将当前活动窗口内容进行复制，按 Alt+Print Screen 组合键，复制到剪贴板中即可。按

Print Screen 键，可以对整个屏幕进行复制。

3. 对话框窗口

当完成一个操作，需要向 Windows 进一步提供信息时，就会出现一个对话框，对话框通常有"提示信息"对话框和"卡片式"对话框，如图 2-6 和图 2-7 所示。对话框窗口是系统和用户之间通信的窗口，供用户从中执行阅读提示、选择选项、输入信息等操作。

对话框的顶部也有对话框标题（标题栏）和关闭按钮，但没有控制菜单图标，也没有"最大化/最小化"按钮，所以对话框的大小通常不能改变，但可以移动（利用鼠标左键拖动标题栏即可）。

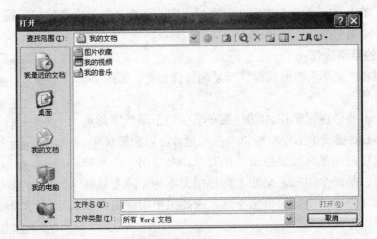

图 2-6　"打开"对话框

图 2-7　"卡片式"对话框

常见的卡片式对话框组件包括以下几项。

单选按钮：一组相关的选项中，用户必须选中一个选项且只能选中一个选项。

复选框：一些具有开关状态的设置项，可选定其中的一个或多个选项，也可以一个选项也不选（小框内出现对钩标记√即为选中该项）。

文本输入框：用户可在其中输入文字信息。

列表框：列表框中列出可供用户选择的各种选项。如果列表内容很多，不能一次全部显示，则列表中会出现垂直或者水平滚动条。

下拉列表框：它看起来与文本输入框相似，但是它的右端，带有一个向下的箭头，当单击该箭头时，会展开一个可供用户选择的列表。

加减器：加减器中可选择几个数字中的一个，方便用户的输入。一般来说，用户可在加减器指定的数值范围之内进行选择。

命令按钮：单击某一个命令按钮，可执行相应的命令，如果命令按钮后跟"…"符号，单击它可打开另一个对话框。

4. 窗口中的菜单操作

Windows 常以"菜单"的形式提供一系列操作命令，如图 2-8 所示。

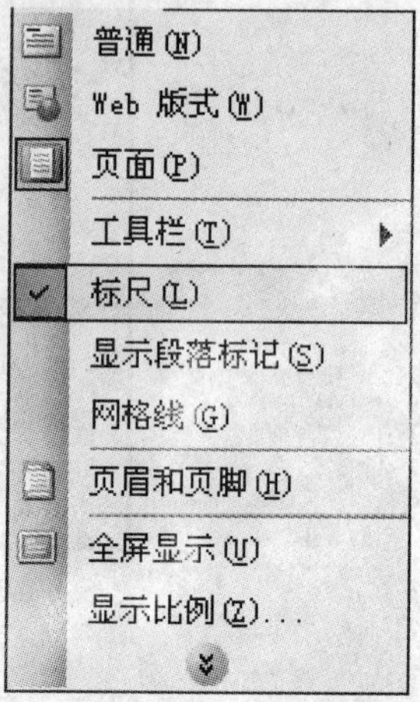

通过鼠标单击或通过键盘按 Alt 键+菜单名中的下画线字母可以打开菜单。按 Esc 键或单击菜单栏以外的位置，可以撤销菜单。

另外，也可以使用鼠标右键单击一个对象，会弹出一个快捷菜单。该对象可以是一个图标、桌面、图形或文本等。随着鼠标右击对象的不同，弹出的快捷菜单也不同。快捷菜单的使用方法与一般菜单的使用方法相同。

Windows 的菜单中常有一些特殊符号，这些特殊符号的含义如下。

灰色命令项：当菜单中的命令呈灰色（浅色）时，表明该命令当前不能使用。

图 2-8　Windows 的菜单

省略号（…）：带有…的命令执行后，会打开一个对话框。

箭头朝右的黑色三角形（▶）：表示该命令项后面还有子菜单，当鼠标指向该命令时就自动显示其子菜单。

箭头朝下的黑色三角形（▼）：下拉菜单，当鼠标移到需要的命令项上单击鼠标或使用光标键移动光条至所需的命令项上按 Enter 键，系统就执行该命令。

复选标记（√）：出现在命令项左侧的√符号，表示该命令是个开关式的命令，并且当前为有效状态。若再次单击该命令，就会去掉前面的√，表示无效状态。

点标记（■）：单选按钮，在一组命令中，只允许一个命令项前带有该标记，表示该命令项当前被选中。

标记（⊗）：当下拉菜单太长时，会出现该符号，当鼠标指针指向该符号时，菜单会自动伸长。

5. Windows XP 的帮助系统

Windows XP 操作系统为用户提供了功能强大的帮助系统。它是学习和使用 Windows XP 的方便途径。

Windows XP 的帮助系统为用户提供了完整的内容和帮助目录，完全的文本搜索特性，使用户查找信息更加容易。当帮助主题的书形图标呈打开状态时，将展现出该主题中的各个标题，双击某标题就可以看到相应的内容，如图 2-9 所示。

图 2-9　Windows XP 的帮助系统

2.2.3　程序的启动与关闭

Windows XP 为各种各样的应用程序提供一个基础工作环境，负责完成程序和硬件之间的通信、内存管理等基本功能。

1．启动程序

在 Windows XP 中，启动应用程序有多种方法，下面介绍几种常用的方法。

（1）通过"开始"菜单启动应用程序。

① 单击"开始"菜单按钮，鼠标指针指向"程序"。

② 如果需要的应用程序不在"程序"菜单中，则打开包含该应用程序的文件夹。

③ 找到应用程序后，单击应用程序名称，打开该应用程序。

（2）通过"资源管理器"或"我的电脑"启动应用程序。

①在"资源管理器"或"我的电脑"中，可以打开文件夹窗口。

②找到需启动的应用程序的执行文件，然后双击应用程序的图标打开应用程序。

（3）通过"开始"菜单中的"运行"命令。

① 在"开始"菜单中，单击"运行"命令。

② 在打开的运行对话框中，输入要打开程序的完整路径名，单击"确定"按钮就可以运行应用程序，如图 2-10 所示。

- 如果不清楚程序的路径名，可以通过"浏览"按钮，从弹出的对话框中找到相应的程序再运行。

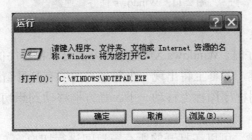

图 2-10　"运行"对话框

（4）利用桌面快捷图标。

若在桌面上放置了应用程序的快捷图标，则双击桌面上的相应快捷图标，就可以快速启动应用程序。

创建应用程序的快捷方式的操作步骤如下：在"资源管理器"或"我的电脑"窗口中用鼠标右键单击应用程序，在弹出的快捷菜单中选择"创建快捷方式"菜单命令，然后把快捷方式拖到桌面上就可以了。

2. 关闭程序

在 Windows XP 中，关闭程序也有多种方法。

（1）单击应用程序窗口右上角的关闭按钮。

（2）单击应用程序窗口左上角的控制菜单图标，在弹出的控制菜单中，选择"关闭"命令。

（3）选择应用程序"文件"菜单中的"退出"命令。

（4）按 **Alt+F4** 组合键（或按 **Ctrl+F4** 组合键）。

（5）在任务栏上用鼠标右键单击要关闭应用程序的按钮，在弹出的快捷菜单中选择"关闭"命令。

（6）当某个应用程序不再响应用户的操作时，可以按 **Ctrl+Alt+Del** 组合键，出现"任务管理器"对话框，如图 2-11 所示。在"应用程序"选项卡中选择要结束的程序，单击"结束任务"按钮，即可关闭程序。

● 在关闭一个应用程序窗口后，其代表程序窗口界面的按钮也将从"任务栏"上消失。

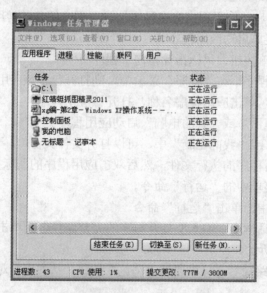

图 2-11　Windows 任务管理器

3. 在多个程序间切换

当同时开启了多个程序时，Windows XP 有很多方法可以在程序间切换，主要有以下几种。

（1）按 **Alt+Tab** 组合键，屏幕上将出现一个包括当前所有打开窗口图标的框图，每按一次 Tab 键，蓝色方框就在应用程序图标上移动一下。当方框移动到想切换的窗口时，释放 Alt 键就可以切换到选定的窗口。

（2）按 **Alt+Esc** 组合键，可以在打开的所有窗口间进行切换。

（3）在"任务栏"上单击代表程序窗口界面的按钮，就可以将该窗口切换到前台。

2.3　系统资源管理

文件是存放在磁盘内的程序和数据信息的集合。在 Windows XP 中，利用"我的电脑"和"资源管理器"可以实现对文件和文件夹的管理。文件可以是应用程序、文档、任何驱动程序或电脑上的其他数据，文件夹类似于传统意义上的目录。

在任何操作系统里，文件和文件夹的操作都是非常重要的。文件的操作主要包括文件的复制、删除、移动、重新命名等。

2.3.1　Windows XP 的文件系统

在 Windows XP 中，有 3 种文件系统。

1. FAT（标准文件分配表）

FAT（标准文件分配表）是 MS-DOS 和其他基于 Windows 的操作系统用来组织和管理文件的文件系统。当通过使用 FAT 或 FAT32 文件系统格式化时，文件分配表（FAT）是 Windows 创建的数据结构。Windows 在 FAT 中存储关于每个文件的信息，这样它就可以在以后检索文件。

2. FAT32（增强文件分配表）

FAT32（增强文件分配表）是文件分配表（FAT）文件系统的派生文件系统。FAT32 比 FAT 支持更小的簇和更大的卷，这就使得 FAT32 卷的空间分配更有效率。

3. NTFS

NTFS 是在性能、安全、可靠性等方面都大大超过 FAT 版本功能的高级文件系统。例如，NTFS 通过使用标准的事务处理记录和还原技术来保证卷的一致性。如果系统出现故障，NTFS 将使用日志文件和检查点信息来恢复文件系统的一致性。在 Windows 2000 和 Windows XP 中，NTFS 还可以提供诸如文件和文件夹权限、加密、磁盘配额和压缩这样的高级功能。

2.3.2　文件与文件夹的概念

1. 文件

文件是指被赋予了名称并存储于磁盘上的信息的集合。每个文件都有一个文件名，文件名由主文件名和扩展名组成，中间用"."分隔，即"主文件名.扩展名"。Windows XP 规定文件名可由字母、数字、下画线和汉字等符号组成，最多可以包含 255 个字符，但不能含有"\"、"/"、"*"、""、"<"、">"和"→"等符号。

文件名中的字符可以有大小写，但 Windows XP 不区分大小写，字符相同而大小写不同的文件名都认为是同一个文件。

文件名一般用来表示文件的内容，扩展名用来表示文件的类型。例如，setup.exe 表示文件名为 setup，扩展名为.exe。

2. 文件夹

文件夹用来分类存放和管理文件，文件夹中可以存放子文件夹和文件。子文件夹的命名方式与文件相同，文件夹中的子文件夹或文件是按名字进行管理的，不同的名字代表不同的文件或文件夹。在同一文件夹中，不允许有同名的子文件夹或文件。

在 Windows XP 中，文件夹是按层次的方式组织的。文件夹的层次结构也称树形结构，其含义是：在一个文件夹中可以建立子文件夹，所有的文件都存放在不同的文件夹中。

3．路径的知识

文件在磁盘中有其固定的位置，文件的位置是很重要的，在使用过程中，经常需要给出文件的路径以确定文件的位置。说明一个文件的位置，通常需要磁盘的盘符、目录路径和文件名3个部分，各部分用"\"相隔。每个存放在磁盘上的文件，它的存放位置是唯一的。例如，"C:\Temp\QQ"是指 C 盘下 Temp 文件夹下的 QQ 文件。

从正在查看或操作的文件夹开始找到文件的路径称为"相对路径"，从根目录开始找到该文件的路径称为"绝对路径"。

2.3.3　文件管理

"我的电脑"和"资源管理器"是 Windows XP 中最强大的文件管理工具，它们的使用方法十分相似，功能也十分强大，用户可以用这两个工具来更好地对计算机中的文件和文件夹进行有效管理。

1．"我的电脑"窗口

"我的电脑"用于管理计算机上的所有资源。双击桌面上"我的电脑"图标，将打开"我的电脑"窗口，如图 2-12 所示。

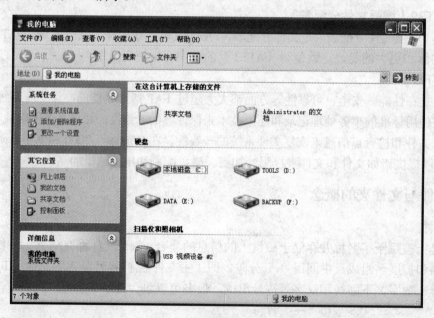

图 2-12　"我的电脑"窗口

2．"资源管理器"窗口

在 Windows 中，"资源管理器"显示出计算机上的文件、文件夹和驱动器的分层结构，同时显示了映射到本地计算机上的所有网络驱动器名称。

启动 Windows XP 资源管理器有多种方法，常用方法如下：

（1）单击"开始"菜单中的"所有程序"命令，选择"附件"中的"Windows 资源管理器"选项。

（2）右键单击"开始"，在弹出的快捷菜单中选择"资源管理器"命令。

（3）右键单击桌面上"我的电脑"、"回收站"图标，然后在弹出的快捷菜单中选择"资源管理器"。

（4）在任何一个驱动器图标或文件夹上，单击鼠标右键，在弹出的快捷菜单中选择"资源管理器"。

启动后的"资源管理器"窗口如图 2-13 所示。窗口由两部分组成：左边的窗格以树的形式显示了计算机中的资源项目，右边的窗格显示了所选项目的详细内容。窗口左右两半部分之间可以通过拖拉分界线，改变大小。

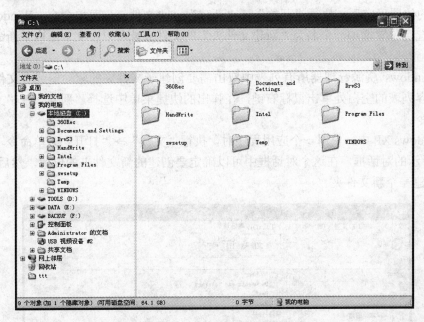

图 2-13　"资源管理器"窗口

在左窗格中，如果在驱动器或文件夹的左边有"+"号，表示它包含子文件夹，单击"+"号可以展开子文件夹。当驱动器或文件夹全部展开之后，"+"号变"~"号。单击"~"号可以把已经展开的内容折叠起来，"~"号变"+"号。

3. 文件与文件夹的选择

在对文件或文件夹操作之前，必须先选择它们。在 "资源管理器"或"我的电脑"窗口中，可以单击鼠标左键选择一个文件或文件夹。如果要选择多个对象，可以采取下面的方法之一。

（1）使用鼠标选择多个文件。

● 在选择对象时，先按住 Ctrl 键，然后逐一选择文件或文件夹。

● 如果所要选择的对象是相邻的，先选中第一个对象，然后按住 Shift 键，再单击最后一个对象。

● 如果要选择某一个文件夹下面的所有文件，先使该文件夹成为当前文件夹，然后执行"编辑"→"全部选定"菜单命令。

（2）使用键盘选择多个文件。

● 如果选择的文件不相邻，先选择一个文件，然后按住 Ctrl 键，移动方向键到需要选定的对象上，按空格键选择。

- 如果选择的文件是相邻的，先选定第一个文件，按住 Shift 键，然后移动方向键选定最后一个文件。
- 如果要选择某一个文件夹下面的所有文件，先使该文件夹成为当前文件夹，然后按Ctrl+A组合键。

4. 创建新文件夹

使用文件夹的主要目的是为了有效组织文件。如果要在一个文件夹下面创建一个新文件夹有以下两种方法。

- 文件的位置确定后，执行"开始"→"新建"→"文件夹"菜单命令，Windows XP 就会在选定位置增加一个名为"新建文件夹"的文件夹。可以在文本框内重新命名该文件夹。
- 在 Windows 资源管理器所有列表中双击需要创建子文件夹的驱动器或者文件夹，然后在内容列表的空白处单击鼠标右键，在弹出的快捷菜单中选择"新建"→"文件夹"菜单命令。

在 Windows XP 中，使用一个应用程序时，执行"文件"→"打开"菜单命令，就会弹出如图 2-14 所示的对话框，在这个对话框中可以确定要创建的新文件夹的位置，然后单击 按钮就可以创建一个新文件夹。

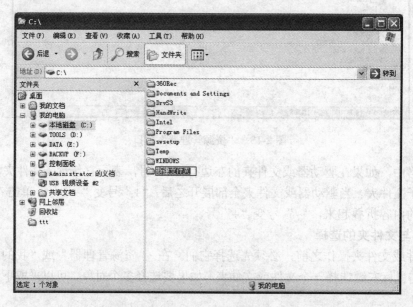

图 2-14　为文件夹改名

5. 复制文件与文件夹

复制文件有拖放鼠标、使用菜单命令等方法。

（1）拖放鼠标复制文件。将鼠标指针移动到要复制的文件上，在按住 Ctrl 键同时将文件拖动到目的文件夹即可。

（2）使用菜单命令复制文件。使用菜单命令复制文件的操作步骤如下：

① 选定要复制的文件。

② 执行"编辑"→"复制"菜单命令，或者在要复制文件上单击鼠标右键，在弹出的快捷菜单中选择"复制"命令。

③ 选定文件要复制到的目的目录或驱动器。

④ 执行"编辑"→"粘贴"菜单命令，或者在目的文件夹上单击鼠标右键，在弹出的快捷菜单中选择"粘贴"命令。

执行以上操作后，就完成了文件的复制。

6. 移动文件与文件夹

可以使用菜单命令或者拖动的方法移动文件。

（1）使用菜单命令移动文件。使用菜单命令移动文件的操作步骤如下：

① 选定要移动的文件。

② 执行"编辑"→"剪切"菜单命令，或者在要移动的文件上单击鼠标右键，在弹出的快捷菜单中选择"剪切"命令。

③ 选定文件要移动到的目录。

④ 执行"编辑"→"粘贴"菜单命令，或者在目的文件夹上单击鼠标右键，在弹出的快捷键中选择"粘贴"命令。

执行以上操作后，就完成了文件的移动。

（2）用拖动的方法移动文件。用拖动方法移动文件与复制文件的方法大致相同。在拖动鼠标时，按住 Shift 键即可。

移动文件夹的方法和移动文件的方法相同。

7. 重新命名文件与文件夹

重新命名文件的操作步骤如下：

（1）选择要重新命名的文件。

（2）执行"文件"→"重命名"菜单命令，或者在文件上单击鼠标右键，然后选择"重命名"菜单命令。

（3）输入新的文件名，按 Enter 键确认。

改变文件夹名字的方法与改变文件名字的方法相同。

8. 删除文件与文件夹

删除文件的操作步骤如下：

（1）选定需要删除的文件。

（2）执行"文件"→"删除"菜单命令，或者在键盘按下 Delete 键，此时，出现确认文件删除对话框，如果单击"是"按钮，则删除文件，如果单击"否"按钮，则不删除文件。

删除文件夹的方法与删除文件的方法相同。

9. 文件与文件夹的查找

在 Windows XP 资源管理器或者我的电脑中，单击工具栏上的"搜索"按钮，打开搜索助理。搜索助理分类列出了搜索的对象，主要如下：

（1）图片、音乐或视频。

（2）文档（文字处理、电子数据表等）。

（3）所有文件和文件夹。

（4）计算机或人。

如果要搜索文件或者文件夹，单击"所有文件和文件夹"图标，此时窗口如图 2-15 所示。

在"全部或部分文件名"文本框内输入要查找的文件或者文件夹的名称，在"在这里寻找"文本框设定搜索的位置。

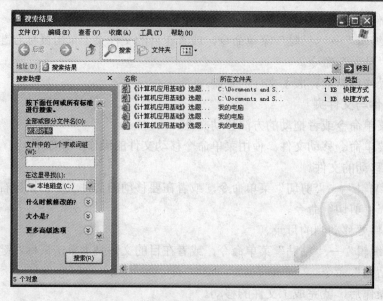

图 2-15 搜索文件或者文件夹

此外，还可以设置其他搜索条件，单击 按钮即可，比如，单击"什么时候修改的"后面的按钮，就可以设定要搜索的文件或者文件夹被修改的时间，以缩小查找范围。

单击"更多高级选项"后面的 按钮，可以设置其他的搜索条件。条件设置完成后，单击"搜索"按钮，就会从指定的位置去查找符合条件的文件和文件夹。如果找到相关内容，则显示在窗体右边的列表框内。

10. 文件夹选项的设置

在"文件夹选项"对话框中，用户可以方便地自定义文件夹的打开视图。要打开"文件夹选项"对话框，应执行如下操作：

- 执行"开始"→"设置"→"控制面板"菜单命令，打开"控制面板"窗口，双击"文件夹选项"图标，弹出"文件夹选项"对话框，如图 2-16 所示。

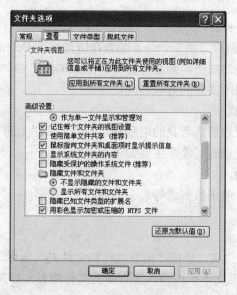

图 2-16 "文件夹选项"对话框

- 打开"我的电脑"或"资源管理器"→"工具"→"文件夹选项"命令，弹出"文件夹选项"对话框。

"文件夹选项"对话框包含"常规"、"查看"、"文件类型"、"脱机文件" 4 个选项卡，如图 2-16 所示。

- "常规"选项卡：可以对"任务"、"浏览文件夹"、"打开项目的方式"进行相应的设置。设置好后可以通过单击"还原为默认值"按钮，将窗口的图标还原为默认的基本属性。
- "查看"选项卡：是由"文件夹视图"、"高级设置"两项组成的。在"文件夹视图"中单击"应用到所有文件夹"按钮时，会使所有文件夹的属性都和当前打开的文件夹相同，单击"重置所有文件夹"按钮时，将恢复文件夹的默认状态；在"高级设置"中，可以对文件夹的完整路径显示在窗口的标题栏上、文件的扩展名隐藏或显示等属性进行设置。
- "文件类型"选项卡：已注册的文件类型将首先出现在选项卡内，并且文件类型与文件的扩展名逐一对应。选择一种文件类型，单击"更改"按钮，可以更换文件的打开方式。需要注册新的文件类型时，单击"新建"按钮，打开"新建扩展名"对话框即可进行设置。
- "脱机文件"选项卡：选中"启用脱机文件"复选框，将使用 Windows XP 的脱机文件设置。

11. 文件查看方式的设置

（1）文件的显示方式。

Windows XP 提供了多种浏览文件和文件夹的方式。在"资源管理器"或"我的电脑"中，选择"查看"菜单，有"缩略图"、"平铺"、"图标"、"列表"和"详细信息" 5 种方式可供选择，如图 2-17 所示。

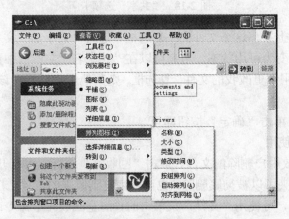

图 2-17　"查看"菜单

（2）改变文件和文件夹的排列顺序。

在"资源管理器"或"我的电脑"中，用户可以根据自己的需要以不同的方式排列文件和文件夹。选择"查看"菜单，选择"排列图标"命令，会弹出级联菜单。排列方式有按"名称"、按"大小"、按"类型"、按"修改时间"、"按组排列"、"自动排列"、"对齐到网格"等多种方式。

12. 共享文件夹

Windows XP 系统提供的共享文件夹被命名为 Shared Documents，打开"我的电脑"窗口，在"我的电脑"对话框中可看到该共享文件夹。若用户想将某个文件或文件夹设置为共享，可选定该文件或文件夹，将其拖到 Shared Documents 共享文件夹中即可。其设置如下：

（1）"资源管理器"或"我的电脑"中，选定要设置共享的文件夹。

（2）选择"文件"→"共享"菜单命令，或单击右键选定文件夹，在弹出的快捷菜单中选择"共享"命令。打开"属性"对话框中的"共享"选项卡，如图 2-18 所示。

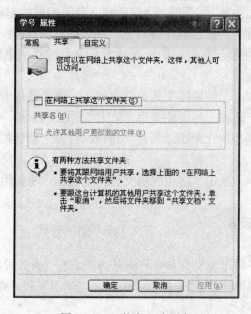

图 2-18 　"共享"选项卡

（3）选中"在网络上共享这个文件夹"复选框，这时"共享名"文本框和"允许其他用户更改我的文件"复选框变为可用状态。用户可以在"共享名"文本框中更改该共享文件夹的名称，若取消"允许其他用户更改我的文件"复选框，则其他用户只能看该共享文件夹中的内容，而不能对其进行修改。

（4）设置完毕后，单击"确定"按钮即可。

13. "回收站"的使用

"回收站"用来存放用户删除的文件。双击"回收站"图标，可打开"回收站"窗口。"回收站"中的文件或文件夹可以被彻底删除，也可以恢复到原来的位置。若要彻底删除"回收站"中的全部文件或文件夹，可使用"文件"菜单中的"清空回收站"命令或单击窗口中的"清空回收站"按钮；若要删除某些对象，选定对象后，在"文件"菜单或快捷菜单中选择"删除"命令；若要对回收站中的某些对象进行还原，选定这些对象后，在"文件"菜单或快捷菜单中选择"还原"命令即可。

14. 磁盘管理

磁盘管理是一项使用计算机时的常规任务，Windows XP 为磁盘管理提供了强大的功能。磁盘管理任务是以一组磁盘管理实用程序的形式提供的，称为"磁盘管理器"。磁盘管理器是 Windows XP 中的一个强大的图形界面的磁盘管理工具，包括查错程序、磁盘碎片整理程序、磁盘整理程序等。使用这些应用程序，用户可以更加快捷、方便、有效地处理好计算机硬盘。

本节介绍 Windows XP 中有关磁盘管理方面的知识。

Windows XP 提供的磁盘管理器是适用于管理所包含的硬磁盘和卷，或者分区的系统实用程序。利用磁盘管理器，可以初始化磁盘、创建卷、使用 FAT、FAT32 或 NTFS 文件系统格式化卷以及创建具有容错能力的磁盘系统。磁盘管理器可以执行多数与磁盘有关的任务，而不需要关闭系统或中断用户，大多数配置更改将立即生效。

Windows XP 的磁盘管理器替代了 Windows NT 4.0 中使用的"磁盘管理器"实用程序，它可以创建和删除磁盘分区，创建和删除扩展分区中的逻辑驱动器，读取磁盘状态信息，读取 Windows XP 1 卷的状态信息，如驱动器名的指定、卷标、文件类型、大小及可用空间，指定或更改磁盘驱动器及 CD-ROM 设备的驱动器名和路径，创建和删除卷和卷集，建立或拆除磁盘镜像集，保存或还原磁盘配置。

Windows XP 磁盘管理器可以实现动态存储，利用动态存储，用户无须重新启动系统，就可以创建、扩充卷。此外，Windows XP 提供的磁盘管理程序界面非常简单，使得用户对磁盘管理的操作更加方便。

Windows XP 不但支持基本磁盘，还支持动态磁盘。基本磁盘就是指包括主分区、扩展分区或逻辑驱动器的物理磁盘；动态磁盘指含有使用磁盘管理创建动态卷的物理磁盘。动态磁盘不能含有分区和逻辑驱动器，也不能使用 MS-DOS 访问。Windows XP 在一个磁盘系统中提供了基本存储和动态存储，但是包含多个磁盘的卷必须使用同样类型的存储。

2.4　系统环境设置

控制面板就像一个控制中心，它提供了很多程序对系统进行各种设置。通过控制面板，用户可以更改计算机的系统特性，调整系统时间，设置多媒体设备，添加硬件，添加和删除应用程序，还可以添加任务计划，管理用户账户等。

执行"开始"→"控制面板"菜单命令，打开控制面板，如图 2-19 所示。

图 2-19　"控制面板"窗口

Windows XP 中的控制面板包括"显示"、"打印机和传真"、"网络连接"、"用户账户"、"添加或删除程序"、"日期和时间"、"声音和音频设备"、"辅助功能选项"等内容。通过它们实现了对系统的软硬件环境的设置，以满足用户的需求。

2.4.1　设置显示

通过对"显示属性"的设置，分别用来设置主体类型、桌面背景、屏幕保护程序、外观以及屏幕颜色和分辨率。该属性对话框包含主题、桌面、屏幕保护程序、外观和设置 5 个选项卡。

打开"显示属性"对话框有以下两种方式。

（1）打开"控制面板"窗口后，双击"显示"图标，弹出"显示属性"对话框。

（2）在桌面空白处鼠标右击，弹出快捷菜单，选择"属性"命令，弹出"显示属性"对话框。

1．设置桌面背景

打开"显示属性"对话框中的"桌面"选项卡，如图 2-20 所示。

（1）在"桌面"选项卡的背景列表中选择所需要的墙纸文件（也可以单击"浏览"按钮，在"浏览"对话框中选择自己喜欢的图片）。

（2）在"位置"下拉列表框中选择图片的显示方式，有"居中"、"平铺"、"拉伸" 3 个选项。

（3）设置完成后，单击"确定"按钮即可。

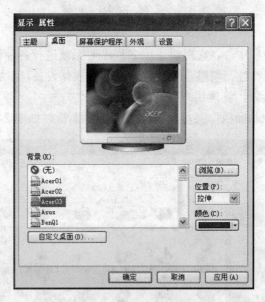

图 2-20　"桌面"选项卡

2．设置屏幕保护

选择"显示属性"对话框中的"屏幕保护程序"标签，打开该选项卡，在其中可以设置屏幕保护程序和监视器的节能特效，如图 2-21 所示。

（1）设置屏幕保护程序。

在实际使用中，若彩色屏幕的内容一直固定不变，时间较长后可能会造成屏幕的烧伤，因此若在一段时间内不用计算机，可设置屏幕保护程序，以动态的画面显示屏幕，以达到保护屏幕效果。

①从"屏幕保护程序"下拉列表框中选择一种屏幕保护程序，并在上面的显示窗口中观察具体效果。

②如果要对选定的屏幕保护程序进行参数设置，单击"设置"按钮，打开"屏幕保护程序"对话框进行设置。

③调整"等待"微调框的值，可以设定在系统空闲多长时间后运行屏幕保护程序。

④如果要为屏幕保护程序加上密码，可以选中"在恢复时使用密码保护"复选框。这样在运行屏幕保护程序后，如想恢复工作状态，系统将要求用户输入密码。

⑤设置完成后，单击"确定"按钮即可。

（2）设置监视器的电源管理特性。

通过"屏幕保护程序"选项卡下方的"监视器的电源"选项组，可以进行节能设置。

①单击"电源"按钮，弹出"电源选项属性"对话框。

②在"关闭显示器"和"关闭硬盘"下拉列表中设置相应的时间。如果计算机在指定的时间内没有进行任何操作，将会自动关闭显示器或硬盘，这一设置可以有效地提高显示器和硬盘的寿命。

③设置完成后，单击"确定"按钮即可。

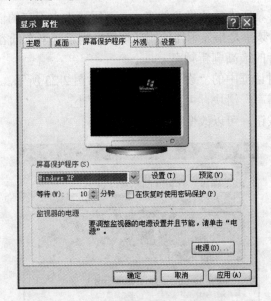

图 2-21　"屏幕保护程序"选项卡

3. 窗体外观的设置

在默认状态下，系统使用的是"Windows 标准"的颜色、大小、字体等设置。用户也可以根据自己的喜好设计自己的关于这些项目的颜色、大小、字体等显示方案。打开"显示属性"对话框中的"外观"选项卡，如图 2-22 所示。

（1）从"窗口和按钮"下拉列表框中，选择自己喜欢的预定外观方案。系统提供了"中文版 Windows XP 样式"和"Windows 经典样式"等样式供用户选择。

（2）在"色彩方案"下拉列表框中，选择自己需要的配色方案。

（3）设置完成后，单击"确定"按钮即可。

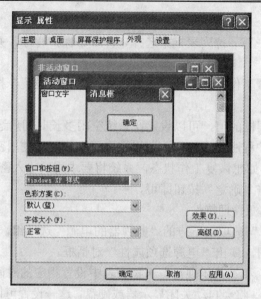

图 2-22　"外观"选项卡

4. 分辨率的设置

屏幕的分辨率是指屏幕所支持的像素的多少，在屏幕大小不变的情况下，分辨率越高，屏幕显示的内容越多；刷新频率是指显示器的刷新速度，刷新频率太低容易使用户眼睛疲劳，所以用户应使用显示器支持的最高刷新频率。

打开"显示属性"对话框中的"设置"选项卡，如图 2-23 所示。。

（1）拖动"屏幕分辨率"滑块，可以改变分辨率大小。

（2）单击"高级"按钮，可以改变显示器的类型等。

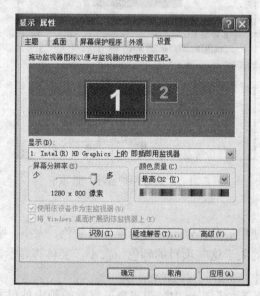

图 2-23　"设置"选项卡

2.4.2　设置鼠标和键盘

　　鼠标和键盘是操作计算机过程中使用最频繁的设备之一，几乎所有的操作都要用到鼠标和键盘。在安装 Windows 时系统已自动对鼠标和键盘进行过设置，但这种默认的设置可能并不符合每个用户个人的使用习惯，这时用户可以按个人的喜好对鼠标和键盘进行一些调整。

1．鼠标属性的设置

　　打开"控制面板"窗口后，双击"鼠标"图标，弹出"鼠标属性"对话框，如图 2-24 所示。在该对话框中可对"鼠标按键"和"指针形状"等属性进行设置。

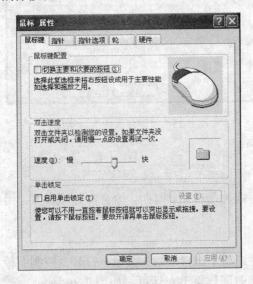

图 2-24　"鼠标属性"对话框

　　（1）设置鼠标键。

　　打开"鼠标属性"对话框中的"鼠标键"选项卡，可以根据个人爱好设置鼠标的按键习惯。

- 在 Windows 操纵鼠标默认的是右手习惯，选中"切换主要和次要的按钮"复选框可将鼠标调整为左手习惯。
- 通过鼠标拖动水平滑块，可以调整鼠标的双击速度。

　　（2）设置鼠标指针。

　　打开"鼠标属性"对话框中的"指针"选项卡，可以根据个人爱好设置鼠标指针的显示方式。

- 在"方案"下拉列表框中可以选择系统原有的鼠标指针方案。
- 要更改某项指针的外观，可在"自定义"列表框中选中该指针，单击"浏览"按钮，弹出"浏览"对话框，在"浏览"对话框中执行"外观"→"另存为"→"确定"命令。

2．键盘属性的设置

　　打开"控制面板"窗口后，双击"键盘"图标，弹出"键盘属性"对话框，如图 2-25 所示。

- 在"字符重复"选项组中，可以通过调整滑块调节字符的重复延迟时间和重复率。
- 在"光标闪烁频率"选项组中，可以通过调整滑块调节光标的闪烁频率。

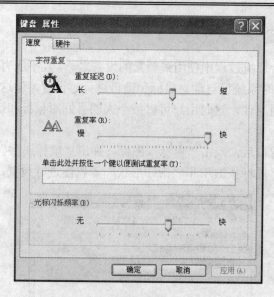

图 2-25　"键盘属性"对话框

2.4.3　设置日期和时间

Windows 提供了方便、快捷的日期、时间、语言和区域设置，用户可以根据自己的习惯和爱好设置各种属性。

1. 设置日期和时间

双击任务栏上的时间栏，或单击"开始"按钮，打开"控制面板"窗口后，双击"日期和时间"图标，弹出"日期和时间属性"对话框，如图 2-26 所示。

- 在"日期"选项卡中，可设置年、月、日。
- 在"时间"选项卡中，可设置时、分、秒。

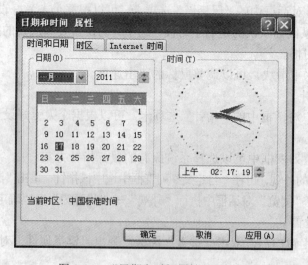

图 2-26　"日期和时间属性"对话框

2.4.4　输入法的添加与删除

如果用户还需要添加某种语言，可以打开"文字服务和输入语言"对话框，用户可以设置默认输入语言，对已安装的输入法进行添加、删除以及设置输入法切换的快捷键等操作。

其设置的步骤为：打开"控制面板"窗口后，双击"区域和语言选项"图标，首先打开"区域和语言选项"对话框，接着再单击该选项卡上的"详细资料"按钮，即可在弹出的"文字服务和输入语言"对话框中进行设置，如图 2-27 所示。

- 添加输入法：在"文字服务和输入语言"对话框中，单击"添加"按钮，弹出"添加输入语言"对话框，在"键盘布局/输入法"下拉列表框中选择需要的输入法，单击"确定"按钮即可。
- 删除输入法：在"文字服务和输入语言"对话框中，选择需要删除的输入法，单击"删除"按钮即可。

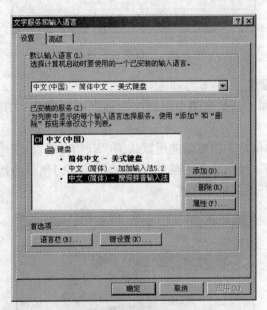

图 2-27　"文字服务和输入语言"对话框

2.4.5　设置"任务栏"与"开始菜单"

Windows XP 的"任务栏"和"开始菜单"与以前 Windows 版本的"开始"菜单有了较大的变化。用户可以根据自己的兴趣爱好设置。

1. "任务栏"的设置

要进行"任务栏"外观的调整其步骤为：在"开始"菜单上单击鼠标右键，弹出一个快捷菜单，选择"属性"菜单命令，打开"任务栏和「开始」菜单"对话框，选择"任务栏"选项卡，如图 2-28 所示。

用户可进行"任务栏"的"锁定任务栏"、"自动隐藏任务栏"、"分组相似任务栏按钮"、"隐藏时钟"等外观显示调整。

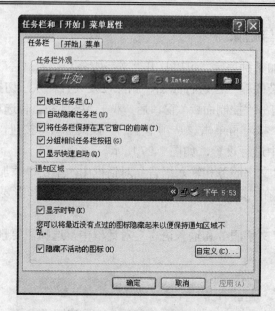

图 2-28　"任务栏"选项卡

2. "开始菜单"的设置

在打开的"任务栏和「开始」菜单属性"对话框中，打开"「开始」菜单"选项卡，如图 2-29 所示。

Windows XP 系统中用户不但可以使用默认的"开始菜单"，考虑到 Windows 旧版本的用户的需要，系统中还保留了经典"开始菜单"，用户如果不习惯新的默认的"开始菜单"，可以改为 Windows 的经典"开始菜单"样式。

图 2-29　"「开始」菜单"选项卡

2.5 附件程序

附件是 Windows XP 附带的实用程序。利用这些实用程序，用户可以快速方便地完成一些日常工作。

Windows XP 操作系统由两部分构成，系统核心部分和附属实用程序部分。

操作系统的核心部分（系统内核）支持操作系统的基本功能和用户界面。系统内核由引导程序自动加载到内存，操作系统的系统管理功能也是由系统内核实现的，无须人工干预。

为了方便用户的工作，除了操作系统的核心功能外，Windows XP 操作系统还将一些实用的小程序作为附件提供给用户。这些小程序通常称为 Windows 操作系统的"附属实用程序"。

Windows XP 操作系统的附属实用程序很多，这里选择几个有代表性的程序加以介绍。

2.5.1 记事本

记事本是非常有用的文字编辑工具。执行"开始"→"所有程序"→"附件"→"记事本"菜单命令，打开如图 2-30 所示的窗口。

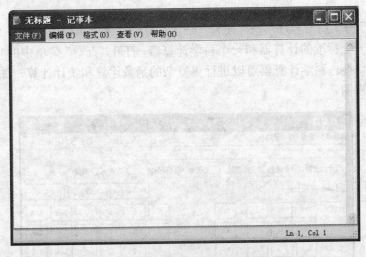

图 2-30 "记事本"窗口

记事本的界面非常简单，包含 5 个菜单和一个编辑区，文本只能由文字和数字组成。记事本几乎没有格式处理能力。它不具备如字间距、行间距和段落对齐等格式的功能，而只具备设置字体格式的功能。

2.5.2 写字板

在 Windows 的桌面上执行"开始"→"所有程序"→"附件"→"写字板"菜单命令，打开如图 2-31 所示的窗口。

写字板是另一个文本编辑器，适于编辑具有特定格式的短小文档。在写字板中，可以设置不同的字体和段落格式，还可以插入图形，支持图文混排，能编辑较复杂的文档。写字板能创建和打开的文档格式有 Word 文档、RTF 文档、文本文件等。

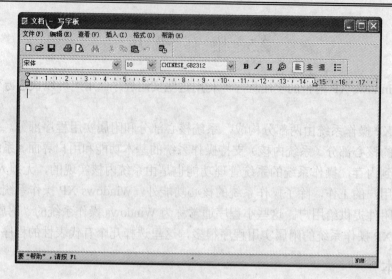

图 2-31　"写字板"窗口

2.5.3　计算器

执行"开始"→"所有程序"→"附件"→"计算器"菜单命令即可打开"计算器"窗口。

计算器包括一个标准的计算器和一个科学计算器。打开"查看"菜单中的"普通型"或"科学型"选项进行切换。科学计算器可以进行更复杂的函数运算和统计计算，如图 2-32 所示的是科学计算器的视图。

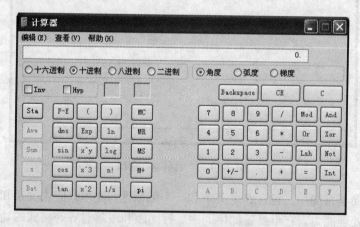

图 2-32　"科学计算器"视图

2.5.4　画图

执行"开始"→"所有程序"→"附件"→"画图"菜单命令，即可打开画图窗口，如图 2-33 所示。

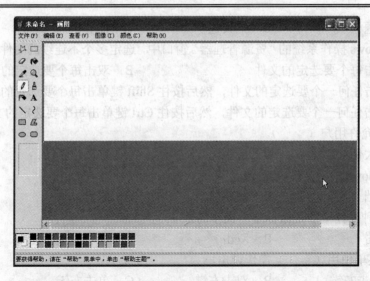

图 2-33　"画图"

它由 6 个部分组成：绘图区、工具箱、工具形状栏、调色板、光标状态栏和滚动条。用户可以方便地进行简单图形绘制、图像格式变化、图像内容裁剪等工作。

执行"文件"→"新建"或"打开"菜单命令即可新建或打开图像文件。画图程序支持 BMP、JPG 和 IMG 等图形格式文件。

2.6　本章小结

Windows 操作系统是本书后续课程学习的基础。通过对本章的学习，读者可以掌握 Windows XP 的基本操作，包括窗口的操作、对话框的操作、文档操作和应用程序的操作以及设置 Windows XP 的资源管理，掌握文件和文件夹的基本操作，掌握工作环境的基本设置，学会管理磁盘，对计算机进行整理。

2.7　练习题

一、选择题

1. 操作系统属于（　　）。
   　A．应用软件　　　　　B．系统软件　　　　C．数据库软件　　　D．界面系统
2. Windows 是一个（　　）的操作系统。
   　A．单任务　　　　　　B．多任务　　　　　C．实时　　　　　　D．重复任务
3. 当 Windows 应用程序被最小化后，表示该程序（　　）。
   　A．停止运行　　　　　B．后台运行　　　　C．不能打开　　　　D．不能关闭
4. 在 Windows 操作系统中，当桌面上有多个窗口时，（　　）是当前窗口。
   　A．可以有多个窗口　　　　　　　　　　　B．只有一个固定窗口
   　C．被其他窗口盖住的窗口　　　　　　　　D．一个标题栏的颜色与众不同的窗口
5. 在 Windows 操作系统中同时运行多个应用程序后，一些窗口会遮住另外一些窗口，这时用户可将鼠标移到（　　）空白区域右击鼠标启动快捷菜单来重新排列这些窗口。

  A．标题栏　　　　　　　B．工具栏　　　　　　　C．任务栏　　　　　　D．菜单栏

6．在 Windows 操作系统的"资源管理器"窗口中，选定多个不连续的文件方法是（　　）。

  A．单击每个要选定的文件　　　　　　　B．双击每个要选定的文件

  C．单击任何一个要选定的文件，然后按住 Shift 键单击每个要选定的文件

  D．单击任何一个要选定的文件，然后按住 Ctrl 键单击每个要选定的文件

7．对话框允许用户（　　）。

  A．最大化　　　　　　　B．最小化　　　　　　　C．移动位置　　　　　　D．改变大小

8．在 Windows 中，文件夹是指（　　）。

  A．文档　　　　　　　　B．程序　　　　　　　　C．磁盘　　　　　　　　D．目录

9．下列 4 种操作中不是鼠标基本操作的是（　　）。

  A．单击　　　　　　　　B．双击　　　　　　　　C．左右键交替使用　　　D．拖拉

10．快捷菜单使用（　　）操作调出。

  A．双击左键　　　　　　B．双击右键　　　　　　C．单击左键　　　　　　D．单击右键

11．用鼠标拖动的方法复制一个对象时，可以按住（　　）键，用左键拖动。

  A．Ctrl　　　　　　　　B．Alt　　　　　　　　　C．Shift　　　　　　　　D．Home

12．在多个应用程序同时运行时，可以使用（　　）组合键操作在应用程序间进行切换。

  A．Alt+Esc　　　　　　B．Alt+Tab　　　　　　C．Ctrl+Esc　　　　　　D．Ctrl+Tab

13．在 Windows XP 中的"资源管理器"左窗口中，若显示的文件图标前带有"+"号，意味着该文件夹（　　）。

  A．含有下级文件夹　　　　　　　　　　B．仅含文件

  C．是空文件夹　　　　　　　　　　　　D．不含有下级文件夹

14．在 Windows 操作系统中，下列不能运行一个应用程序的操作是（　　）。

  A．执行"开始"→"运行"命令，在弹出的对话框中输入程序文件名

  B．用鼠标双击查找到的程序文件名

  C．执行"开始"→"查找"→"文件或文件夹"命令在弹出的对话框中输入程序文件名

  D．用鼠标右击查找到的程序文件名，然后在弹出的快捷菜单中执行"打开"命令

15．在桌面上要移动任何 Windows 窗口时，可以用鼠标拖动窗口的（　　）。

  A．滚动条　　　　　　　B．边框　　　　　　　　C．菜单控制项　　　　　D．标题栏

16．在对话框中，复选框是指在所列的选项中（　　）。

  A．仅选一项　　　　　　B．可以选择多项　　　　C．必须选一项　　　　　D．至少选一项

17．有关 Windows 操作系统的控制面板中"显示器"的"外观"选项卡，（　　）是正确的。

  A．只能改变桌面的颜色　　　　　　　　B．只能改变桌面和窗口边框的颜色

  C．能改变许多屏幕元素的颜色　　　　　D．只能改变桌面、窗口和对话框颜色

18．关于 Windows 操作系统的菜单命令，若某个命令后跟有"…"，则表示（　　）。

  A．该命令后将有一个对话框出现　　　　B．该命令现在处于设定状态

  C．该命令处于运行中　　　　　　　　　D．该命令后将有子菜单出现

19．在 Windows "资源管理器"窗口中，其左窗口中显示的是（　　）。

  A．当前打开的文件夹的内容　　　　　　B．系统的文件夹的层次结构

C．当前打开的文件夹名称及其内容　　　　D．当前打开的文件夹名称

20．在默认情况下，在 Windows 操作系统的"资源管理器"窗口中，当选定文件夹后，下列不能删除文件夹的操作是（　　　）。

A．在键盘上按 Delete 键　　　　　　　　B．用鼠标双击该文件夹

C．用鼠标右击该文件夹，在弹出的快捷菜单中执行"删除"命令

D．执行"文件"→"删除"命令

21．实现文件（文件夹）快速复制的操作是（　　　）组合键。

A．Ctrl +S　　　　　B．Ctrl + V　　　　　C．Ctrl + C　　　　　D．Ctrl + X

22．在 Windows XP 的（　　　）中可以对鼠标进行设置。

A．桌面　　　　　　B．资源管理器　　　　C．控制面板　　　　D．回收站

23．剪贴板是（　　　）中一块临时存放交换信息的区域。

A．内存　　　　　　B．硬盘　　　　　　　C．缓存　　　　　　D．应用程序

24．使用（　　　）可以重新安排文件在磁盘中的存储位置，将文件的存储位置整理到一起，同时合并可用空间，实现提高运行速度的目的。

A．格式化　　　　　B．磁盘清理程序　　　C．整理磁盘碎片　　D．磁盘查错

二、填空题

1．关闭计算机时，必须关闭 Windows XP，应先单击_____按钮再单击_____，最后单击_____按钮。

2．在 Windows XP 中支持长文件名，文件名中最多可达_____个字符。

3．在 Windows XP 中，有 3 种文件系统，分别是_____、_____和_____。

4．在 Windows XP 中，无论是删除文件还是复制文件，用户都得_____文件，再进行相应的操作。

5．在"我的电脑"中，要复制文件，先找到该文件并单击选中它，然后单击"编辑"菜单中的_____命令，再打开要放置文件的文件夹，单击_____菜单中的_____命令。

6．在 Windows XP 中，从硬盘上删除的文件暂时存放在_____中，文件并没有真正从硬盘上删除；如果文件是从软盘里被删除的，则删除的文件_____送入回收站。

7．启动 Windows XP 后，出现在屏幕上的整个区域称为_____，在 Windows XP 中要设置屏幕特性，可在_____中双击_____，也可用鼠标右键单击_____，然后单击快捷菜单中的_____。

8．要设置"我的电脑"或"资源管理器"中文件和文件夹的显示顺序，可用_____菜单中的_____命令。

9．在 Windows "资源管理器"中，要将磁盘中的某文件复制到另一文件夹中，可直接按住键盘的_____键和鼠标_____键将该文件拖曳到目的文件夹。

10．在桌面上创建快捷方式图标后，只要_____图标，就可以运行该程序。

11．选定对象并按下 Ctrl+X 组合键后，所选定的对象保存在_____中。

三、简答题

1．Windows XP 窗口由哪些部分组成？

2．Windows XP 对话框由哪些部分组成？

3．运行应用程序有哪些常用的方法？

4．如何创建文件夹、复制文件夹和删除文件夹？

5. 怎样将文件保存到文件夹中去？

6. 选定文件有哪些方法？

7. 为什么要对磁盘进行格式化？

8. 什么是显示器的分辨率？怎样设置显示器的分辨率？

9. 什么叫屏幕保护？怎样设置显示器屏幕保护？

10. 什么叫"磁盘碎片"？对电脑有什么危害？怎么处理？

第 3 章　Word 2003 文档处理软件

文字是多媒体信息世界中最普遍的一种信息表现形式,利用计算机对文字信息进行加工处理的过程,我们称为文字信息处理。Word 2003 是目前使用比较广泛的一种文档处理软件,它集文字的编辑、排版、表格处理、图形处理为一体,是一种所见即所得的文档处理软件。使用Word 2003 可以很方便地编写日常办公所用文档,如信函、计划、报告、备忘录以及电子邮件等。

本章主要内容
- Word 2003 基础知识
- 文档的创建、保存与编辑
- 设置字符、段落格式
- 表格处理与图片处理
- 使用样式和模板
- 页面设置与打印

3.1　Word 2003 基础知识

Word 2003 是包含在 Microsoft Office 2003 套装软件中的一个文档处理软件,运行在Windows XP 等环境下。它功能齐全,从文字、表格、插图、格式、排版到打印,是一个全能的桌面排版系统。同前期版本的 Word 相比,Word 2003 增加了许多实际的功能,特别是与Internet 和 WWW 相关联的功能,顺应了网络时代的需求。因此它已成为当今世界上应用得最为广泛的文字处理软件。

3.1.1　Word 2003 的主要功能

通常,字处理软件的功能分为基本应用和高级应用。基本应用主要包括文档的建立、编辑、排版与打印;高级应用包括文档格式设置,图、文、表混排技术,添加艺术字及文档页面格式设置等。Word 2003 具有强大的文档编辑和排版功能,在继承以前 Word 版本系列的所有优点的基础上,对其功能进行了大量的扩充,使文档的创建、共享和阅读变得更加简单。

3.1.2　Word 2003 的启动与退出

1. 启动

启动 Word 2003 有多种方法。例如:

- 从开始菜单启动。执行【开始】→【程序】→Microsoft Office→Microsoft Office Word 2003 菜单命令,即可启动 Word 2003。
- 从资源管理器中启动。打开"资源管理器",在左侧目录树窗口中查找并打开 Office 目录,在右侧窗口中双击 WINWORD.EXE 图标,即可启动 Word 2003。

2. 退出

退出 Word 2003 也有多种方法。例如:

- 执行【文件】→【退出】菜单命令。
- 直接单击 Word 标题栏右上角的【关闭】按钮。
- 按 Alt + F4 键等。

如果在退出 Word 2003 时，文件未保存过或在原来保存的基础上做了修改，Word 将提示用户是否保存编辑或修改的内容，单击【是】按钮后将保存编辑内容退出。

3.1.3　Word 2003 的窗口与视图

1. Word 2003 窗口

启动 Word 2003 后，用户首先会看到 Word 的标题屏幕，随后便可以进入 Word 的工作环境，如图 3-1 所示。其中主要包括：标题栏、菜单栏、工具栏、标尺、编辑区、滚动条和状态栏等组成部分。

图 3-1　Word 2003 工作界面

2. 文档视图

Word 提供了不同的视图方式，用户可以根据自己的不同需要来选择最适合自己的视图方式来显示文档。比如，用户可以使用普通视图来输入、编辑和排版文本；使用页面视图来观看与打印效果相同的页；使用大纲视图来查看文档结构。

（1）普通视图。

普通视图是最常用的视图方式之一，可以完成大多数的文本输入和编辑工作，不涉及页眉、页脚、页号以及页边距等格式，不能显示图文的内容、分栏、首字下沉效果等。

要切换为普通视图方式，可以执行"视图"→"普通"菜单命令，或单击窗口左下角的第 1 个按钮 ≡ 。

（2）Web 版式视图。

Web 版式视图用来创建 Web 页，它能够模仿 Web 浏览器来显示文档。在 Web 版式视图方式下，用户可以看到给 Web 文档添加的背景，文本将自动适应窗口的大小。

要切换到 Web 版式视图方式，可以执行"视图"→"Web 版式"菜单命令，或单击窗口左下角的第 2 个按钮 ▣ 。

（3）页面视图。

页面视图可以查看与实际打印效果相同的文档，如果滚动到页的正文之外，就可以看到如页眉、页脚以及页边距等项目。与普通视图不同的是，页面视图还可以显示出分栏、环绕固定位置对象的文字、首字下沉等特殊效果。

要切换到页面视图方式，可以执行"视图"→"页面"菜单命令，或单击窗口左下角的第3个按钮。在页面视图中，不再以虚线表示分页，而是直接显示页边距。

（4）大纲视图。

用户在大纲视图中可以折叠文档，只查看标题，或者展开文档，这样可以更好地查看整个文档的内容，移动、复制文字和重组文档都比较方便。

要切换到大纲视图方式，用户可以执行"视图"→"大纲"菜单命令或单击窗口左下角第4个按钮。

（5）阅读版式视图。

阅读版式视图是 Word 2003 新增加的功能，是为了方便用户在 Word 中进行文档的阅览而设计的。

要切换到阅读版式视图方式，可以执行"视图"→"阅读版式"菜单命令或单击窗口左下角的第 5 个按钮，如图 3-2 所示。

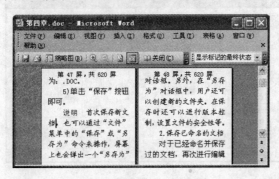

图 3-2　阅读版式视图

3.2　文档基本操作

通常情况下，利用 Word 2003 处理文档的一般过程为：

（1）创建新文档或打开已有文档。

（2）文档输入（文字、数字、表格、图形对象等）。

（3）文档编辑（选定文本、移动、删除、复制、查找替换等）。

（4）文档排版（字符段落格式、分节分栏、页眉页脚、页面设置等）。

（5）文档存盘（保存、另存为）。

3.2.1　创建文档

在 Word 2003 中可建立多种类型的文档，如空白文档、网页文档、电子邮件文档、XML文档以及从现有文档创建新的文档等。

1. 创建空文档

每次启动 Word 2003 时，Word 应用程序已经为用户创建了一个基于默认模板的名为"文档 1"新文档。也可以用另外的两种方法建立新的空文档。

- 单击常用工具栏中的  按钮，系统会自动建立一个基于 Normal 模板的空文档；Word 2003 在建立的第一个文档标题栏中显示"文档 1"，以后建立的其他文档的序号名称依次递增，如"文档 2"、"文档 3"等。
- 执行"文件"→"新建"命令菜单，打开窗口右侧的"新建文档"任务窗格，在"新建"选项组中选择"空白文档"选项即可。

2. 使用模板创建文档

当用户对 Word 2003 的功能不了解，不会编辑、排版或不熟悉一些特殊公文的格式时，就可以利用 Word 2003 提供的丰富的文档模板来创建相应的文档。Word 2003 提供了上百种常用的文档模板，几乎涵盖了所有的公文样式，如报告、出版物、信函与传真、英文信件等。要使用模板创建文档，可执行"文件"→"新建"菜单命令，在右边的"新建文档"任务窗格中单击"本机上的模板"图标，打开如图 3-3 所示的"模板"对话框。单击打开"常用"、"报告"、"备忘录"、"出版物"等选项卡，在列表框中选取要创建文档的类型，在右边的预览框中可以预览到该文档的外观，然后单击"确定"按钮即可用此模板创建文档，或进入向导界面按照提示创建文档。

图 3-3　　"模板"对话框

3. 根据现有文档创建新文档

可将选择的文档以副本方式在一个新的文档中打开，这时用户就可以在新的文档（即文档的副本）中操作，而且不会影响到原有的文档。操作方法为：执行"文件"→"新建"菜单命令，打开"新建文档"任务窗格，在"新建"选项组中选择"根据现有文档"选项，这时将弹出如图 3-4 所示的"根据现有文档新建"对话框，在其中选择要创建文档副本的文档，单击"创建"按钮即可。

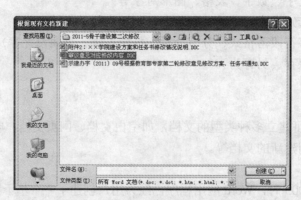

图 3-4　　根据现有文档创建新文档

3.2.2　打开文档

在进行文字处理等操作时，往往难以一次完成全部工作，而是需要对已建立的文档进行补充或修改，这就需要将存储在磁盘上的文档调入 Word 工作窗口，也就是打开文档。

1. 打开 Word 文档的基本方法

（1）从"文件"菜单中选择"打开"命令或单击常用工具栏中的"打开"按钮，则会弹出"打开"对话框。如图 3-5 所示。

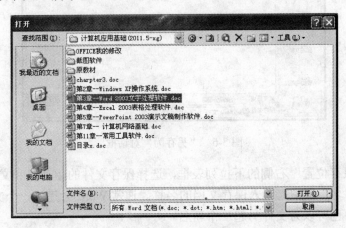

图 3-5　"打开"对话框

（2）单击"查找范围"右侧的下拉列表框，在其中选择包含要找的 Word 文件的驱动器、文件夹，同时在对话框下面的"文件类型"下拉列表框中选择文件的类型，则在窗口区域中显示该驱动器和文件夹中所包含的所有文件夹和文件。

（3）单击要打开的文件名或在"文件名"框中输入文件名。

（4）单击"打开"按钮即可。

提示　可以直接双击文件名打开文件。另外，如果想同时打开多个 Word 文档，可以在打开文件的对话框中选中你想打开的多个文件名（方法是：按住 Shift 键或 Ctrl 键，再单击你要打开的文件名），然后单击"打开"按钮即可。

2. 利用其他的方法打开 Word 文档

● 单击 Windows "任务栏"上的"开始"按钮，选择"打开 Office 文档"。

● 单击 Windows "任务栏"上的"开始"按钮，选择"文档"命令，从中打开用户最近使用过的文档。

● 在 Word 环境下，单击"文件"菜单下部列出的最近打开过的文件。

● 在"我的电脑"或"资源管理器"中，找到你要打开的 Word 文件，双击该文件即可。

3.2.3　保存文档

对于用户在文档窗口中输入的文档内容，仅仅是保存在计算机内存中并显示在显示器上，如果希望将该文档保存下来备用，就要对它进行命名并保存到磁盘上。在文档的编辑过程中，随时保存文档是一个好习惯。Word 默认的文档保存位置是：我的文档。当然，也可以根据用户自己的需要进行更改。

1. 保存新文档

（1）单击"常用"工具栏中的"保存"按钮或按功能键 F12，或按 Ctrl+S 组合键出现"另存为"对话框。如图 3-6 所示。

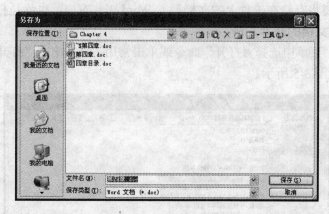

图 3-6 "另存为"对话框

（2）单击"保存位置"右侧的下拉列表框，选择保存文件的驱动器和文件夹。

（3）在"文件名"框中，输入保存文档的名称。通常 Word 会建议一个文件名，用户可以使用这个文件名，也可以为文件另起一个新名。

（4）在"保存类型"框中，选择所需的文件类型。Word 默认文件类型为：.DOC。

（5）单击"保存"按钮即可。

说明 首次保存新文档，也可以通过"文件"菜单中的"保存"或"另存为"命令来操作，屏幕上也会弹出一个"另存为"对话框。另外，在"另存为"对话框中，用户还可以创建新的文件夹。在保存时还可以进行版本控制，设置文件的安全性等。

2. 保存已命名的文档

对于已经命名并保存过的文档，再次进行编辑修改后可进行再次保存。这时可通过单击 按钮，或"文件"菜单中的"保存"命令，或按 Ctrl+S 组合键实现。

3. 换名保存文档

如果打开了旧文档，对其进行了编辑、修改，但同时希望保留修改之前的原文档内容，这时我们就可以将正在编辑的文档进行换名保存。方法是：

（1）单击"文件"菜单中的"另存为"命令，弹出"另存为"对话框。

（2）选择要保存文档的驱动器和文件夹。

（3）在"文件名"框中，输入新的文件名，单击"保存"按钮即可。

提示 有时用户同时打开了多个文档，如果希望一次性保存全部文档，只需按住 Shift 键并单击"文件"菜单中的"全部保存"命令即可。另外，单击"文件"菜单下的"另存为网页"命令可以将 Word 文档保存为网页类型。

4. 关闭文档

要关闭当前正编辑的某一个文档，而不退出 Word 2003 应用程序，可单击"文件"菜单中"关闭"命令。

提示 要在不退出程序的情况下关闭所有打开的文档，可按住 Shift 键并单击"文件"菜单中的"全部关闭"命令。

3.2.4　文档格式转换

除了默认的 .doc 格式外，Microsoft Word 可以将文档保存为多种格式。其中 RTF 格式为多信息文本格式。但是，并不是所有的文件格式都能存储 .doc 文件中通常所保存的文件信息。

例如，纯文本文件（.txt）只能够保存无格式文本。如果将 Word 文档保存为纯文本格式，那么任何格式、图片、对象和表格（除了文本自身外的任何信息）都会被丢弃，因为这些信息无法保存在纯文本文件中。

同样，网页文件格式（.htm，.html，.mht，和.mhtml）、XML 文档不能保存某些 Word 功能，例如删除文档保护或文档版本控制的密码。

3.3　文档编辑基本操作

在 Word 中创建或打开一个文档后，就会对文档进行插入、删除、移动、复制、替换等编辑操作，这些基本操作都要遵守"先选定，后操作"的原则。

3.3.1　插入和选定文本

1．插入文本

启动 Word，创建或打开一个文档后，就要进行文字的输入和编辑修改。

（1）插入点。

在窗口的编辑区中，时刻闪烁着一个竖条（I）光标，称为插入点，表示新文字或对象的插入位置。定位了插入点的位置后，就可以输入文本了。在要插入文本处单击，插入点就定位到该处。另外也可以使用光标移动键将光标移到插入点；如果文本内容过长不能同屏显示，可使用 PgUp 键和 PgDn 键进行翻页，然后再用光标移动键定位插入点。表 3-1 列出了可以快速移到插入点的一些常用组合键。

表3-1　快速移到插入点的常用组合键

组合键	功　能	组合键	功　能
←	把插入点左移一个字符或汉字	Ctrl+←	把插入点左移一个单词
→	把插入点右移一个字符或汉字	Ctrl+→	把插入点右移一个单词
↑	把插入点上移一行	PgUp	把插入点上移一屏
↓	把插入点下移一行	PgDn	把插入点下移一屏
Home	把插入点移到行的最前面	Ctrl+Home	把插入点移到文章的开始
End	把插入点移到行的最后面	Ctrl+ End	把插入点移到文章的末尾
Ctrl+↑	把插入点移到当前段的开始	Ctrl+ PgUp	把插入点移到上一页的第一个字符
Ctrl+↓	把插入点移到下一段的开始	Ctrl+ PgDn	把插入点移到下一页的第一个字符

（2）定位插入点。

执行"编辑"→"查找"菜单命令，打开"查找和替换"对话框，然后单击"定位"标签，可将插入点移到一些特殊的位置。如图 3-7 所示，单击"定位"按钮，屏幕显示第 8 页的内容，插入位于第 8 页的第一个字符。单击"关闭"按钮关闭"查找和替换"对话框。

图 3-7　"查找和替换"对话框

（3）多种方式输入文本。

在文档中输入内容有多种方法，如键盘输入、自动图文集、插入其他文件中的内容、输入时的自动校正以及命令的撤销与重复等。当然，在文档中输入的内容总是出现在插入点处的。Word 在输入文本到一行的最右边时，不需要按 Enter 键转行，在用户输入下一个字符时将自动转到下一行的开头。在输入文本的过程中，可以通过"插入"菜单的"符号"命令插入"特殊符号"；也可以利用输入法状态条上的"软键盘"来插入某些"特殊符号"。

注意

（1）一个自然段结束时才能按 Enter 键。

（2）注意插入点的位置。

（3）对齐文本请用缩进方式。

（4）注意插入方式和改写方式的区别。

2．选定文本

在 Word 中为了加快文档的编辑、修改速度，允许对文本块进行操作，就必须先要选定文本。选定文本可以用键盘，也可以用鼠标。在选定文本内容后，被选中的部分变为黑底白字即反相显示，此时便可方便地对其进行删除、替换、移动、复制等操作。

1．使用鼠标选定文本

选定文本的常用方法是使用鼠标选定文本。常用操作如表 3-2 所示。

表3-2　鼠标选定文本的常用操作方法

选定内容	操　作　方　法
文本	拖过这些文本
一个单词	双击该单词
一行文本	将鼠标指针移动到该行的左侧，直到指针变为指向右边的箭头，然后单击
多行文本	将鼠标指针移动到该行的左侧，直到指针变为指向右边的箭头，然后向上或向下拖动鼠标
一个句子	按住 Ctrl 键，然后单击该句中的任何位置
一个段落	将鼠标指针移动到该段落的左侧，直到指针变为指向右边的箭头，然后双击
多个段落	将鼠标指针移动到该段落的左侧，直到指针变为指向右边的箭头，然后双击，并向上或向下拖动鼠标
一大块文本	单击要选定内容的起始处，然后滚动到要选定内容的结尾处，在按住 Shift 键同时单击
整篇文档	将鼠标指针移动到文档中任意正文的左侧，直到指针变为指向右边的箭头，然后三击
一矩形文本	按住 Alt 键，然后将鼠标拖过要选定的文本

2．使用键盘选定文本

使用键盘选定文本时，离不开 Shift 键。选定文本的方法是：按住 Shift 键并按能够移动插入点的键。使用键盘选定文本的常用操作方法如表 3-3 所示。

表3-3　常用键盘选定文本的组合键功能说明

组　合　键	功　能　说　明
Shift + ↑	上移一行
Shift + ↓	下移一行
Shift + ←	左移一个字符
Shift + →	右移一个字符
Shift + PgUp	上移一屏
Shift + PgDn	下移一屏
Ctrl + A	整个文档

3.3.2　复制、移动和删除文本

在编辑文档时，剪切、复制和粘贴是最常用的编辑操作，它们可以在同一文档中移动或复制文本，也可以在 Office 系列办公软件的文档间复制重复的内容，这样可以提高文档编辑效率。剪切是把被选定的文本内容复制到剪贴板上，同时删除被选定的文本；而复制则是在把被选定的文本内容复制到剪贴板上的同时，仍保留原来的被选定文本。

复制与移动文本都能通过鼠标操作或执行菜单命令两种方法来实现。

1．复制文本

复制文本是指将所选定的文本做一个备份，然后在一个或多个位置复制出来，但原始文本并不改变。复制文本有以下几种方法。

- 选定要复制的文本，按住 Ctrl 键不放，同时拖动选定的文本，拖到目标位置后，先松开鼠标后释放 Ctrl 键即可。
- 选定要复制的文本，执行"编辑"→"复制"菜单命令，此时已将选定的文本内容复制到剪贴板上。将插入点移到目标位置，执行"编辑"→"粘贴"菜单命令，就会出现相同的选定文本。
- 选定要复制的文本，按 Ctrl+C 组合键完成复制操作，将插入点移到目标位置，按 Ctrl+V 组合键完成粘贴操作。
- 选定要复制的文本，单击工具栏上的 按钮完成复制操作，将插入点移到目标位置，单击工具栏上的 按钮完成粘贴操作。

2．移动文本

移动文本与复制文本的操作相似，只是移动文本时将选定的文本移到另外一个位置，从始至终只有一个被移动的内容。移动文本有以下几种方法。

- 选定要移动的文本，在选定的文本处按住鼠标左键不放，同时拖动鼠标，鼠标指针变成 形状，拖到目标位置后，松开鼠标即可。
- 选定要移动的文本，执行"编辑"→"剪切"菜单命令，此时已将选定的文本内容剪切到剪贴板上。将插入点移到目标位置，执行"编辑"→"粘贴"菜单命令，即移动了文本的位置。
- 选定要移动的文本，按 Ctrl+X 组合键完成剪切操作，将插入点移到目标位置，按 Ctrl+V 组合键完成粘贴操作。

- 选定要移动的文本，单击工具栏上的 ✂ 按钮完成剪切操作，将插入点移到目标位置，单击工具栏上的 📋 按钮完成粘贴操作。

3．删除文本

用 Backspace 键和 Delete 键可逐个删除插入点前和后的字符。但如果要删除大量的文字，则可以先选定要删除的文本，利用以下几种方法进行删除。

- 选择"编辑"菜单中的"剪切"命令。
- 选择"编辑"菜单中的"清除"命令。
- 按 Backspace 键或 Delete 键。
- 直接输入新的内容取代选定的文本。

3.3.3　查找和替换文本

在编辑文档的过程中，通常要用某一文本内容替换另一文本，Word 提供了快速查找与替换功能。

执行"编辑"→"查找"菜单命令或按 Ctrl+F 组合键，打开"查找和替换"对话框，如图 3-8 所示，利用该对话框可以查找文字、指定格式和段落标记、图形等待定项，设置方法有 4 种。

图 3-8　"查找和替换"对话框

（1）查找文字。

在"查找和替换"对话框中的"查找内容"文本框中输入要查找的文字，然后单击"查找下一处"按钮。

（2）查找文字格式。

在"查找和替换"对话框中的"查找内容"文本框中输入要查找的义字，然后单击"高级"按钮，在扩展的对话框（见图 3-9）中单击"格式"按钮，弹出一个格式项目列表，用户可以选择某一格式项目，在相应的对话框中设定查找文本的格式，如黑体、加粗、行距为 2 倍行距等。

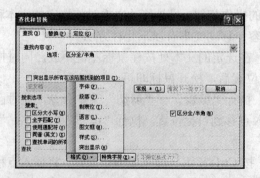

图 3-9　"查找"选项卡

（3）查找特殊字符

在"查找和替换"对话框中的"查找内容"文本框中输入要查找的文字，然后单击"高级"按钮，在扩展的对话框中单击"特殊字符"按钮，选择要查找的特殊字符。

在"搜索"下拉列表框中提供了 3 种选择：向下、向上或全部。设置完成后，单击"查找下一处"按钮，光标将移动到文档中第一个符合条件处，以后每单击一次该按钮，光标就移到下一个符合条件处，直到查找完毕。如果文档中没有符合条件的搜索项，系统将给出提示信息。

（4）替换文本。

要替换查找到的文字、文字格式或特殊字符，需要在"查找和替换"对话框中单击"替换"标签，打开该选项卡，如图 3-10 所示。用户可以在"查找内容"文本框中输入将要被替换的内容，在"替换为"文本框中输入要替换的新内容，单击"替换"按钮，将替换第一个查找到的内容；单击"全部替换"按钮，则替换查找到的全部内容。

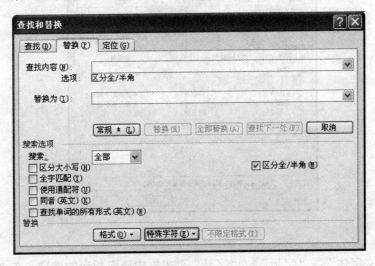

图 3-10　"替换"选项卡

3.4　设置字符格式

文档编辑完成以后，还需要对文档中的文字进行格式设置，从而使文档更加美观实用。在默认情况下，Word 2003 所有的输入文字会以中文：宋体、五号字；英文：Times New Roman 体、五号字显示出来。

要为某一部分文本设置字符格式，则必须先选中这部分文本。如果没有选定文本，而进行了字符格式的设置，那么，从当前位置开始，输入的字符都沿用当前设置的字符格式。

3.4.1　字体、字号、字形和字体颜色

字体、字号、字形和字体颜色的设置可通过工具栏按钮或"字体"对话框来完成。

1. 使用工具栏按钮

选定要设置字符格式的文本，单击"格式"工具栏上的相应按钮（如图 3-11 所示），被选中的文本的字体、字号、字形和字体颜色就会随之发生相应的变化。

图 3-11　"格式"工具栏

2. 使用字体对话框

（1）选定要设置的文本，执行"格式"→"字体"菜单命令或按 Ctrl+D 组合键，弹出如图 3-12 所示的"字体"对话框。

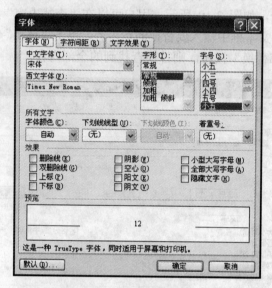

图 3-12　"字体"对话框

（2）在"中文字体"、"字形"、"字号"列表框中选取相应的选项，在"下画线线型"列表框中选取一种线型，在"字体颜色"列表框中选择字体的颜色。

（3）在"效果"中根据需要选择相应的选项。

（4）单击"确定"按钮，完成对选定文本的字体、字号、字形和字体颜色的设置。

3.4.2　间距和位置

在"字体"对话框中单击"字符间距"标签，打开该选项卡，如图 3-13 所示，即可对文字之间的间距和位置进行设置。

- 缩放：在"缩放"下拉列表框中可以输入一个比例值来设置字符缩放的比例。
- 间距：间距用来调整字符之间的距离。在其下拉列表框中有"标准"、"加宽"和"紧缩" 3 种选项。当选择了"加宽"或"紧缩"选项后，可在右边的"磅值"文本框中输入一个数值，对字符间距进行精确的调整。
- 位置：设置文字出现在基准线上或其上、下位置，有"标准"、"提升"和"降低" 3 种选项。如果需要，可在右边的"磅值"文本框中输入数字进行精确的调整。

在文档的格式设置中不仅要设置文字格式，还要对段落进行编排，为文档添加边框、底纹等。

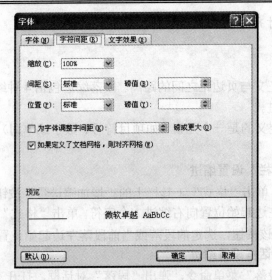

图 3-13　"字符间距"选项卡

在 Word 中，段落是独立的信息单位，具有自身的格式特征，如对齐方式、间距和样式等。每个段落的结尾处都有段落标记。文档中段落格式的设置取决于文档的用途以及用户所希望的外观。通常，会在同一篇文档中设置不同的段落格式。当按下 Enter 键结束一段开始另一段时，生成的新段落会具有与前一段相同的段落格式。

3.5　设置段落格式

用户可以对段落进行缩进、文本对齐方式、行距和间距等格式设置。缩进是指将要缩进段落的左右边界或段落的起始位置向右或向左移动。移动后，要缩进段落的文字将按缩进后的宽度重新排版。

3.5.1　段落的对齐

段落对齐是指段落边缘的对齐方式。在 Word 2003 中，段落的对齐方式有以下几种：

- 左对齐　使所选段落的每一行文字左侧与左页边距对齐。
- 两端对齐　将所选段落的每一行两端（行末除外）对齐。
- 居中对齐　使所选段落的文本居中排列。
- 右对齐　使所选段落的文本右边对齐，左边不对齐。
- 分散对齐　通过调整空格，使所选段落的各行等宽。

段落对齐设置可通过"格式"工具栏上的对齐方式工具按钮 ▤▤▤▤ 来实现，具体操作步骤如下：将光标定位在需要设置段落对齐格式的位置，单击"格式"工具栏上的对齐方式按钮，即可设置相应的对齐方式。

设置两端对齐、右对齐、居中和分散对齐 4 种对齐方式中，分散对齐的对齐方式是针对页面边缘的。当工具栏上某一对齐方式按钮呈按下的状态时，表示目前的段落编辑状态是相应的对齐方式。

提示　需要撤销段落的某种对齐方式，则再单击该对齐按钮即可。当两端对齐按钮呈释放状态时，该段落的对齐方式为左对齐。当然，也可以利用"段落"对话框中的"缩进和间距"

选项卡设置段落文本的对齐方式。

3.5.2　段落的缩进

段落缩进是指文本正文与页边距之间的距离。段落缩进包括4种缩进方式：左缩进、右缩进、悬挂缩进和首行缩进。

创建悬挂缩进时，定义的是一个元素（如项目符号、数字或单词）相对于文本第一行左侧的偏移量。

1. 利用"格式工具栏"设置缩进

选定要缩进的段落。单击"格式"工具栏上的"增加缩进量"按钮 ，单击一次该按钮，选定的段落或当前段落左边起始位置向右缩进1个字符。单击"格式"工具栏上的"减少缩进量"按钮 ，单击一次该按钮，选定的段落或当前段落左边起始位置向左缩进1个字符。

2. 利用"段落"对话框设置缩进

执行"格式"→"段落"菜单命令，弹出"段落"对话框，打开"缩进和间距"选项卡，如图3-15所示。用户可以在该选项卡中精确设置段落缩进的格式。

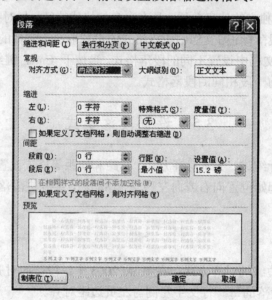

图3-15　"段落"对话框

3. 利用"标尺"设置缩进

选定要缩进的段落。

- 首行缩进：将水平标尺上的"首行缩进"标记拖动到希望文本开始的位置。
- 悬挂缩进：在水平标尺上，将"悬挂缩进"标记拖动至所需的缩进起始位置。
- 左缩进：可以设置文本的左边界位置。在水平标尺上，将"左缩进"标记拖动至所需的文本左边界起始位置。
- 右缩进：与左缩进同样的方法，可拖动"右缩进"标记，移动右边界。

上述4个缩进标志组合使用，可以产生不同的缩进排列效果，从而使各段落能按用户不同的需要排列段落宽度。

提示　如果希望比较精确地进行缩进，则可以按下Alt键，同时拖动"缩进"标记。

3.5.3 设置段落行距与间距

行距表示各行文本之间的垂直距离。段落的间距是不同段落之间的垂直距离，即是指当前段或选定段与前段和后段的距离。用户可以使用"段落"对话框来设置段落的间距。具体操作步骤如下：

（1）将光标移至需要设置行距及段间距的段落。

（2）执行"格式"→"段落"菜单命令，弹出"段落"对话框，选择"缩进和间距"选项卡，在该选项卡中可以对段落的间距进行设置。

注意 如果选择的行距为"固定值"或"最小值"，请在"设置值"文本框中输入所需的行间隔。如果选择了"多倍行距"，请在"设置值"文本框中输入行数。如果选定的文本包含的是多个段落，则被选定的文本包含的段落之间的间距，将是段前间距与段后间距之和。

3.5.4 格式刷

"格式刷"是 Word 2003 中非常有用的一个工具，其功能是将一个选定文本的格式复制到另一个文本上去，以减少手工操作的时间，并保持文字格式的一致。用户根据需要可以复制字符格式和段落格式。

1. 复制字符格式

（1）选定具有要复制的格式的文本。

（2）单击"常用"工具栏中的"格式刷"按钮 ，然后选定要应用此格式的文本。

2. 复制段落格式

（1）选定具有要复制的格式的段落（包括段落标记）。

（2）单击"常用"工具栏中的"格式刷"按钮，然后选定要应用此格式的段落。

提示 若要将选定格式复制到多个位置，可双击"格式刷"按钮。复制完毕后再次单击此按钮或按 Esc 键。

3.5.5 设置段落的边框和底纹

在处理 Word 文档过程中，有时为了获得一些特殊效果，需要为页面、文字加上边框和底纹。

1. 添加边框

给某些文本或段落或页面添加边框的具体操作步骤如下：

（1）选定需要添加边框的文本。

（2）执行"格式"→"边框和底纹"菜单命令，再单击"边框"标签，打开该选项卡，如图 3-16 所示。

（3）在该选项卡中设置完边框类型、边框线型、边框颜色、边框宽度、应用范围等属性后，单击"确定"按钮即可。

（4）单击打开"页面边框"选项卡，可完成对页面设置边框。

提示 如果要为字符添加简单的边框，单击"格式"工具栏上的"字符边框" 按钮即可。

2. 添加底纹

添加底纹的具体操作步骤如下：

（1）在图 3-16 中单击"底纹"标签，打开该选项卡。

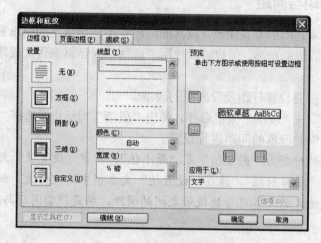

图 3-16　"边框"选项卡

（2）在"填充"和"图案"选项组选择用户需要的底纹样式，单击"确定"按钮即可完成添加底纹的操作。如图 3-17 所示。

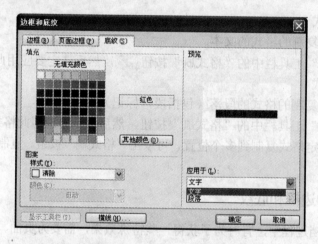

图 3-17　"底纹"选项卡

提示　如果要为字符添加简单的底纹，单击"格式"工具栏上的"字符底纹" **A** 按钮即可。也可以通过"其他格式"工具栏中的"突出显示" abγ ▾ 按钮来构造一个突出显示的效果。

3.5.6　项目符号与编号

Word 2003 提供了自动项目和自动编号功能，项目的编号将实现自动化，而不必手工编号。用户可以首先创建项目符号，然后输入项目；也可以首先输入文字内容，然后再为这些文字标上项目符号。Word 2003 提供的自动编号功能，在输入文字的过程中将自动把一些格式转换成项目符号。

1．自动创建项目符号与编号

一般情况下，在安装 Word 2003 后，Word 已经具有自动创建项目符号与编号的功能。如果用户的计算机上没有这项功能，则可按如下步骤进行操作：

（1）选择"工具"菜单中的"自动更正选项"命令，弹出"自动更正"对话框，再单击打开"键入时自动套用格式"选项卡。如图 3-18 所示。

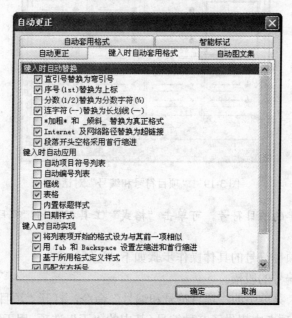

图 3-18　"键入时自动套用格式"选项卡

（2）在"键入时自动应用"选项区中选择"自动项目符号列表"和"自动编号列表"复选框。

（3）单击"确定"按钮，即可在输入文本时，自动创建项目符号或编号。

如果要创建项目符号或编号，可输入"1."或"*"，再按空格键或 Tab 键，然后输入任何所需文字。当按下 Enter 键以添加下一列表项时，Word 会自动插入下一个编号或项目符号。要结束列表，请按两次 Enter 键。也可通过按 Backspace 键删除列表中的最后一个编号或项目符号，来结束该列表。

提示　如果用户的计算机上已经有自动创建项目符号和编号的功能，而用户在输入时又不希望使用该功能，则可以再打开"自动更正"对话框，在"键入时自动套用格式"选项卡中，取消对"自动项目符号列表"和"自动编号列表"复选框的选定，单击"确定"即可。

2．添加项目符号

（1）选择要添加项目符号的段落。

（2）选择"格式"菜单中的"项目符号和编号"命令，打开"项目符号和编号"对话框。如图 3-19 所示。

（3）在"项目符号"选项卡中，提供了 8 种项目符号（其中的"无"选项，用于取消所选段落的项目符号）。如果用户想采用其他的符号作为新的项目符号，可以单击"自定义"按钮，在弹出的"自定义项目符号列表"对话框中，选择所需选项。在该对话框中通过"字符…"和"图片…"按钮还可以选择新的项目符号。

（4）在"项目符号"选项卡中，单击"图片…"按钮，可以打开剪辑库中的图片符号来作为用户的新的项目符号。单击"确定"按钮，添加项目符号完成。

图 3-19　"项目符号和编号"对话框

提示　要添加简单的项目符号，可单击"格式"工具栏中的"项目符号"按钮三。

3．添加编号

为原有段落添加项目符号的具体操作步骤如下：

（1）选定要添加编号的段落。

（2）选择"格式"菜单中的"项目符号和编号"命令，打开"项目符号和编号"对话框。

（3）在"编号"选项卡中提供了 8 种编号（其中的"无"选项，用于取消所选段落的编号）。如果用户想采用其他格式、样式的编号，可以单击"自定义"按钮，出现"自定义编号列表"对话框，选择所需选项。单击"确定"按钮，编号设置完成。

提示　要添加简单的编号，可单击"格式"工具栏中的"编号"按钮三。

3.5.7　分栏

有时在处理 Word 长文档时，为了美化文档，可能需要多种排版方式。比如，在奇、偶页上采用不同的页眉、页脚，某些段落需要采用分栏的形式等。这时就需要设置文档分隔符等操作。

Word 2003 提供了段落分隔符、换行符、分页符和分节符等几种重要的分隔符，通过对这些分隔符的设置和使用可以实现不同的功能。

1．插入段落分隔符

输入文字过程中，每按一次 Enter 键，Word 结束一个段落，在当前的光标位置插入一个段落标记，同时创建一个新段落。段落分隔符是区别段落的标志，通过对段落分隔符的操作，可以将一段文字分为两段或将两段文字合并为一段。

把一段内容分成两段的方法是：将光标移到要分段的断点处按 Enter 键。

将两段文字合并为一段文字的方法是：将光标移到段落标记前，按 Delete 键。

提示　如果段落分隔符总是显示在屏幕上，单击"常用"工具栏中的"显示/隐藏编辑标记"按钮无法去掉时，请选择"视图"菜单中的"显示段落标记"命令，将其前面的"√"去掉，即可让"常用"工具栏中的"显示/隐藏编辑标记"按钮 起作用。

2．插手动换行符

如果在两行文字之间插入行分隔符，说明这两行文字是在同一段落中，并没有重新开始一段，对该段落进行格式设置时，它们同时被设置。

插入手动换行符的方法是：

将光标移到要插入手动换行符的位置。单击"插入"菜单中的"分隔符"命令，出现"分隔符"对话框，如图 3-20 所示。单击"换行符"单选按钮。单击"确定"按钮，在当前光标处插入一个换行符。

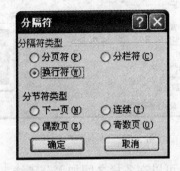

图 3-20　"分隔符"对话框

提示　插入行分隔符的快捷方式是：按 Shift+Enter 组合键。

将光标移到行分隔符处，按 Delete 键，可删除行分隔符。

3. 插入分页符

当输入一页时，Word 会自动增加一个新页，同时在新页的前面产生一个自动分页符。如果在自动分页符前面插入一行文字，那么放不下的文字，会自动移到下一页。

在编辑文档过程中，有时需要将某些文字放在一页的开头。无论在前面插入多少行文字，都需要保证该部分内容在某页开始的位置，那么就需要在该部分文字前面插入手动分页符。

插入手动分页符的方法如下：

将插入点移到要插入分页符的位置。单击"插入"菜单中的"分隔符"命令，弹出"分隔符"对话框。选中"分页符"选项，单击"确定"按钮，即在当前光标处插入一个分页符。

提示　手动"分页符"是可以删除的。

4. 插入分节符

将光标移动到需要设置分节符的开始位置。单击"插入"菜单中的"分隔符"命令，出现"分隔符"对话框。在"分节符"区域内选择需要使用的分隔方式，然后单击"确定"按钮。

提示　分节符可以像文字一样被删除掉。建立新节后，对新节所作的格式操作，都将被记录在分节符中。一旦删除了分节符，那么后面的节将服从前面节的格式设置，因此，删除分节符的操作一定要慎重。

5. 分栏

对文档进行分栏的最简单的方法是：使用"其他格式"工具栏中的"分栏"按钮，该按钮最多可分 4 栏。但在一般的情况下，可通过"分栏"命令来处理。

（1）选定将要进行分栏排版的文本。

（2）单击"格式"菜单中的"分栏"命令，出现"分栏"对话框。如图 3-21 所示。

（3）在"预设"区域中选择分栏格式及栏数，如果栏数不满足要求，可在"栏数"选值框中选择；如果当前纸张大小是 A4 纸，则可设置最大栏数为 11 栏。

（4）若希望各栏的宽度不相同，请取消"栏宽相等"选项的选定，然后分别在"栏宽"和"间距"选值框内进行操作。

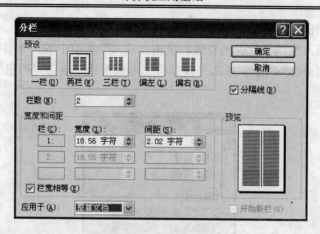

图 3-21 "分栏"对话框

（5）选定"分隔线"选项，可以在各栏之间加入分隔线。

（6）在"应用于"选择插入点后，选定"开始新栏"复选框，则在当前光标位置插入"分栏符"，并使用上述分栏格式建立新栏。

（7）单击"确定"按钮，Word 会按设置进行分栏。

6. 设置等长栏

当文档不满一页时，Word 会把它分为一个不等长的栏，为了使栏相等，可采用如下的方法：

（1）将光标置于已分栏文档的结尾位置。

（2）单击"插入"菜单中的"分隔符"命令，出现"分隔符"对话框。

（3）在"分节符"组框中选择"连续"项。

（4）单击"确定"按钮，即可获得一个等长的栏。

提示　另外，在选中分栏内容时，不包括最后一段的段落标记，也可以直接分成等长栏。而且只有在"页面"视图中才能看到分栏的情形。若想快速地调整栏间距，可通过"水平标尺"来完成。

3.6　表格处理

在文档中经常会使用表格，Word 2003 提供的表格功能可以方便地在文档中进行插入表格、编辑表格等操作。

3.6.1　表格的创建与删除

表格是由不同行列的单元格组成，可以在单元格中填写文字和插入图片。表格经常用于组织和显示信息，但是还有其他许多用途。可以用表格按列对齐数字，然后对数字进行排序和计算。可以用表格创建引人入胜的页面版式以及排列文本和图形。在 Word 2003 中通过使用"表格移动控点" 可以移动表格到页面的其他位置，使用"表格尺寸控点" 可以更改表格的大小。

1. 利用"插入表格"按钮

创建表格的最简单快速的方法就是使用"常用"工具栏中的"插入表格"按钮，它不能设置自动套用格式和设置列宽，而是需要在创建后重新调整。

使用"插入表格"按钮创建规则表格的操作步骤如下：

（1）打开文档，把插入点移动到要插入表格的位置。

（2）单击"常用"工具栏中的"插入表格"按钮 ，此时屏幕上会出现一个网格。

（3）按住鼠标左键沿网格左上角向右拖动指定表格的列数，向下拖动指定表格的行数，例如，绘制 3 行 4 列的表格，松开鼠标左键，就会看到在插入点处绘制了一个 3 行 4 列的表格，如图 3-22 所示。

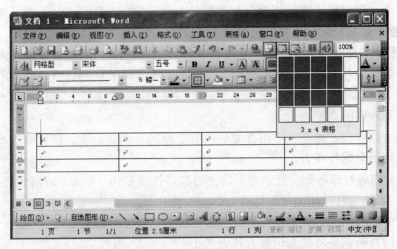

图 3-22　在文档中创建 3 行 4 列的表格

2．利用"插入表格"命令

在创建表格时，如果用户还需要指定表格中的列宽，那么就要利用"表格"菜单中的"插入表格"命令。具体操作步骤如下：

（1）打开文档，把插入点移动到要插入表格的位置。

（2）执行"表格"→"插入表格"菜单命令，弹出"插入表格"对话框，如图 3-23 所示。

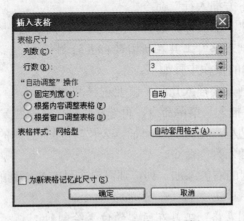

图 3-23　"插入表格"对话框

（3）在"列数"列表框中选择或输入表格的列数值，在"行数"列表框中选择或输入行数值。在"自动调整操作"中可以选择操作内容：选中"固定列宽"单选按钮，可以在数值框中输入或选择列的宽度，也可以使用默认的"自动"选项把页面的宽度在指定的列数之间平均分布；单击"根据窗口调整表格"单选按钮，可以使表格的宽度与窗口的宽度相适应，当窗口的宽度改变时，表格的宽度也跟随变化；单击"根据内容调整表格"单选按钮，可以使列宽自动适应内容的宽度。单击"自动套用格式"按钮，可以按预定义的格式创建表格。选中"为新表格记忆此尺寸"复选框，可以把"插入表格"对话框中的设置变成以后创建新表格时的默认值。单击"确定"按钮完成操作。

3.6.2　表格编辑

表格建立后，可对表格进行修改，如添加行与列、删除表格、合并与拆分单元格等。

1. 调整整个表格或部分表格的尺寸

（1）调整整个表格尺寸：将指针停留在表格上，直到表格尺寸控点□出现在表格的右下角。将指针停留在表格尺寸控点上，直到出现一个双向箭头。将表格的边框拖动到所需尺寸。

（2）改变表格列宽：将指针停留在要更改其宽度的列的边框上，指针变为 ↔‖↔，然后拖动边框，直到得到所需的列宽为止。

（3）改变表格行高：将指针停留在要更改其高度的行的边框上，指针变为 ↕，然后拖动边框，直到得到所需的行高为止。

（4）平均分布各行或各列：选中要平均分布的多行或多列，单击"表格和边框"工具栏上的"平均分布各行"按钮 ⊞ 或"平均分布各列"按钮 ⊞ 。

提示　可以使用 Word 2003 窗口中的"水平标尺"和"垂直标尺"来调整列宽和行高。还可以使用表格的自动调整功能来调整表格的大小。

2. 插入行、列、单元格

在 Word 表格中插入行的操作步骤如下：

（1）选择表格的若干行，要插入几行，就要选择几行。

（2）执行"表格"→"插入"菜单命令，再选择"行（在上方）"或"行（在下方）"命令。

（3）也可以单击"表格和边框"工具栏上"插入表格" ⊞ ▾ 右侧的下拉箭头，然后选择"在上方插入行"或"在下方插入行"命令。

（4）要在表格末尾快速添加一行，则可单击最后一行的最后一个单元格，然后按 Tab 键。

提示　也可使用"绘制表格"工具在所需的位置绘制行。

在 Word 表格中插入列的操作步骤如下：

（1）选择表格的若干列，要插入几列，就要选择几列。

（2）执行"表格"→"插入"菜单命令，再选择"列（在左侧）"或"列（在右侧）"命令。

也可以单击"表格和边框"工具栏上"插入表格" ⊞ ▾ 右侧的下拉箭头，然后选择"在左侧插入列"或"在右侧插入列"命令。

（3）要在表格最后一列的右侧添加一列，则可单击最右边一列的外侧。指向"表格"菜单中的"插入"子菜单，然后单击"列（在右侧）"命令。

提示　也可使用"绘制表格"工具在所需的位置绘制列。

单元格的插入：

（1）将光标置于要插入单元格的位置。

（2）单击"表格"菜单，指向"插入"子菜单，在显示的命令列表中选择"单元格"命令，弹出"插入单元格"对话框，选择相应的选项后，单击"确定"按钮。

（3）也可以单击"表格和边框"工具栏上"插入表格"按钮▦ ▾右侧的下拉箭头，然后选择"插入单元格"命令，出现"插入单元格"对话框，选择相应的选项后，单击"确定"按钮。

3. 删除行、列、单元格

行、列的删除操作步骤如下：

（1）将光标置于要删除的行或列。

（2）单击"表格"菜单，指向"删除"子菜单，在显示的命令列表中选择"行"或"列"命令。

提示　也可以在选中某一行或列后，利用"剪切"命令来删除行或列。

注意　当删除了行或列后，其中的内容一起被删除。

单元格的删除的操作步骤如下：

（1）将光标置于要删除的单元格中。

（2）单击"表格"菜单，指向"删除"子菜单，在显示的命令列表中选择"单元格"命令，弹出"删除单元格"对话框，选择相应的选项后，单击"确定"按钮。

也可以在单元格中直接单击鼠标右键，在出现的快捷菜单中选择"删除单元格"命令。

删除所选内容的操作步骤如下：

（1）选中要删除内容的单元格。

（2）按 Delete 键。

提示　也可以单击"常用"工具栏上的"剪切"按钮，或"编辑"菜单中的"剪切"命令来删除选定的单元格中的内容。

4. 删除表格

在 Word 表格中删除表格的操作步骤如下：

（1）光标定位在要删除的表格中。

（2）执行"表格"→"删除"→"表格"菜单命令。

5. 合并与拆分单元格

同一行或同一列中的两个或多个单元格可以合并为一个单元格。例如，读者可以横向合并单元格以创建横跨多列的表格标题。具体操作如下：

（1）单击"表格和边框"工具栏上的"擦除"按钮▨，在要删除的分隔线上拖动。

（2）也可以通过选定单元格，然后选择"表格"菜单中的"合并单元格"命令，或单击"表格和边框"工具栏上的"合并单元格"按钮▦，能快速合并多个单元格。

（3）也可以通过选定单元格，然后单击鼠标右键，在出现的快捷菜单中选择"合并单元格"命令，快速合并多个单元格。

提示　如果要将同一列中的若干单元格合并成纵跨若干行的纵向表格标题，则需单击"更改文字方向"按钮▥改变标题文字的方向。

拆分单元格的具体操作如下：

（1）单击"表格和边框"工具栏上的"绘制表格"按钮▨，鼠标指针变成笔形，拖动笔形指针可以创建新的单元格。

（2）也可以通过选定单元格，然后选择"表格"菜单中的"拆分单元格"命令，或单击"表格和边框"工具栏上的"拆分单元格"按钮▦，弹出"拆分单元格"对话框，如图3-24所示。在对话框中输入"列数"和"行数"的值，单击"确定"按钮。

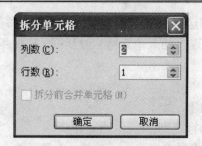

图 3-24　　"拆分单元格"对话框

（3）也可以通过选定单元格，然后单击鼠标右键，在出现的快捷菜单中选择"拆分单元格"，显示对话框。

拆分表格的操作步骤如下：

（1）要将一个表格拆分成两个表格，请单击第二个表格的首行。

（2）单击"表格"菜单中的"拆分表格"命令。

提示　　如果要在表格前插入文本，请单击表格的第一行，然后单击"表格"菜单中的"拆分表格"命令。

3.6.3　设置表格格式

1．自动设置表格格式

在编排表格时，无论是新建的空表还是已经输入数据的表格，都可以利用表格的自动套用格式进行快速编排，Word 2003 预置了丰富的表格格式。其操作步骤如下：

（1）把插入点移动到要进行快速编排的表格中。

（2）执行"表格"→"表格自动套用格式"菜单命令，弹出"表格自动套用格式"对话框，如图 3-25 所示。

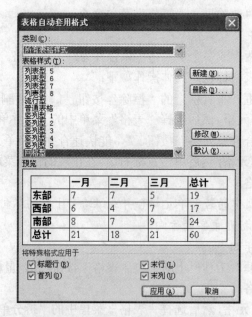

图 3-25　　"表格自动套用格式"对话框

（3）在"表格样式"列表框中列出了 Word 预定义的表格样式名。选择一种样式后，在下方的预览框中显示相应的格式。在"将特殊格式应用于"中包括"标题行"、"末行"、"首列"和"末列"，这些选项可以让我们决定把格式应用到表格的哪个位置。一般需要对表格的"标题行"和"首行"应用特殊格式，所以可以选中这两个复选框。

（4）单击"确定"按钮完成设置。

清除表格套用格式时，可以把插入点移动到应用表格套用格式的表格中，执行"表格"→"表格自动套用格式"菜单命令，在"表格自动套用格式"对话框中选择"表格样式"列表框中的"无"选项，单击"确定"按钮即可完成清除表格套用格式的操作。

2. 设置表格的边框和底纹

一个新创建的表格，可以通过给该表格或部分单元格添加边框和底纹，突出所强调的内容或增加表格的美观性。

给表格添加边框和底纹的操作步骤如下：

（1）选定要添加边框和底纹的表格或单元格。

（2）执行"格式"→"边框和底纹"菜单命令，弹出"边框和底纹"对话框。

（3）单击"边框"标签，打开该选项卡。从"应用于"下拉列表框中选择"表格"选项，表示应用于表格。从"设置"区中选择一种方框样式，选择"网格"，同时在预览区中预览。在"线型"列表框中选择"双线"线型样式。在"宽度"下拉列表框中选择线的宽度值。Word默认的边框颜色为黑色，也可以在"颜色"下拉列表框中选择其他边框颜色。

（4）单击"底纹"标签，打开该选项卡。在"填充"区中选择需要填充的颜色，在"应用于"下拉列表框中选择"单元格"选项。

（5）单击"确定"按钮即可完成添加边框和底纹的设置。

提示　单击鼠标右键，在弹出的快捷菜单中选择"边框和底纹"命令，弹出"边框和底纹"对话框。另外，使用"表格和边框"工具栏上的"外部框线"按钮 和"底纹颜色"按钮 可快捷地更改表格的边框和底纹。使用"线型"、"粗细"和"边框颜色"按钮 可选定新的边框格式，在原有边框的基础上绘制新的边框。

3.6.4　表格其他处理

在 Word 2003 中，表格的排版更加方便、灵活。用户可以在页面上缩放表格，还可以通过"表格属性"对话框设置表格与文档文字的环绕方式。

1. 缩放表格

Word 2003 在缩放表格方面有了很多方便之处，可以像处理图形对象一样，直接用鼠标来缩放表格。只要在表格中单击鼠标左键，表格的右下角就会出现一个调整句柄。鼠标指针移向该句柄时，就会变成倾斜的双箭头，再按住鼠标左键拖动。在拖动过程中，出现的虚线框表示表格的大小，调整好表格的大小以后，松开鼠标左键即可。

2. 设置表格与文字的环绕方式

设置表格与文字的环绕方式的操作步骤如下：

（1）选中表格或将当前插入点置于表格中。

（2）执行"表格"→"表格属性"菜单命令，弹出"表格属性"对话框，如图 3-26 所示。

图 3-26　"表格属性"对话框

（3）在"表格属性"对话框中选择表格的对齐方式和文字环绕的方式。

（4）单击"确定"按钮完成设置。

3. 设置表格的标题

有时一个比较大的表格可能在一页上无法完全显示出来。当一个表格被分到多页上时，总希望在每一页上的开头第一行都会有一个标题行的设置。具体步骤如下：

（1）选定要作为表格标题的一行或多行（选定内容必须包括表格的第一行，否则 Word 将无法执行用户的操作）。

（2）单击"表格"菜单中的"标题行重复"命令。

提示　Word 能够依据自动分页符（软分页符）自动在新的一页上重复表格的标题。如果在表格中插入了人工分页符，则 Word 无法自动重复表格标题。而且只能在页面视图或打印出的文档中看到重复的表格标题。

3.6.5　文字与表格的转换

1. 将文字转换成表格

Word 可以很容易地把用段落标记、逗号、空格、制表符和其他特定字符隔开的文字转换成表格，具体操作步骤如下：

（1）选定要转换为表格的文本。

（2）执行"表格"→"转换"→"文字转换成表格"菜单命令，弹出"将文字转换成表格"对话框。

（3）Word 可以自动检测出文字中的分隔符，并算出表格的列数。可以在"自动调整操作"中指定表格的列宽。

（4）单击"确定"按钮，即可把文本转换为表格。

2. 把表格转换为文字

把表格转换为文字的具体操作步骤如下：

（1）在表格中选定要转换成文字的部分单元格，也可以选定整个表格。

（2）执行"表格"→"转换"→"表格转换成文字"菜单命令，弹出"表格转换成文本"对话框。

（3）在"文字分隔符"选项组中，选择合适的分隔符选项。

● 段落标记：把每个单元格的内容转换成一个段落。

● 制表符：把每个单元格的内容转换后用制表符分隔，每行单元格的内容为一个段落。

● 逗号：把每个单元格的内容转换后用逗号分隔，每行单元格的内容为一个文本段落。

● 其他字符：选中时，可以在后面的文本框中输入一个用作分隔符的字符。

（4）单击"确定"按钮，就可以把表格转换为文本。

3.7　图片处理

Word 2003 具有强大的图文混排功能，可以方便地给文档添加图形，使文档变得图文并茂、形象直观，更加引人入胜。

3.7.1　绘制图形

在文档中可以直接绘制图形。在 Word 2003 的"视图"菜单的"工具栏"命令选项中开启"绘图"项，如图 3-27 所示，便可以使用该工具栏所提供的命令进行图形绘制。一般情况下，图形的绘制需要在"页面视图"下进行。

图 3-27　"绘图"工具栏

使用"绘图"工具栏上的"直线"、"箭头"、"矩形"和"椭圆"按钮可绘制简单的图形。下面以椭圆为例介绍操作的一般步骤。

1. 绘制简单图形

（1）单击"绘图"工具栏上的"椭圆"按钮 ○。

（2）在文档区域内按住已变为"十"字形的鼠标进行拖动，直到椭圆符合要求为止。

（3）释放鼠标，图形的周围出现尺寸控点，拖动控点还可以改变图形的大小。

（4）如果图形的大小已满足要求，则可在椭圆以外的其他位置单击一下，尺寸控点消失，完成椭圆的绘制。

提示　如果要画正方形或圆，可在拖动鼠标的同时按住 Shift 键，也可以在单击"矩形"或"椭圆"按钮后，直接在文档中单击鼠标，就能获得一个预定义大小的正方形或圆。

2. 使用自选图形

Word 2003 附带了一组现成的可在文档中使用的自选图形。例如，线条、连接符、基本形状、箭头总汇、流程图、星与旗帜以及标注等。

（1）单击"绘图"工具栏上的"自选图形"菜单，指向所需类型，然后单击所需图形。

（2）要插入一个自定义大小的图形，则将图形拖动至所需大小。要保持图形的长宽的比例，请在拖动图形时按下 Shift 键。

提示　要插入一个预定义大小的图形，只需在文档内单击即可。

3. 选择、移动、复制和删除图形对象

单击图形，则该图形被选中。要选中多个图形，则需要按住 Shift 键，再单击其他图形。然后就可以使用对文本进行移动、复制和删除的方法来操作图形。

提示　选定图形对象后，可以按方向箭头键进行微移。当按住 Ctrl 进行微移时，图形可以逐个像素地进行移动。

4．设置线条宽度和颜色

（1）选定要设置线条宽度或颜色的图形。

（2）单击"绘图"工具栏上的"线型"按钮 ≡，弹出线型列表，选择所需宽度的线型。

（3）单击"绘图"工具栏上的"线条颜色"按钮 ✎ ▪ 右侧的下拉按钮，出现线条颜色列表，选择所需要的线条颜色。

5．设置阴影或三维效果

（1）选定要设置阴影或三维效果的图形。

（2）单击"绘图"工具栏上的"阴影"按钮 ▢，弹出阴影列表，选择所需的阴影样式。

（3）单击"绘图"工具栏上的"三维效果"按钮 ▢，选择所需要的三维效果样式。

提示　可以为对象添加阴影或三维效果，但不能同时应用这两种效果。例如，如果对有阴影的图形对象应用了三维效果，阴影将会消失。

6．组合与取消组合图形对象

组合图形对象操作步骤如下：

（1）选择要组合的对象。方法是在按下 Shift 键的同时单击每个对象。

（2）单击"绘图"工具栏上的"绘图"按钮，然后单击"组合"命令。

提示　也可以在选中对象后，单击鼠标右键，在弹出的快捷菜单中，选择"组合"命令。

取消图形对象组合的操作步骤如下：

（1）选定要解除组合的对象。

（2）单击"绘图"工具栏上的"绘图"按钮，然后选择"取消组合"选项。

提示　也可以在选中对象后，单击鼠标右键，在弹出的快捷菜单中，选择"取消组合"命令。

2．在图形中添加文字

在文档中绘制了自选图形后，有时为了增加特殊效果，需要在图形中添加文字，其方法如下：

（1）右击要添加文字的图形。

（2）在弹出的快捷菜单中选择"添加文字"命令，即可在图中输入文字。

3.7.2　插入图片

图形由用户用绘图工具绘制而成，是原来不存在的图。而图片则不同，它可以来自扫描仪或数码相机，也可以是一幅剪贴画，或是从网络上获得的图像文件。

1．插入剪贴画

要在文档中插入剪贴画，具体操作步骤如下：

（1）把插入点移动到需要插入剪贴画的位置。

（2）执行"插入"→"图片"→"剪贴画"菜单命令或单击"绘图"工具栏上的"插入剪贴画"按钮 ▣，打开"剪贴画"任务窗格。如图 3-28 所示。

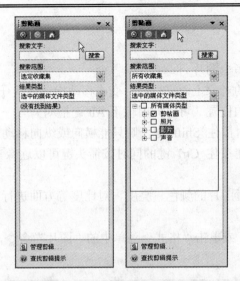

图 3-28　"剪贴画"任务窗格

（3）在"剪贴画"任务窗格中的"搜索文字"文本框中，输入描述性词汇或短语，或输入剪辑的全部或部分文件名。若要缩小搜索范围，如若要将搜索结果限制为剪辑的特定集合，则在"搜索范围"下拉列表框中选择要搜索的集合；若要将搜索结果限制为特定的媒体文件类型，则在"结果类型"下拉列表框中选中要查找的剪辑类型旁的复选框。

（4）单击"搜索"按钮，将显示符合条件的所有剪贴画。

（5）鼠标指针指向某个剪贴画，单击剪贴画右侧的箭头按钮，在弹出的菜单中选择"插入"命令，即可把此剪贴画插入到文档中。或者直接单击该剪贴画也可插入到文档中。

2．从文件中获取图片

可以从一个文件获取图片并插入到文档中。图片文件可以在本地磁盘上。要从文件中获取图片并插入到文档中，具体操作步骤如下：

（1）执行"插入"→"图片"→"来自文件"菜单命令，弹出"插入图片"对话框。

（2）在"查找范围"下拉列表框内选择文件所在的目录。

（3）选择一个要打开的图片文件，单击"插入"按钮，Word 将文件中的图片插入到当前文档中。

3.7.3　编辑图片

1．选定图形

绘制了多幅图形之后，如果要修改或者移动，必须先选定图形。如果要选定一个图形，用鼠标左键单击图形，使之四周出现句柄；如果要选定多个图形，可以先按住 Crtl 键，然后用鼠标分别单击图形，也可按下鼠标左键画出一个虚线方框，当要选的图形全部被框住时，松开鼠标左键即可。

2．改变图片的大小

选中图片，使图片的四周出现 8 个控制点。将鼠标指针置于控制点上，使其变成双向箭头。拖动鼠标即可改变选中图片的大小。

提示　也可以利用"设置图片格式"对话框改变图片的大小。

3. 改变图片的位置

具体操作步骤如下：

（1）选中一个图片或多个图片。

（2）将鼠标置于选中的对象上，鼠标指针变成移动指针形状✛后，按下鼠标左键。

（3）将图片拖动到新的位置（可以同时按下 Alt 键拖动）。

提示　如果拖动图片时按住 Shift 键，则只能横向或纵向移动图片。用户也可选定对象，然后按箭头键来微移它。在按住 Ctrl 键的同时按箭头键可以逐像素的移动对象。

4. 图片的图像控制

图片的图像控制包括对图片的颜色、亮度、对比度等方面进行设置。具体操作步骤如下：

（1）选中图片。

（2）双击选定的图片，或单击"格式"菜单中的"图片"命令，弹出"设置图片格式"对话框。如图 3-29 所示。

图 3-29　"设置图片格式"对话框

（3）单击打开"图片"选项卡。

（4）在"图像控制"组下，单击"颜色"框右端的下拉按钮，从中选择颜色的类型。

（5）在"亮度"和"对比度"文本框中输入合适的"亮度"和"对比度"比例值。

（6）单击"确定"按钮。

提示　如果选择的"颜色"是"水印"，则可将该图片设置为作为水印背景的图片。选中图片对象以后，单击鼠标右键，在显示的快捷菜单中选择"设置图片格式"命令，也能出现如图 3-29 所示的对话框。

5. 剪裁图片

剪裁图片的具体操作步骤如下：

（1）选定要剪裁的图片。

（2）双击选定的图片，或单击"格式"菜单中的"图片"命令，弹出"设置图片格式"对话框。如图 3-29 所示。

（3）单击打开"图片"选项卡，然后在"剪裁"组框下选择或输入对图片的上、下、左、右边剪裁的量值。

（4）单击"确定"按钮。

3.7.4　图文混排

在文档中，文字、图形对象、图片、表格、文本框等都可以方便地进行图文混排，Word提供了文本对图片的 7 种环绕方式：嵌入型、四周型、紧密型、浮于文字上方、衬于文字底部、上下型和穿越型。系统默认的图片插入方式为嵌入型。

进行图文混排的具体操作步骤如下：

（1）选定要进行图文混排的图片。

（2）鼠标右键单击图片打开快捷菜单，选择"设置图片格式"菜单命令，弹出"设置图片格式"对话框，单击"版式"标签，打开选项卡。

（3）在"环绕方式"选项组中选择一种图文混排的方式。

（4）在"水平对齐方式"选项组中选择一种对齐方式（嵌入型方式下此项无效）。

（5）单击"高级"按钮，打开"高级版式"对话框，用户可以进一步设置更多的环绕效果及图形的位置。

（6）单击"确定"按钮，实现图文混排的效果。

3.7.5　艺术字

艺术字体就是有特殊效果的文字。为了使文档更加美观，可以在文档中插入艺术字。艺术字不同于普通文字，它具有阴影、斜体、旋转、延伸等效果。

在文档中插入艺术字的具体操作步骤如下：

（1）执行"插入"→"图片"→"艺术字"菜单命令或单击"绘图"工具栏上的"插入艺术字"按钮 ，Word 将打开"艺术字库"对话框，如图 3-30 所示。

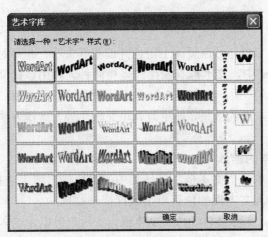

图 3-30　"艺术字库"对话框

（2）选择一种艺术字样式后单击"确定"按钮，Word 将打开"编辑'艺术字'文字"对话框。在"文字"文本框中输入要成为艺术字的文字，例如输入"艺术字"，也可以输入多行。如果要设置艺术字的属性，可以在"字体"下拉列表框内选择字体，在"字号"下拉列表框内选择字体的尺寸；单击"加粗"按钮可以使字体加粗；单击"倾斜"按钮可以使字体倾斜。

（3）单击"确定"按钮，Word 将把用户输入的文字以艺术字的效果插入到文本中。

3.7.6　首字下沉

首字下沉是将一段中的第一个字放大后显示，并下沉到下面的几行中。其具体操作步骤如下：

（1）将光标置于要设置首字下沉的段落中。

（2）单击"格式"菜单中的"首字下沉"命令，出现"首字下沉"对话框，如图3-31所示。

图3-31　"首字下沉"对话框

（3）在"首字下沉"对话框的"位置"区内，选择所需的格式类型。

（4）在"选项"组内，选择字体、下沉行数以及矩正文的距离。

（5）单击"确定"按钮，即可按所需的要求设置段落首字下沉。

3.7.7　文本框

文本框是存放文本的容器，可在页面上定位并调整其大小，并可对文本框中文本的格式进行设置。在 Microsoft Word 中，文本框有横排和竖排两种。利用竖排文本框可以在横排文字的文档中插入竖排方式的语句。用户可将文本框置于页面上的任何位置。而且还可以使用"绘图"工具栏上的按钮来增强文本框的效果，如更改其填充颜色等，操作方法与处理其他任何图形对象没有区别。

1．插入文本框及文本的输入

（1）单击"插入"菜单下"文本框"子选项中的"横排"或"竖排"命令。

（2）在文档中需要插入文本框的位置单击鼠标或进行拖动。

（3）插入文本框之后，光标会自动位于文本框内。用户可以像输入其他文本一样向文本框中输入文本，也可以采用移动、复制、粘贴等操作向文本框中添加文本。

提示　也可以单击"绘图"工具栏上的"横排"　或"竖排"　按钮插入文本框。

2．设置文本框的格式

（1）选定要进行格式设置的文本框。

（2）在选定的文本框上单击鼠标右键（必须在文本框上，而不是在文本框的文本上），选择"设置文本框格式"命令，出现"设置文本框格式"对话框。

（3）利用"颜色和线条"选项卡，设置文本框的填充颜色及线条的颜色和线型。

（4）利用"大小"选项卡，调节文本框的尺寸。

（5）利用"版式"选项卡，设置文字和文本框的环绕方式及水平对齐方式。

（6）利用"文本框"选项卡，设置文本框中文字的边距和标注的格式。

提示　文本框的删除操作同 Word 中其他内容的删除操作一样。

3.7.8　公式编辑器

Microsoft 公式编辑器是一个单独的、能够独立工作的程序。实际上它单独包含在"Office 工具"中。因此，如果在安装 Office 时用户没有安装"Office 工具"组件中的"公式"，则将无法启动和使用"公式编辑器"。此时只有重新将 Office 2003 的安装光盘插入到光驱中，安装"公式"组件。

"公式"组件安装后，还可以在"常用"工具栏上添加"公式编辑器"的快捷按钮。方法是：

（1）单击"工具"菜单中的"自定义"命令，弹出"自定义"对话框。

（2）在对话框中，打开"命令"选项卡。

（3）在"类别"列表框中选择"插入"选项，在"命令"列表框中选择"公式编辑器"选项。

（4）使用鼠标将选中的"公式编辑器"拖动到 Word 工具栏上即可。工具栏上就出现了"公式编辑器"的按钮 √α 。

1．插入公式

（1）将光标置于要插入公式的位置。

（2）单击"插入"菜单中的"对象"命令，然后在弹出的对话框中打开"新建"选项卡。

（3）选择"对象类型"列表框中的"Microsoft 公式 3.0"选项。单击"确定"按钮。窗口出现"公式"工具栏，如图 3-32 所示。

图 3-32　公式编辑器

（4）从"公式"工具栏上选择符号，输入变量和数字，以构造公式。

（5）单击公式以外的 Word 文档可返回到 Word。

提示　如果 Word 窗口的工具栏上有"公式编辑器"按钮 √α ，单击该按钮也可以插入公式。

2．编辑公式

（1）双击要编辑的公式，窗口出现"公式"工具栏。

（2）使用"公式"工具栏上的选项编辑公式。

（3）单击 Word 文档返回 Word。

3.8　样式和模板

在 Word 2003 中使用样式和模板可以统一管理整个文档编辑中的格式，迅速改变文档的外观。下面具体介绍样式和模板的使用。

3.8.1　样式

样式是应用于文本的一系列文本格式的集合，利用它可以快速改变文本的外观。当应用样式时，只需执行一步操作就可应用一系列的格式。

在 Word 中有很多已经设置好的样式，例如标题样式、正文样式等。使用样式，可以对具有相同格式的段落和标题进行统一控制，而且还可以通过修改样式对使用该样式的文本的格式进行统一修改。

样式可分为字符样式和段落样式两种。

字符样式影响段落内选定文字的外观，例如文字的字体、字号、加粗及倾斜的格式设置等。即使某段落已整体应用了某种段落样式，该段中的字符仍可以有自己的样式。

段落样式控制段落外观的所有方面，如文本对齐、制表位、行间距、边框等，也可以包括字符格式。

如果 Word 提供的标准样式不能满足需要，读者可以自己建立样式。

1. 创建样式

创建样式的操作步骤如下：

（1）执行"格式"→"样式和格式"菜单命令，打开"样式和格式"任务窗格。

（2）在"样式和格式"任务窗格中单击"新样式"按钮，打开"新建样式"对话框，如图 3-33 所示。

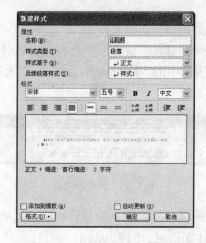

图 3-33　"新建样式"对话框

（3）在"名称"文本框中输入新定义样式的名称；在"样式类型"下拉列表框中按照应用的范围选择所创建样式的类型，如段落、字符、表格或列表；在"样式基于"下拉列表框中选择该样式的基准样式；在"后续段落样式"下拉列表框中选择要应用于下一段落的样式。

（4）在对话框中可以简单地为新样式设置字体、字号、段落对齐、缩进、间距等。如果需要更详细的设置，可单击"格式"按钮，在打开的对话框中对字体、段落、制表位、边框等进行更多的设置，设置后的效果显示在预览框中。

（5）单击"确定"按钮，完成创建新样式。

提示　最快捷的新建段落样式的方法是：选择包含所需样式的文本。在"格式"工具栏上的"样式"框内单击。删除原有的样式名，输入新建样式的名字。按 Enter 键即可。

2. 应用已定义的样式

要使用样式，首先选定要更改样式的字符、段落，然后单击"样式和格式"任务窗格中所需的样式即可。

　　提示　若要快速应用样式，可从"格式"工具栏上的"样式"框中选择段落样式或者字符样式。另外，需要注意的是每个段落样式的左侧都显示有段落标记↵。而字符样式的左侧显示一个粗体、带下划线的字母 a。

3. 修改样式

　　修改样式的操作步骤如下：

　　（1）在"样式和格式"任务窗格中，单击样式名右侧的箭头按钮，选择"修改"命令。

　　（2）在打开的"修改样式"对话框中更改所需的格式选项，并选中"自动更新"复选框。

　　（3）单击"确定"按钮，此时该样式修改成功，并自动应用于文档中。

4. 删除样式

　　删除样式时，打开"样式和格式"任务窗格，单击需要删除的样式名右侧的箭头按钮，选择"删除"命令即可。

　　在 Word 2003 中，可以在"样式和格式"任务窗格中删除样式，但不能删除模板的内置样式。如果用户删除了创建的段落样式，Word 将对所有具有此样式的段落正文应用"正文"样式。

3.8.2　模板

　　模板就是某种文档的式样和模型，利用模板可以生成一个具体的文档。因此，模板就是一种文档的模型。

　　模板是创建标准文档的工具。模板决定文档的基本结构和文档设置，例如自动图文集词条、字体、快捷键指定方案、菜单、页面布局、特殊格式和样式等。

　　模板的两种基本类型为共用模板和文档模板。共用模板包括 Normal 模板，所含设置适用于所有文档。文档模板（例如"新建"对话框中的备忘录和传真模板）所含设置仅适用于以该模板为基础的文档。例如，如果用备忘录模板创建备忘录，备忘录能同时使用备忘录模板和任何共用模板的设置。Word 提供了许多文档模板，用户也可以创建自己的文档模板。

1. 模板的使用

　　（1）单击"文件"菜单下的"新建"命令，出现"新建文档"任务窗格。

　　（2）选择"模版"项目下的"本机上的模版…"，在出现的对话框中选择需要使用的模板。

　　（3）单击"确定"按钮。

　　提示　当选中某个模板时，某些模板的样式示例会显示在"预览"框中。

2. 修改模板

　　（1）单击"文件"菜单中的"打开"命令，然后找到并打开要修改的模板。

　　（2）更改模板中的文本和图形、样式、格式、自动图文集词条、工具栏、菜单设置和快捷键。

　　（3）单击"保存"按钮。

　　提示　更改模板后，并不影响基于此模板的已有文档的内容。只有在选中"自动更新文档样式"复选框的情况下，打开已有文档时，Word 才更新修改过的样式。在打开已有文档前，单击"工具"菜单中的"模板和加载项"命令，然后设置此选项才有效。

3. 创建模板

　　（1）单击"文件"菜单中的"新建"命令，出现"新建文档"任务窗格。

　　（2）选择"模版"项目下的"本机上的模版…"选项，在弹出的对话框中，选择"模板"

选项，然后单击"确定"按钮。

（3）在打开的模板文档窗口中，用户可以按自己喜欢的格式去设计模板，包括文件和图形、要放在文档中的任何内容、整页格式的布局、创建样式等，对模板文档的编辑操作和其他普通文档的操作基本相同。

（4）新建模板的内容设置完成后，选择"保存"命令，出现"另存为"对话框。

（5）在"文件名"框中输入要保存的模板文档的名称，类型为.dot。

（6）单击"确定"按钮，完成新模板的创建工作。

提示　可以将一个 Word 文档直接另存为模板类型，只需要在保存时选择保存的类型为"文档模板"即可。

3.9　页面设置与打印

在 Word 2003 中要打印文档，首先要进行页面设置，然后再预览文档，等效果满意后就可以打印了。下面具体介绍页面的设置与文档的打印。

3.9.1　页面设置

Word 2003 在建立新文档时，已经默认了纸型、纸的方向、页边距等页面属性的设置，用户可以根据具体工作任务的需要来修改这些设置。页面设置是用户在打印文档之前一定要做的、很重要的工作。

1．设置纸型和方向

在打印文档之前，用户首先需要考虑应该用多大的打印纸来打印。Word 默认的纸型大小是 A4（宽度 210mm，高度 297mm）、页面方向是纵向。

如果用户设置的纸型和实际的打印纸的大小不一样，那么将会造成打印时分页的错误。页面设置的具体操作步骤如下：执行"文件"→"页面设置"菜单命令，弹出"页面设置"对话框，单击"纸张"选项卡，如图 3-34 所示。

图 3-34　"纸张"选项卡

在"纸张大小"下拉列表框中选择要打印的纸型。也可以选择特殊纸型，但要在"高度"和"宽度"文本框中输入数值。单击"确定"按钮完成设置。

2．设置页边距

页边距就是指打印出的文本与纸张之间的距离间隔。Word 在 A4 的纸型下默认的页边距是：左右页边距为 3.17cm、上下页边距为 2.54cm，并且无装订线。在默认设置的基础上，用户也可以根据自己具体的需要来改变设置，例如为了装订方便可以增加一个装订区。

如果要用"页面设置"对话框设置页边距，具体操作步骤如下：

（1）执行"文件"→"页面设置"菜单命令，弹出"页面设置"对话框。

（2）单击"页边距"选项卡。

（3）在"上"、"下"、"左"和"右"数值框中各输入一个数值，在"应用于"下拉列表框中，选定页边距的应用范围，单击"确定"按钮完成设置。

3．设置版式

设置版式是关于页眉与页脚、垂直对齐方式和行号等特殊的版式设置。设置版式的具体操作步骤如下。

（1）执行"文件"→"页面设置"菜单命令，弹出"页面设置"对话框。

（2）单击"版式"标签。

（3）在"版式"选项卡中，可以选择下列选项。

- "节的起始位置"下拉列表框：选定开始新的一节的同时结束前一节的内容。
- "页眉和页脚"复选框："奇偶页不同"指是否在奇数和偶数页上设置不同的页眉或者页脚；"首页不同"指是否使节或文档首页的页眉或者页脚与其他页的页眉或页脚不同。
- "垂直对齐方式"下拉列表框：指在页面上垂直对齐文本的方式。
- "行号"按钮：在某一节或整篇文档的左边添加行号。
- "边框"按钮：是否给文档页面添加边框。
- "取消尾注"复选框：选中时，避免把尾注打印在当前节的末尾，Word 将在下一节中打印当前节的尾注，使其位于下一节的尾注之前。

（4）在"应用于"下拉列表框中，选定应用文档的范围，然后单击"确定"按钮完成设置。

4．创建页眉和页脚

页眉和页脚通常用于打印文档。在页眉和页脚中可以包括页码、日期、公司徽标、文档标题、文件名或作者名等文字或图形，这些信息通常打印在文档中每页的顶部或底部。页眉打印在上页边距中，而页脚打印在下页边距中。

在文档中可自始至终用同一个页眉或页脚，也可在文档的不同部分用不同的页眉和页脚。例如，可以在首页上使用与众不同的页眉或页脚或者不使用页眉或页脚。还可以在奇数页和偶数页上使用不同的页眉和页脚，而且文档不同部分的页眉和页脚也可以不同。

（1）单击"视图"菜单中的"页眉和页脚"命令。出现"页眉和页脚"工具栏。如图 3-35所示。

图 3-35　"页眉和页脚"工具栏

（2）如果要创建页眉，可在页眉区输入文字或图形，也可单击"页眉和页脚"工具栏上的按钮。

（3）如果要创建页脚，请单击"在页眉和页脚间切换"按钮 ⧉ 以移动到页脚区，输入页脚内容。

（4）创建完毕后，单击"关闭"按钮。

提示 可以为文档的奇偶页创建不同的页眉或页脚。快速方法是：单击"页眉和页脚"工具栏上的"页面设置"按钮 ⧉，出现"页面设置"对话框，单击"版式"选项卡。选中"奇偶页不同"复选框，然后单击"确定"按钮。这时单击"显示前一页"和"显示后一页"按钮就可以在"奇数页页眉（脚）"区或"偶数页页眉（脚）"区间切换，以便对页眉或页脚进行输入或修改。

5．删除页眉或页脚

（1）单击"视图"菜单中的"页眉和页脚"命令。

（2）在页眉或页脚区中，选定要删除的文字或图形，然后按 Delete 键。

注意 删除一个页眉或页脚时，Word 自动删除整个文档中同样的页眉或页脚。要删除文档中某个部分的页眉或页脚，则需将该文档分成节，然后断开各节间的连接。

6．插入页码

（1）单击"插入"菜单中的"页码"命令。

（2）在"位置"框中，指定是将页码打印于页面顶部的页眉中还是页面底部的页脚中。

（3）选择其他所需选项，然后单击"确定"按钮。

7．删除页码

（1）单击"视图"菜单中的"页眉和页脚"命令。

（2）如果已将页码置于页面底部，则单击"页眉/页脚"工具栏上的"在页眉和页脚间切换"按钮 ⧉。

（3）选定一个页码。如果页码是使用"插入"菜单中的"页码"命令插入的，则应同时选定页码周围的图文框。

（4）按 Delete 键。单击"关闭"按钮。

3.9.2 打印文档

在打印文档之前，要确信打印机的电源已经接通，并处于联机状态。如果用户对打印机的状态和文档的打印效果有把握，可以直接单击"常用"工具栏中的"打印"按钮，将整个文档打印出来。如果用户不太确信打印机的属性设置，则最好先查看或重新设置一下。

1．打印机设置

用户可以在 Word 中直接选择用户需要的打印机，具体操作步骤如下：执行"文件"→"打印"菜单命令，弹出"打印"对话框，如图 3-36 所示。这时看到当前打印机的型号和端口已经显示在对话框顶部了。

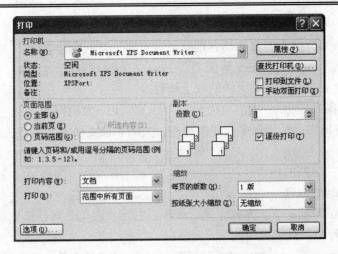

图 3-36 "打印"对话框

在"打印机"选项组的"名称"下拉列表框中可以选择要使用的打印机。

2. 打印预览

执行"文件"→"打印预览"菜单命令或者是单击"常用"工具栏上的"打印预览"按钮就可以预览打印的效果。

通过单击打印预览窗口上方的工具按钮，可以进行一些打印预览的设置。在预览中可以编辑文本。

3. 打印文档

编辑好文档，并设置了打印机的属性以后，确认打印机和计算机连接正确时，用户就可以打印文档了。

执行"文件"→"打印"菜单命令，弹出"打印"对话框。在"打印"对话框中设置打印机属性和打印属性后，单击"确定"按钮开始打印。

3.10 本章小结

通过本章的学习，掌握了 Word 的基本概念、基本操作，包括：文档的创建、保存、打开及关闭；编辑文档；插入和删除文字，复制和移动文字，查找和替换文字；设定字符格式：设置字体、字号、字形和字体颜色、间距和位置、动态文字效果；设置段落格式：段落的对齐与缩进，设置段落间距、边框和底纹，项目符号与编号；表格处理和图片处理，以及样式和模板的使用和页面设置与打印。

3.11 练习题

一、选择题

1. 在 Word 的编辑状态下，设置了标尺，只显示水平标尺的视图方式是（　　）。

　　A. 普通方式　　　　　　B. 页面方式　　　　　C. 大纲方式　　　　D. 全屏显示方式

2. 在 Word 中"打开"文档的作用是（　　）。

　　A. 将文档从内存中读入，并显示出来　　　　　B. 显示并打印文档的内容

　　　　C．将文档从外存中读入，并显示出来　　　　D．为文档打开一个空白窗口

3．将文档的一部分文本内容移动到别处，首先要进行的操作是（　　）。

　　　　A．移动　　　　　　　B．剪切　　　　　　　C．选择　　　　　　　D．粘贴

4．显示为包含有"分节符"字样的双虚线符号，在（　　）中才能显示。

　　　　A．普通视图　　　　　B．页面视图　　　　　C．大纲视图　　　　　D．Web 视图

5．某个文档窗口中进行了很多次复制操作，关闭了该文档窗口后（关闭前无粘贴操作），剪贴板中的内容为（　　）。

　　　　A．最后一次复制的内容　　　　　　　　　　B．第一次复制的内容

　　　　C．所有复制的内容　　　　　　　　　　　　D．空白

6．在 Word 的编辑状态下，选择了某一段落，若在"段落"对话框中设置行距为 25 磅的格式，应当选择"行距"列表框中的（　　）。

　　　　A．单倍行距　　　　　B．1.5 倍行距　　　　C．最小值　　　　　　D．多倍行距

7．将所选文字水平居中，其快捷键是（　　）。

　　　　A．Ctrl + T　　　　　B．Ctrl + E　　　　　C．Ctrl + L　　　　　D．Ctrl + R

8．选择（　　）菜单中的"样式和格式"命令，能打开"样式和格式"任务窗格。

　　　　A．编辑　　　　　　　B．视图　　　　　　　C．格式　　　　　　　D．工具

9．在 Word 环境下，在对选定的一段文本进行字体设置时，叙述不正确的是（　　）。

　　　　A．只能设置一种字体　　　　　　　　　　　B．可以设置多种字体

　　　　C．不能改变字体设置　　　　　　　　　　　D．字体的大小不可以改变

10．在邮件合并工具栏上单击（　　）按钮，可以将所有合并结果一起放到一新文档中。

　　　　A．合并到新建文档　　　　　　　　　　　　B．合并到视图

　　　　C．邮件合并　　　　　　　　　　　　　　　D．查看合并数据

11．在 Word 中，调整表格同行中单元格的高度时，可以利用（　　）调整。

　　　　A．水平标尺　　　　　　　　　　　　　　　B．垂直标尺

　　　　C．单元格　　　　　　　　　　　　　　　　D．自动套用格式

12．关于 Word 中分页符的描述，正确的是（　　）。

　　　　A．分页符的作用是分页　　　　　　　　　　B．按 Ctrl+Enter 组合键可以插入分页符

　　　　C．在"普通视图"下分页符以虚线显示　　　D．软分页符不可以删除

13．在 Word 环境下，在标尺上的文本缩进中提供（　　）工具。

　　　　A．左缩进　　　　　　B．右缩进　　　　　　C．悬挂缩进　　　　　D．首行缩进

14．在设置"页眉页脚"时，希望奇偶页不同，应该先在（　　）对话框中设置"奇偶页不同"。

　　　　A．显示　　　　　　　B．页面设置　　　　　C．字体　　　　　　　D．样式和格式

15．以下（　　）命令删除的文本用"粘贴"命令不可用。

　　　　A．清除　　　　　　　B．Delete　　　　　　C．Backspace　　　　　D．剪切

16．关于 Word 查找操作的正确说法为（　　）。

　　　　A．在查找中不能使用通配符

　　　　B．每次查找操作都是在整个文档范围内进行

　　　　C．可以查找带格式的文本内容

　　　　D．可以查找一些特殊的格式符号，如段落标记等

17. 在"另存为"对话框中，可以（　　　）。
  A．新建文件夹　　　　　　　　　　B．版本控制
  C．对文件加密　　　　　　　　　　D．指定文件存盘的路径
18. 选择一个自然段的方法有（　　　）。
  A．Ctrl + 鼠标单击该段
  B．使光标在该段，用 4 次 F8 键
  C．鼠标双击该段文本选择区
  D．鼠标单击段首，再按住 Shift 键，单击段尾
19. 关于 Word 文件，哪些叙述是正确的？（　　　）
  A．文档中段落之间的距离是可以改变的
  B．文档中一行上的文字不允许有不同的字体和大小
  C．可以将整个段落加上边框
  D．段落文字可以具有不同的前景和背景颜色

二、填空题

1. 选定要复制的文本，按下（　　　）键不放，同时拖动选定的文本，拖到目标位置后，松开鼠标即可复制文本。
2. 选定要复制的文本，选择"编辑"菜单中的（　　　）命令，此时已将选定的文本内容复制到剪贴板上。将光标移到目标位置，选择"编辑"菜单中的（　　　）命令，就会出现相同的选定文本。
3. 段落的对齐方式有（　　　）、（　　　）、（　　　）和（　　　）。
4. 段落的缩进方式有 （　　　）、（　　　）、（　　　）和（　　　）。

三、是非判断

1. 在 Word 环境下，如果想移动或复制一段文字可以不通过剪贴板。（　　　）
2. 在 Word 的默认设置下，编辑的文档每隔 10 分钟就会自动保存一次。（　　　）
3. Word 文档可以保存成网页。（　　　）
4. Word 文字处理中，"格式"工具栏中最大磅值是 72 磅。（　　　）
5. 在 Word 的"阅读版式"下，不能编辑修改文档，只能阅读。（　　　）
6. 从"插入"菜单中插入的"日期和时间"是可以自动更新的。（　　　）
7. 任何时候对所编辑的文档存盘，Word 都会显示"另存为"对话框。（　　　）
8. "项目符号和编号"命令在"工具"菜单中。（　　　）
9. 对文本要增加段前、段后间距的设置，应选择"格式"菜单下的"字体"命令 。（　　　）
10. 在任何情况下都可以设置表格的标题行重复。（　　　）
11. 在 Word 中可以打开多个文档窗口，通过"窗口"菜单一定可以看到所有打开的 Word 文档窗口的文件名。（　　　）
12. Word 中进行分栏操作时，A4 纸分栏的栏数最多可以有 12 栏。（　　　）
13. 在 Word 环境下，改变文档的行间距操作前如果没有执行"选择"某部分文本，改变行间距操作后，整个文档的行间距就按要求设置好了。（　　　）
14. 单击"文件"菜单，底部只能列出最近打开过的 4 个文件的文件名。（　　　）
15. Word 文档的全部文字可以有 5 种排列方式。（　　　）
16. 要创建一个模板，可以"新建文档"任务窗格开始。（　　　）

17. 制表位前导字符每次都需要用户逐个输入字符。（　　）

18. 打印机在打印某个文档时，如果要取消打印，应该用打印菜单中的"取消打印"命令。
（　　）

四、简述题

1. 试述 Word 2003 的启动及退出的方法。

2. 简述 Word 2003 的窗口组成。

3. 简述"保存"文档与"另存为"文档的异同。

4. 怎样设置字符格式？怎样设置段落格式？

5. 文本缩进的方法有哪几种？段落对齐有几种方式？

6. 单击"格式刷"按钮和双击"格式刷"按钮的作用分别是什么？怎样使用"格式刷"复制字符格式和段落格式？

7. 如何为文档页面增加"艺术"边框？如何设置字符和段落的边框及底纹？

8. 怎样添加彩色的"项目符号"？

9. 插入"分节符"的作用是什么？怎样强制分页？

10. 当文档的最后部分不满一页时，怎样设置成等长的两栏？

11. 如何设置表格的"标题行重复"？

12. 怎样处理图文混排中的环绕问题？

13. 怎样插入和修改艺术字？

14. 如何设置"自选图形"的"阴影"或"三维效果"？

15. 文本框中的文字方向如何改变？

16. 样式及其特点是什么？怎样建立、应用、修改及删除样式？

17. 为什么要进行页面设置？

18. 如何插入页眉和页脚？

第 4 章　Excel 2003 表格处理软件

Excel 是微软办公套装软件的一个重要的组成部分，它可以进行各种数据的处理、统计分析和辅助决策操作，广泛地应用于管理、统计财经、金融等众多领域，主要完成进行有繁重计算任务的预算、财务、数据汇总等工作。

本章主要内容

📕 Excel 2003 简介

📕 数据输入

📕 格式设置

📕 数据管理

📕 工作表的打印

4.1　Excel 2003 基础知识

Excel 2003 是 Office 2003 系列办公软件中的一个组件，确切地讲，它是一个电子表格软件，可以用来制作电子表格，完成许多复杂的数据运算，进行数据的分析和预测，并且具有强大的图表制作功能。用户可以用它完成一系列商业、科学和工程任务，财务部门可以利用它来分析形形色色的数据，获得各种形式的图形报表，管理部门可以利用它处理繁重的数据，并完成各种项目的投资决策。

4.1.1　Excel 2003 的主要功能

Excel 2003 是微软公司出品的 Office 系列办公软件中的组件之一，它是一个电子表格软件，集数据表格、图表和数据库三大基本结构功能于一身，具有直观方便的制表功能、强大而又精巧的数据图表功能、丰富多样的图形功能和简单易用的数据库功能。所有数据的输入、处理、存储、提取、报表建立和图形分析，均可以围绕电子表格进行。它又是一个面向管理者、面向应用进行数据分析和模型计算的工具，为一般用户提供了避开复杂的数学推导和求解计算过程，以直观、易用的方式处理表格，进行数据分析和统计计算的良好工作平台。

Excel 2003 作为 Excel 系列软件的版本之一，沿袭了前期版本的优良特性，并且增加了一些新功能，可以满足多种日常工作的需要，如教育、科研、财务、经济等。只要读者具备一定的理论基础，完全可以应用 Excel 2003 强大的图表功能和数据分析功能，完成繁复的工作。此外，Excel 2003 新增了信息检索、列表等功能，增强了模板、网络、导入数据、宏操作等功能和任务窗格，使很多本来复杂的操作变得异常简单。

4.1.2　Excel 2003 的启动与退出

1. 启动

启动 Excel 2003 有多种方法。例如：

- 执行"开始"→"所有程序"→Microsoft Office→Microsoft Office Excel 2003 菜单命令，即可启动 Excel 2003。

- 双击桌面上的 Excel 2003 快捷方式图标也可以启动 Excel 2003。
- 从"我的电脑"或者"资源管理器"中启动 Excel 2003。

2. 退出

退出 Excel 2003 也有多种方法。例如：

- 执行"文件"→"退出"菜单命令。
- 单击 Excel 2003 标题栏右边的"关闭"按钮。
- 按 Alt + F4 组合键等。

如果在退出 Excel 2003 时，若文件未保存过或在原来保存的基础上做了修改，Excel 2003 将提示用户是否保存编辑或修改的内容，用户可以根据需要单击"是"或"否"或"取消"按钮。

4.1.3　Excel 2003 的界面

Excel 2003 的工作界面如图 4-1 所示，主要包括标题栏、菜单栏、工具栏、编辑栏、任务窗格、滚动条、工作表区域、状态栏等。

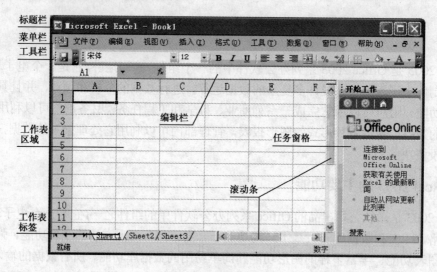

图 4-1　Excel 工作窗口

Excel 用于保存表格内容的文件被称为工作簿，一个 Excel 文件就是一个工作簿，其默认的名称为 Book X（X 为 1，2 3，……n），工作簿的扩展名为 .xls。每一个工作簿可包含若干个工作表，默认情况下包括了 3 个工作表。工作簿窗口位于 Excel 工作界面的中央区域，如图 4-1 所示，主要由工作表、工作表标签及滚动条和滚动按钮等组成。

位于工作簿中央的工作表由行号、列标和网格线构成，工作表的默认名称是 Sheet X（X 为 1，2，3……n），如图可见它左侧的灰色编号区为各行行号，上方的灰色字母区为各列列标，每个工作表最多有 256（A～IV 编号）列和 65536（1～65536）行。

在工作表中，一行和一列的交叉部分称为单元格。Excel 的单元格是通过位置来标识的，即由该单元格所在的列号和行号组成，称为单元格名。值得注意的是，单元格名的列号在前，行号在后。例如单元格 D5 表示 D 列第 5 行的单元格。表格中还有一个由粗边框线包围（如图 4-1 中的 A1）的单元格，称为当前单元格。其对应的列标和行号会编辑栏名字框中突出显示。如果想使某单元格成为当前单元格，只需用鼠标单击它即可。默认情况下，Excel 单元格的默认宽度的 8 个字符。

4.1.4　新建、打开与保存工作簿

1. 新建工作簿

启动 Excel 2003 以后，系统将打开一个新的工作簿，名为 Book1。除了 Excel 提供的工作簿外，用户还可以在任何时候新建自己的工作簿，新建的工作簿暂命名为 Book2。

要建立新的空白工作簿，有两种方法。

- 单击"常用"工具栏中的"新建"按钮，系统会自动建立一个基于 Normal 模板的空白工作簿；Excel 2003 在建立的第一个工作簿标题栏中显示 Book1，以后建立的其他工作簿的序号名称依次递增，如 Book2、Book3 等。
- 执行"文件"→"新建"菜单命令，打开窗口右侧的"新建工作簿"任务窗格，在"新建"选项组中选择"空白工作簿"选项即可。

2. 打开工作簿

如果用户要打开已经存在的工作簿，可以执行菜单命令或单击 Excel 的工具按钮。

- 执行"文件"→"打开"菜单命令。
- 单击打开文件按钮 。

使用上述任何一种方法都将弹出"打开"对话框，如图 4-2 所示。在此对话框中，用户可以从文件列表中选择需要的文件，或者在"文件名"文本框中输入所需文件名，然后单击"打开"按钮打开文件。

3. 保存工作簿

当完成对一个工作簿文件的建立和编辑，或者由于数据量较大需要以后再继续处理时，就需要将文件保存起来，有以下方法。

- 在工作时可以随时单击"常用"工具栏中的"保存"按钮。
- 执行"文件"→"保存"菜单命令。
- 执行"文件"→"另存为"菜单命令。
- 按功能键 F12。

如果要保存的工作簿是新建的，Excel 会弹出"另存为"对话框，如图 4-3 所示。在此对话框中，用户可以为该文件命名，并选择要存入的文件夹；如果要保存的工作簿已经在磁盘上，则 Excel 不会弹出任何对话框，此工作簿将直接保存到原来的工作簿所在的文件夹，并覆盖掉原来的工作簿。

图 4-2　"打开"对话框

图 4-3　"另存为"对话框

4.2　数据的输入

Excel 在单元格中输入的数据按类型可分为文本型、数值型和日期时间型。下面具体介绍这些数据的输入以及数据填充、数据有效性的使用。

4.2.1　文本型数据的输入

绝大部分工作表都包含文本内容，它们通常用于命名行或列。文本包含汉字、英文字母、数字、空格以及其他合法的、键盘能输入的符号，文本通常不参与计算。Excel 每个单元格最多可容纳的字符数是 32 000 个。默认情况下，在单元格中靠左对齐。

文本型数据是指字符或者是任何数字与字符的组合。输入文本型数据时，用户应先选中活动单元格，接着再选定输入法输入文本即可。如果该文本数据全部由数字组成，如电话号码、邮编、学号等，输入时应在数据前先输入西文输入状态下的单引号 "'"（如 "'611731"），Excel 会将其作为文本形式存储的数字，并沿单元格左边对齐。若输入由 "0" 开头的学号，直接输入时 Excel 会将其视为数值型数据而省略掉 "0" 并且右对齐，只有加上西文单引号才能作为文本型数据左对齐并保留下 "0"。

4.2.2　数字、日期和时间的输入

1. 数值型数据的输入

在 Excel 中，数值型数据使用得最多，它由数字 0～9、正号、负号、小数点、顿号、分数号 "/"、百分号 "%"、指数符号 "E" 或 "e"、货币符号 "¥" 或 "$"、千位分隔号 ","等组成。输入数值型数据时，Excel 自动将其沿单元格右对齐。

如果输入的是分数（如 1/2），应先输入 "0" 和一个空格，然后输入 "1/2"，否则 Excel 会把该数据当作日期格式处理，存储为 "1 月 2 日"，注意如果输入的是假分数（如 7/2），在回车后会自动转成 3 1/2 显示。此外负数的输入有两种方式，一是直接输入负号和数，如输入 "−7"，二是输入括号和数，如输入 "(7)"，两者都是输入了 "−7" 这个数。

提示　当单元格的宽度不足以显示输入的数字型数据，则会显示为 "######"，调整宽度解决此问题。

2. 日期和时间输入

在 Excel 中，日期和时间均按数字处理，还可以在计算中当作值来使用。用连字符 "-" 或者 "/" 分隔日期的年、月、日部分。例如，可以输入 "2011-6-7" 或 "7-Jun-11"，也可以输入 "2011/6/7" 或 "7/Jun/11"。 如果要输入当前的系统日期，请按 Ctrl+;（分号）组合键。

如果按 12-小时制输入时间，可以在时间数字后空一格，并输入字母 a（上午）或 p（下午），例如，9:00 p。否则，如果只输入时间数字，Microsoft Excel 将按 AM（上午）处理。如果要输入当前的时间，请按 Ctrl+Shift+;（分号）组合键。

4.2.3　同时在多个单元格中输入相同的数据

选定需要输入相同数据的所有单元格（单元格不必相邻），在当前的活动单元格中输入数据，然后按 Ctrl+Enter 组合键。

4.2.4　公式的输入

在单元格中输入公式后，单元格将把公式计算后的结果显示出来。输入公式时一定要先在单元格中输入一个等号"="或加号"+"，然后再输入公式内容。

在一个公式中参与运算的数据可以是：各种运算符、常量、函数以及单元格引用、区域引用等。

（1）公式中的运算符。

运算符用于对公式中的元素进行特定类型的运算，分为算术运算符、比较运算符、文本运算符和引用运算符四类。

算术运算符：算术运算符做基本的数学运算。如表 4-1 所示。

关系运算符：关系运算符可以比较两个数值并产生逻辑值，故只有两种结果"TRUE"和"FALSE"。表 4-1 列出其含义与示例（各示例在输入时均需以一个等号"="作为开头）。

表 4-1　算术运算符和关系运算符

算术运算符	含义	示例	关系运算符	含义	示例
+	加	7+9	=	等于	C2=C3
-	减	8-1	<	小于	C2<C3
*	乘	4*9	>	大于	C2>C3
/	除	7/2	<>	不等于	C2<>C3
%	百分号	56%	<=	小于等于	C2<=C3
^	乘幂	6^2	>=	大于等于	C2>=C3

文本运算符：文本运算符只有一个即"&"，其作用是将文本连接起来。

引用运算符：引用运算符是用来对若干个单元格区域进行合并、联合或交叉选择用。它包括冒号、逗号和空格，其含义和示例如表 4-2。

表 4-2　引用运算符

引用运算符	含义	示例
：（冒号）	区域运算符，对两个引用之间，包括两个引用在内的所有单元格进行引用	A1:C3
，（逗号）	联合运算符，将多个引用合并为一个引用	SUM（A1:B2, C1:C2）
（空格）	交叉运算符，产生对两个引用共有的单元格或单元格区域的引用	SUM（A1:B3 B2:D4） 则实际引用的是 B2:B3

（2）公式中的运算顺序。

与数学运算一样，算术运算符的优先级是先乘幂，再乘、除，最后加、减，且从左到右依次运算。有括号时，先进行括号内的运算。

如果公式中有其他运算符，则其顺序是：引用运算→算术运算→文本运算→关系运算。

（3）公式的输入步骤。

用户可在单元格的编辑栏中输入公式，也可直接在单元格内输入公式，效果等同。其步骤为：单击要输入公式的单元格，再单击编辑栏或单元格；在编辑栏或单元格内输入等号及公式；

按 Enter 键或单击编辑栏中的输入按钮 ✓。

4.2.5　单元格引用

1．引用单元格

引用的作用在于标识工作表上的单元格或单元格区域，并指明公式中所使用的数据的位置。通过引用，可以在公式中使用工作表不同部分的数据，或者在多个公式中使用同一个单元格的数值。还可以引用同一个工作簿中不同工作表上的单元格和其他工作簿中的数据。引用不同工作簿中的单元格称为链接。

（1）首先在工作表中输入如图 4-4 所示的较为特殊的数据，其中 B2 单元格为文本数据 2。

（2）单击要输入求和公式的单元格 C2。

（3）从键盘输入公式：=A1+B2+B3+A4。该公式同时显示在公式编辑行中。

（4）按 Enter 键确认输入完成，C2 单元格内显示计算结果，如图 4-4 所示。

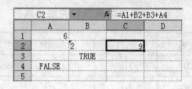

图 4-4　公式中引用单元格

另外，还可以使用鼠标选择需要引用的单元格，完成公式的输入。

单元格引用实际上就是将单元格地址当作变量来使用。单元格地址有 3 种表现形式：相对地址引用、绝对地址引用和混合地址引用。

2．相对地址引用

公式中的相对单元格引用（例如 A1）是基于包含公式和单元格引用的单元格的相对位置。如果公式所在单元格的位置改变，引用也随之改变。如果多行或多列复制公式，引用会自动调整。Excel 中默认的单元格引用为相对地址引用。例如，如果将单元格 B2 中的相对引用复制到单元格 B3，将自动从=A1 调整到=A2。

3．绝对地址引用

单元格中的绝对单元格引用（例如 A1）总是在指定位置引用单元格。如果公式所在单元格的位置改变，绝对引用保持不变。如果多行或多列地复制公式，绝对引用将不作调整。例如，如果将单元格 B2 中的绝对引用复制到单元格 B3，则在两个单元格中一样，都是A1。即公式中的绝对引用不会随单元格地址的变化而变化。绝对引用地址在单元格地址的行号和列号前加"$"符号，如$AB$7。

4．混合地址引用

混合引用具有绝对列和相对行，或是绝对行和相对列。绝对引用列采用 $A1、$B1 等形式。绝对引用行采用 A$1、B$1 等形式。如果公式所在单元格的位置改变，则相对引用改变，而绝对引用不变。如果多行或多列地复制公式，相对引用自动调整，而绝对引用不作调整。例如，如果将一个混合引用从 A2 复制到 B3，它将从 =A$1 调整到 =B$1。

4.2.6　常用函数

Excel 2003 提供了大量的内置函数。函数是一些预定义的公式，通过使用一些称为参数的特定数值来按特定的顺序或结构执行计算。函数可用于执行简单或复杂的计算。例如，ROUND 函数能对数字进行四舍五入处理。

1. 函数的分类

在 Excel 中，函数按其功能可分为财务函数、日期与时间函数、数学与三角函数、统计函数、查找与引用函数、数据库函数、文本函数、逻辑函数以及信息函数。

2. 主要的常用函数

表 4-3 所示是 Excel 中主要的常用函数。

表 4-3　主要常用函数

函　　数	格　　式	说　　明
SUM	=SUM(n1,n2,…)	计算单元格区域中所有数字的和
AVERAGE	=AVERAGE(n1,n2,…)	返回其参数的算术平均值
COUNT	=COUNT(value1,value2,…)	计算包含数字的单元格以及参数列表中的数字的个数
MAX	=MAX(n1,n2,…)	返回一组数值中的最大值，忽略逻辑值及文本
MIN	=MIN(n1,n2,…)	返回一组参数的最小值，忽略逻辑值及文本字符
ROUND	=ROUND(Number,Num_digits)	按指定的位数对数值进行四舍五入
RANK	=RANK(Number,Ref,Order)	返回某数字在一列数字中相对于其他数值的大小排位
NOW	=NOW( )	返回日期时间格式的当前日期和时间

3. 在公式中使用函数

在 Excel 中，函数可以直接输入，也可以使用"插入函数"命令输入。

- 直接输入函数

当用户对函数非常熟悉时，可采用直接输入法，首先单击要输入的单元格，再依次输入等号、函数名、具体参数（要带左右括号），并按 Enter 键或单击按钮✔以确认即可。

在如图 4-4 所示的 C3 单元格中输入公式"=SUM(A1,B2,B3,A4)"，C3 单元格中的结果为 6，因为单元格中的文本数字、逻辑值将被忽略。但是如果在 C4 单元格中输入公式"=SUM(A1,"2",TRUE,FALSE)"，则 C4 单元格中的结果为 9，因为文本数字、逻辑值当作为函数的参数时，将转换为相应的值参加运算，其中逻辑值 TRUE 转换成 1，FALSE 转换为 0。

- 使用插入函数

当对要使用的函数不是特别熟悉时，可采用"插入函数"的方式完成对函数的使用。

（1）在图 4-4 所示的环境下，单击想要输入公式的 D1 单元格。

（2）单击编辑栏中的按钮 fx，或单击"插入"菜单中的"函数…"命令，弹出"插入函数"对话框，如图 4-5 所示。

（3）选定所需函数后按"确定"按钮，会出现请选择区域的对话框，如图 4-6 所示。

（4）若要将单元格引用作为参数输入，可以单击压缩对话框按钮🔳以暂时隐藏该对话框。在工作表上选择单元格，然后单击展开对话框按钮🔳。

（5）完成参数输入后，单击"确定"按钮完成公式的输入，在 D1 单元格出现相应的运算结果。

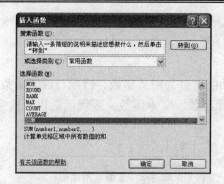

图 4-5　"插入函数"对话框

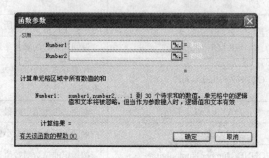

图 4-6　"函数参数"对话框

4.2.7　自动填充数据

当输入的数据具有一定规律时，可以使用自动填充的方式。有规律的数据是指等差、等比、系统预定义序列以及用户自定义的序列。自动填充是根据初始值决定以后的填充项。

在所选中的单元格或区域的右下角有一个小方块，此小方块称为填充柄。数据填充有以下几种。

- 如果初始值为纯字符或纯数字，选中初始值单元格，直接拖动填充柄覆盖所要填充的区域，即完成了填充相同的数据。
- 当初始值为字符与数字混合串时，向下或向右填充时按字符不变、数字递增方式进行，如果向上或向左填充时则字符不变、数字递减的方式进行。需要注意的是，在使用填充柄填充日期、时间、星期等，必须在拖动同时按住 Ctrl 键，才可得到相同的数据。

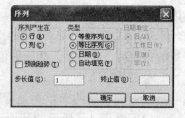

- 等差、等比数列的填充。首先输入初始值，选定需要填充数据的所有单元格，然后执行"编辑"→"填充"→"序列"菜单命令，打开如图 4-7 所示的"序列"对话框，根据需要进行选择填充的类型，输入步长值以及终止值，终止值可以默认。单击"确定"按钮完成填充。

图 4-7　"序列"对话框

4.2.8　数据有效性验证

Excel 提供了有效数据验证的功能，它允许用户对单元格输入数据的类型、范围加以限制，并可以设置提示信息和错误信息。例如成绩的有效性限制可以设置为：0～100 之间的整数。

（1）选择要设置数据有效性的单元格区域。

（2）执行"数据"→"有效性"菜单命令，打开如图 4-8 所示的"数据有效性"对话框，单击"设置"标签，打开该对话框。

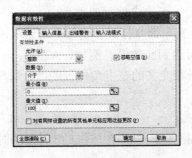

图 4-8　"数据有效性"对话框

（3）在"允许"下拉列表框中选择"整数"选项；在"数据"下拉列表框中选择"介于"选项；在"最小值"文本框中输入数据的下界值 0；在"最大值"文本框中输入数据的上界值 100；若单元格中不允许有空项，则选中"忽略空值"复选框。

（4）单击"确定"按钮完成设置。

4.3　Excel 基本操作

在数据输入后，往往需要对数据进行编辑工作。这些编辑操作主要包括修改、删除、复制、移动、插入等。

4.3.1　选定单元格

1. 选定单个单元格

选定的单个单元格称当前活动单元格为通常使用鼠标单击一个单元格，它即成为，用上下左右方向键也可选择当前单元格。

选取单个单元格可以用以下几种方式。

● 鼠标左键单击要选中的单元格。

● 使用上下左右方向键、Enter 键、Shift+Enter 组合键、Tab 键或者 Shift+Tab 组合键来选定单元格。

● 在名字框直接输入某个单元格的列号和行号。

● 执行"编辑"→"定位"菜单命令，打开"定位"对话框，在"引用位置"文本框中输入要选取的单元格位置名，然后单击"确定"按钮即可。

要快速移动到当前单元格所在行的第一列（A 列），按 Home 键，要移动到当前工作表的 A1 单元格，按 Ctrl＋Home 组合键。

2. 选定单元格区域

分为连续单元格区域和不连续单元格区域的选定。选定了单元格区域后，若在工作表中单击任意一个单元格，选择将被撤销。

（1）选定连续单元格区域。

● 单击区域的第一个单元格，再拖动鼠标到最后一个单元格，则整个区域都被选中，呈阴影状态。在选择区域中第一个选中的单元格是活动单元格。
- 单击区域中的第一个单元格，在按住 Shift 键的同时单击区域中的最后一个单元格。可以先滚动到最后一个单元格所在的位置。
- 单击工作表的行号或列号，可选定整行或整列。
- 执行"编辑"→"定位"菜单命令打开"定位"对话框，直接输入需选定区域对角的两个单元格列号和行号也可达到此效果。例如，A1:C3。
- 单击工作表的行号与列号相交叉的左上角位置的"全选"按钮，可选定当前工作表中的所有单元格。

（2）选定不连续单元格区域。

先选定第一个单元格或单元格区域，然后在按住 Ctrl 键的同时选中其他单元格或单元格区域。

4.3.2　命名单元格区域

Excel 可以对单元格区域命名便于使用。单元格区域命名的方法是先选定需要命名的单元格区域，然后：

- 单击"插入"→"名称"→"定义"命令，输入对该区域自行定义一个名称，该名称可以是字母或汉字，允许有数字，但是不能同普通的单元格地址相同。如，可以命名为 ABC123，而不能命名为 AB123，因为在工作表中有 AB123 这个单元格存在。一个区域可以有多个名称。以后在引用时可以直接输入该名称。
- 直接在名称框中输入新的区域名称。

单元格区域命名后，可以从编辑栏的名称框中单击名称，来快速选取单元格区域。通过使用区域的名称可以快速地使用该区域。例如，有公式"=SUM(A1:C4)"，如果对区域"A1:C4"已经命名为"示例"，则可以直接输入公式"=SUM（示例）"即可。

4.3.3　插入与删除单元格

1．插入单元格

在编辑过程中可以进行插入单元格的操作。选定要插入新的空白单元格的单元格。选定的单元格数目应与要插入的单元格数目相等。执行"插入"→"单元格…"菜单命令或在选定的区域上单击鼠标右键，选择"插入…"命令，弹出如图 4-9 所示的"插入"对话框，在对话框中选择想要的单元格插入方式，单击"确定"按钮即可。

2．删除单元格

选定要删除的单元格，执行"编辑"→"删除…"菜单命令或在选定的区域上单击鼠标右键，选择"删除…"命令，弹出如图 4-10 所示的"删除"对话框，在对话框中选择想要的单元格删除方式，单击"确定"按钮即可。

图 4-9　"插入"对话框

图 4-10　"删除"对话框

4.3.4 复制与移动单元格数据

执行"复制"或"剪切"操作的单元格或区域，周围显示动态移动的边框。若要取消移动的边框，可按 Esc 键。

1. 复制单元格数据

- 单击要复制数据的单元格或区域，右击，选择"复制"命令，或者执行"编辑"→"复制"菜单命令，或者单击常用工具栏中的"复制"按钮，然后单击目标位置的首单元格，右击，选择"粘贴"命令，或者执行"编辑"→"粘贴"菜单命令，或者单击常用工具栏中的"粘贴"按钮即可。
- 将鼠标指针移动到选定单元格的边框上，按住 Ctrl 键，直接拖动鼠标到目标单元格。先释放鼠标，后释放 Ctrl 键。
- 按 Ctrl+C 组合键和 Ctrl+V 组合键完成数据的复制操作。

提示 如果复制到的目标单元格有内容，新的复制内容直接替换原单元格的内容。

2. 移动单元格数据

- 选择要移动数据的单元格或区域，单击鼠标右键选"剪切"，或者执行"编辑"→"剪切"菜单命令，或者单击常用工具栏中的"剪切"按钮，然后单击目标位置的首单元格，单击鼠标右键选"粘贴"，或者执行"编辑"→"粘贴"菜单命令，或者单击常用工具栏中的"粘贴"按钮即可。
- 将鼠标指针移动到选定单元格的边框上，直接拖动鼠标到目标单元格。
- 按 Ctrl+X 组合键和 Ctrl+V 组合键完成数据的移动操作。

提示 如果移动到的目标单元格有内容，则会出现"是否替换目标单元格内容"信息的对话框，可视情况而定。

4.3.5 选择性粘贴

只有"复制"操作才有"选择性粘贴"功能。首先选定区域，然后指定粘贴区域，执行"编辑"→"选择性粘贴"菜单命令，打开如图 4-11 所示的"选择性粘贴"对话框。

单元格有许多特性，如公式、格式、批注、边框等，有时复制数据只需要复制其部分特性，"选择性粘贴"对话框就是为了满足这些需要而设置的。

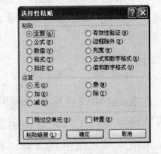

图 4-11 "选择性粘贴"对话框

在"选择性粘贴"对话框中，"加"、"减"、"乘"、"除"是将源单元格区域的数据分别与目标单元格区域的数据进行加、减、乘、除运算后填入目标单元格区域中，"无"是指不进行单元格之间的运算；"跳过空单元"的作用是源单元格中的空白单元格不被粘贴，以避免目标区域中相应的单元格数据被替换，"转置"是将源单元格中的行、列互换后粘贴到目标区域。

4.3.6 清除单元格的内容

删除和清除是两个不同的概念，删除单元格是从工作表中移去这些单元格，清除单元格是指清除单元格中的具体内容（公式和数据）、格式或批注，而单元格本身依然存在。清除单元格的内容具体有以下几种方法。

- 选取单元格区域，执行"编辑"→"清除"→"内容"菜单命令。
- 选取单元格区域，按 Delete 键。
- 右击选取的单元格区域，在弹出的快捷菜单中选择"清除内容"菜单命令。

提示 清除单元格有 4 种选择：全部、格式、内容、批注。

4.3.7 行、列编辑

在使用 Excel 电子表格时，由于某些需要，用户可能需要在工作表中增加一行或者一列单元格以输入新的数据。

1. 选定行或列

单击行号或列号即可选中整行或整列。操作与常规的 Windows 选择操作相同。

2. 插入行或列

选定单元格区域。插入单元格的行数应与选定单元格区域的行数相等。

- 如果选定的是行，再选择"插入"菜单中的"行"命令，或者在选定的行上单击鼠标右键，在出现的快捷菜单中选择"插入"命令，则可以在选定区域的上方插入与选定单元格区域行数相等的空行。
- 如果选定的单元格，在如图 4-9 所示的"插入"对话框中选择"整行"选项，则可以在选定区域的上方插入与选定单元格区域行数相等的空行。

在工作表中插入列的操作与在工作表中插入行的操作类似，只需要将针对行的操作改为针对列的操作即可。

3. 删除行或列

删除行或列的操作很简单：

- 如果选定的是行或列，再选择"编辑"菜单中的"删除"命令，或者在选定的行或列上单击鼠标右键，在出现的快捷菜单中选择"删除"命令，就可以删除选定的行或列。
- 如果选定的单元格，在如图 4-10 所示的"删除"对话框中选择"整行"或"整列"选项，就可以删除选定单元格所在的行或列。

4.4 设置格式

在 Excel 中进行格式设置时，主要包括单元格格式设置、自动套用格式以及条件格式的使用等，可以美化工作表。使用 Excel 格式工具栏可以为单元格设置较简单的格式，复杂的格式可以采用"单元格格式"对话框进行设置。

4.4.1 设置单元格格式

Excel 中的单元格可以设置多种格式，主要包括设置单元格中数字的类型、文本在单元格中的对齐方式、字体、单元格的边框、底纹以及单元格保护等。不仅单个单元格和单元格区域可以设置格式，一个或多个工作表也可以同时设置格式。设置单元格格式的步骤如下：

（1）选定要进行格式设置的单元格或者单元格区域。

（2）执行"格式"→"单元格…"菜单命令，或在选定的区域上单击鼠标右键，在出现的右键快捷菜单中选择"设置单元格格式…"命令，打开"单元格格式"对话框，如图 4-12 所示。

（3）在"单元格格式"对话框中设置相应的格式后，单击"确定"按钮。

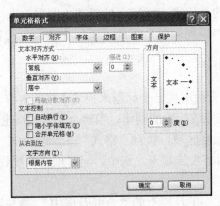

图 4-12　"单元格格式"对话框

4.4.2　多行文本控制

在一个单元格中可能会出现比较长的文本，希望多行显示而不被隐藏，可以在如图 4-12 所示的"单元格格式"对话框中，选择"对齐"选项卡中的"文本控制"选项。例如，自动换行。单元格中的数据将自动换行以适应列宽。更改列宽时，数据换行也会相应自动调整。

提示　若要在单元格中特定的位置开始新的文本行，可以在希望断行的位置单击，然后按 Alt+Enter 组合键，插入点后的文本换行显示。

4.4.3　边框和底纹

在 Excel 中单元格的边框默认是虚框线。添加合适的边框线和底纹不但可以美化工作表，还可以区分工作表的范围，使工作表的数据条目清晰、重点突出。

选择要添加边框的单元格区域，执行"格式"→"单元格…"菜单命令，在弹出的"单元格格式"对话框中打开"边框"选项卡，如图 4-13 所示。在选项卡中可以根据需要设置合适的边框选项、边框线的颜色等。要清除边框，需要先选定想清除边框的单元格或区域，然后在"边框"选项卡的"预设"选项组中选择"无"选项，或者单击"格式"工具栏中"边框"下的"无框线"按钮。

图 4-13　"边框"选项卡

Excel 单元格默认无底纹。需要设置底纹，可进行如下操作。在如图 4-13 所示的对话框中打开"图案"选项卡，设置单元格的底纹颜色和图案，增加单元格的突出显示效果。要清除底纹，需要先选定想清除底纹的单元格或区域，然后在"图案"选项卡中选择"无颜色"选项，或者单击"格式"工具栏中"填充颜色"下的"无填充颜色"按钮。

4.4.4　单元格的合并与居中

在制作 Excel 表格时，经常会用到一个标题来描述表格的内容，但标题的文字一般较多，可以使用单元格的合并及居中来完成标题的制作。当然合并单元格也可用在普通的单元格区域中。

选择要合并及居中的单元格区域，执行"格式"→"单元格…"菜单命令，在打开的"单元格格式"对话框中选择"对齐"选项卡，选中，同时根据需要设置文本的水平、垂直对齐方式，单击"确定"按钮即可。

另外，也可以单击"格式"工具栏上的"合并及居中" 按钮，此时该按钮呈选中状态，完成单元格的合并及居中。如果希望取消合并及居中，则可再一次单击"合并及居中"按钮，使得其呈释放状态，完成取消合并及居中的操作。或者在打开的"对齐"选项卡中取消"合并单元格"复选框选择，单击"确定"按钮，完成取消操作。

提示　Excel 只将选定区域左上方的数据放置到合并单元格中。如果其他单元格中有数据，则该数据将被删除。

4.4.5　条件格式

为了突出表示某些数据内容，在工作表中把这些满足一定条件的数据明显地标记出来，这就是条件格式化。例如找出学生的某门课程不及格的成绩并以红色显示。

先选定已经输入的成绩区域，再执行"格式"→"条件格式…"菜单命令，打开如图 4-14 所示的对话框。在"条件 1"中选择"单元格数值"、"小于"，在文本框中输入数值 60，单击"格式…"按钮，打开"单元格格式"对话框，如图 4-15 所示。选择字体的颜色为红色，单击"确定"按钮，回到"条件格式"对话框。

图 4-14　"条件格式"对话框

图 4-15　"单元格格式"对话框

"格式…"按钮将确定满足条件的单元格的显示方式,可以设置"字体"、"边框"和"图案"三项格式。单击"添加"按钮,可加入一个条件,最多可设置三个条件。单击"删除"按钮可删除已设置的条件格式。单击"确定"按钮,所设置的条件自动应用于所选定的单元格区域。

4.4.6　调整行高和列宽

在往单元格输入文字和数据时,常会因为单元格的行高或列宽不够,而使文字或数据的显示出现问题,这就需要调整行高和列宽。调整的最快方法是直接将鼠标移到需要调整的单元格的行号框的底边线或列号框的右边线,使鼠标指针变为双箭头,然后拖动鼠标调整至满意的行高或列宽,再释放鼠标即可。也可双击该行或列的框线,Excel 会自动调整行高或列宽以适应文字宽度及高度。

通过"格式"菜单中的"行"或"列"命令,可以更精确地调整行高和列宽。以调整行高为例,其操作步骤是:单击"格式"菜单,选择"行"命令,在"行"的下拉菜单中有"行高"和"最适合行高"两个选项用于调整行高,其中"行高"是用户直接输入所需要的行高,单位为磅,用户可输入 0~255 之间的任意数,输入后单击"确定"按钮即可;通常情况下选择"最适合行高"选项,这时 Excel 表格会自动根据内容的字体大小调整行高。

4.4.7　自动套用格式

为了使用户能快速地对单元格格式化,Excel 提供了 17 种格式。自动套用格式操作步骤如下:
(1)选取要自动套用格式的单元格区域。
(2)执行"格式"菜单→"自动套用格式…"命令,打开如图 4-16 所示的对话框。
(3)选择一种合适的格式,单击"确定"按钮即可。

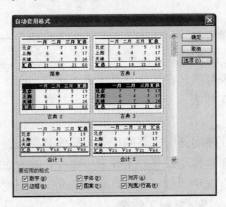

图 4-16　"自动套用格式"对话框

如果想在自动套用格式时仅使用自动套用格式的选定部分或删除自动套用格式,可以单击"选项",清除不需要应用的格式的复选框。当删除字体的自动套用格式时,将使用在 Excel"选项"对话框的"常规"选项卡中指定的字体。

4.5　工作表基本操作

在 Excel 中,同一工作簿的不同工作表可以相互操作,通常把相关的多个工作表放在一个工作簿中,便于管理。一个工作簿允许拥有的工作表数量为 1~255。

4.5.1　选择当前工作表

一个 Excel 工作簿中默认的工作表有 3 张。在操作时经常会涉及到当前工作表的选择。主要操作方法如表 4-4 所示。

表 4-4　选择工作表的方法

选择类型	操 作 方 法
单张工作表	单击工作表标签。如果看不到所需的标签，那么单击标签滚动按钮可显示此标签，然后可单击它
两张或多张相邻的工作表	先选中第一张工作表的标签，再按住 Shift 键单击最后一张工作表的标签
两张或多张不相邻的工作表	单击第一张工作表的标签，再按住 Ctrl 键单击其他工作表的标签
工作簿中所有工作表	用鼠标右键单击工作表标签，再单击快捷菜单上的"选定全部工作表"命令

4.5.2　命名、插入、删除、移动和复制工作表

1. 重命名工作表

只需用鼠标双击该工作表标签，或单击该标签，再单击鼠标右键，选择"重命名"项，这时标签名字变成"黑底白字"，即处于被选中状态，再输入新的标签名即可。

2. 插入工作表

先考虑好在哪张工作表之前插入，然后选定该工作表，单击"插入"→"工作表"命令，则有一张新的空白工作表出现在该表前，并以 SheetN（N 为所有工作表总数递增 1 后的数字）为其默认名字。另一种方法是在该工作表标签处单击鼠标右键，选择"插入"项，在弹出的对话框中选择"工作表"即可。

3. 删除工作表

先激活该工作表内任一单元格，再单击菜单栏中的"编辑"→"删除工作表"命令，这时会出现对话框，提醒该操作将永久删除该工作表，单击"确定"按钮即可看到该工作表被删除。更简单的方法是右击该工作表标签，在快捷菜单中选"删除"命令，并在弹出的询问对话框中单击"确定"按钮，删除该工作表。

4. 移动工作表

用鼠标单击该工作表，并拖动到所需要的位置，释放鼠标，则工作表被拖到该位置。也可在标签处单击鼠标右键，选择"移动或复制工作表"命令，出现如图 4-17 所示对话框，选择放在所需位置，并且确认没有选中"建立副本"的复选框，单击"确定"按钮即可。

5. 复制工作表

如多个工作表结构相同而只是数据不同时，用复制的方法可大大减少工作量。方法是：先创建好一张标准工作表作为复制的原本，然后在该工作表标签处单击右键，在弹出的快捷菜单中选"移动或复制工作表"命令，这时弹出对话框如图 4-17 所示。选中"建立副本"复选框，并在对话框中选定副本的放置位置，单击"确定"按钮即可看到一张复制的工作表出现在指定位置。复制工作表还有一个简单的方法是用 Ctrl+鼠标控制，在按下 Ctrl 键同时单击原本标签不放，将其移动到需要位置再释放鼠标，也可达到同样效果。

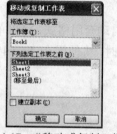

图 4-17　"移动或复制工作表"对话框

4.5.3　隐藏工作表

有时用户不想别人看到自己正在编辑的工作表，可以用隐藏工作表命令。步骤是先选定要隐藏的工作表，再执行"格式"菜单"工作表"中的"隐藏"命令，这时可以看到选定的工作表从屏幕上消失。

要再次使该工作表出现，仍然执行"格式"菜单"工作表"中的"取消隐藏"命令，这时会出现一个对话框，显示出所有被隐藏的工作表的名称，选择需要取消隐藏的工作表并确定即可。

4.5.4　设置工作表标签颜色

选定需要添加颜色的工作表。选择"格式"→"工作表"→"工作表标签颜色"命令。也可以在工作表标签上单击右键，选择"工作表标签颜色"命令。打开"设置工作表标签颜色"的对话框，选择所需颜色，单击"确定"按钮。如果工作表标签用颜色做了标记，则当选中该工作表标签时，将按用户指定的颜色为其名称添加下划线。如果工作表标签显示有背景色，则该工作表未处于选中状态。

4.6　数据处理

Excel 作为强大的电子表格软件，不仅仅因为它方便于制作表格，而且它提供了对数据的各种分析处理，如排序、筛选、分类汇总等数据库的操作。

4.6.1　数据排序

在进行数据处理时，要经常对所处理的数据进行排序。Excel 数据表通常是由带标题的一组工作表数据行组成的一个二维数据表，又称为工作表数据库。数据表的列相当于数据库中的"字段"，数据表的列标题相当于数据库中的"字段名"，数据表中的每一行相当于数据库中的一条记录。

排序就是按某个字段值的大小来排列记录。Excel 可根据一列或最多三列中的数值对数据进行排序。排序的方法分为"字母排序"和"笔划排序"两种。按照指定的顺序重新排列工作表的行，但是排序并不改变行的内容。其操作步骤如下：

（1）先选定数据表中的一个单元格。

（2）选择"数据"→"排序"命令，打开如图 4-18 所示的对话框。

（3）根据情况单击选中"有标题行"或"无标题行"单选按钮。

（4）根据需要在"主关键字"、"次要关键字"、"第三关键字"的下拉列表中选取相应的字段名称以及需要的"升序"或"降序"排序方式。

（5）单击"确定"按钮，完成排序操作。

如果要自定义排序次序，则单击"选项"按钮，打开如图 4-19 所示的"排序选项"对话框。在"自定义排序次序"下拉列表中可选择自定义排序的次序。若想区分大、小写，则选中"区分大小写"复选框。

图4-18 "排序"对话框

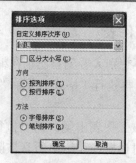
图4-19 "排序选项"对话框

4.6.2 数据筛选

在对数据进行分析时，常需要从全部数据中按需选出部分数据，可采用 Excel 提供的筛选功能筛选出工作表中适合用户设定条件的记录并显示出来，而那些不满足条件的记录暂时被隐藏。其中数据的筛选可以通过两种方式进行，即自动筛选和高级筛选。

1. 自动筛选

自动筛选可以实现较简单的筛选功能。自动筛选操作简单，用户可以很方便地筛选掉那些不满足条件的数据。操作步骤如下。

（1）单击工作表数据区内的任意单元格或选定相应的数据区域。

（2）选择"数据"→"筛选"→"自动筛选"命令。

（3）在每个字段的右边都出现一个下拉箭头按钮，单击相应字段右侧的下拉按钮，选择合适的筛选条件。在下拉列表框中有一些条件选项：升序排列、降序排列、全部、前 10 个、自定义…等。"全部"表示显示数据区域中所有数据，单击"升序排列"或"降序排列"可使表中数据按照选定列的升序或降序排列。

（4）若用户希望自己定义筛选条件，单击要设定的字段旁的下拉按钮，单击"自定义"选项，打开如图 4-20 所示的对话框。

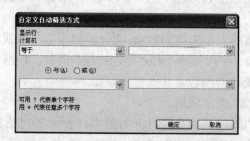
图4-20 "自定义自动筛选方式"对话框

"自定义自动筛选方式"对话框的上边为第一个条件，下边为第二个条件，中间的"与"和"或"是这两个条件的连接方式。若单击选中"与"单选按钮，则表示两个条件要同时满足；若单击选中"或"单选按钮，则表示两个条件只要满足一个即可。

如果要退出自动筛选状态，再一次选择"数据"→"筛选"→"自动筛选"命令，则取消自动筛选，且字段名侧的下拉按钮也消失。

2. 高级筛选

高级筛选允许设定更为复杂的条件去筛选记录。使用高级筛选时，必须先建立一个条件区域。在条件区域中指定筛选的数据要满足的条件，条件区域的首行中包含的字段必须与数据表中的字段保持一致。在条件区域中不一定要包含数据表中的所有字段，但条件区域中的字段必须是数据表中的字段。在条件区域的字段名下面必须有两行空行，一行用来输入筛选条件，另一行用于与数据区分隔。操作步骤如下：

（1）选择数据区域以外的单元格，用于建立条件区域。在刚刚输入字段名单元格的下一行单元格中，输入条件，建立条件区域。如图 4-21 所示的筛选条件是需要筛选出"性别"为"男"而且"总成绩"大于或等于 600 分的所有数据记录。

（2）选定数据表中数据区域内任意单元格，不能选定条件区域与数据区域之间的空行。

（3）选择"数据"→"筛选"→"高级筛选"命令，打开"高级筛选"对话框，如图 4-22 所示。

（4）在"高级筛选"对话框中设置"方式"、"列表区域"和"条件区域"。

（5）选择好"复制到"的单元格，单击"确定"按钮即可。

图 4-21　条件区域　　　　　　　图 4-22　"高级筛选"对话框

4.6.3　分类汇总

对数据进行分类汇总也是 Excel 数据处理时的一种常用方法。分类汇总，顾名思义就是把数据按类别进行统计，用户使用它对数据表中的某些数据进行统计，汇总出需要的数据。例如汇总某一个月的产品销售额、计算出某一个班级的某一门课程的平均成绩等。分类汇总至少需要两个步骤：对汇总字段进行排序以及汇总。所以，在汇总之前需要将数据区域按照要汇总的字段进行排序，然后再进行汇总操作。例如如图 4-23 所示的数据表。

	A	B	C	D	E	F
1	姓名	性别	数学	英语	计算机	总成绩
2	张三	男	45	87	85	217
3	李偲	女	34	45	76	155
4	王乔	男	76	76	39	191
5	茜茜	男	66	33	65	164

图 4-23　示例数据

1. 创建分类汇总

创建分类汇总的步骤如下：

（1）将数据区域对"性别"字段按"升序"排序。

（2）选择"数据"→"分类汇总…"命令，打开如图 4-24 所示的"分类汇总"对话框。

（3）在"分类字段"中选择"性别"选项，"汇总方式"为"平均值"，汇总项为"数学"、"英语"、"计算机"，如图 4-24 所示。

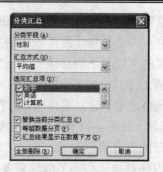

图 4-24　"分类汇总"对话框

（4）根据需要选择"替换当前分类汇总"等选项，单击"确定"按钮即可。

提示　还可以在原有普通的分类汇总的基础上再对其他的字段进行分类汇总。但通常需要取消"替换当前分类汇总"复选框的选择。

2. 删除分类汇总

如果要删除分类汇总，可进行以下操作。

（1）单击已分类汇总数据表中的任意单元格。

（2）选择"数据"→"分类汇总..."命令，在"分类汇总"对话框中单击"全部删除"按钮即可从现有的分类清单上删除所有的分类汇总信息。

4.7　制作图表

Excel 工作表中的数据可以使用各种统计图表来表示，使数据更加直观。

4.7.1　创建图表

Excel 提供了丰富的图表类型，每种图表类型又有多种子类型，此外，还有自定义图表类型。在 Excel 中有两种方法创建图表：第一种是利用"图表向导"；第二种是通过"图表"工具栏。接下来为如图 4-23 所示的数据创建柱形图表。

1. 使用图表向导创建图表

使用图表向导可以帮助用户更加方便、快捷、准确地进行图表的创建工作，而且能创建出非常丰富的图表。

（1）数据的选定。选择图表中要包含的数据单元格，选择数据区域 A1:F5。

（2）单击"常用"工具栏上的"图表向导"按钮，或者选择"插入"→"图表..."命令。打开"图表向导-4 步骤之 1-图表类型"对话框，如图 4-25 所示。在对话框中打开"标准类型"选项卡。

在"图表类型"列表框中选择"柱形图"选项，然后在"子图表类型"列表框中选择簇状柱形图。如需查看选择图表类型后建立的图表的示例图，单击"按下不放可查看示例"按钮。

（3）单击"下一步"按钮，打开"图表向导-4 步骤之 2-图表源数据"对话框，如图 4-26 所示。

"数据区域"默认的是选中的单元格区域，可根据需要重新选择。而且需要选定的用于图表的单元格可以不在一个连续的区域，则需要先选定第一组包含所需数据的单元格。按住 Ctrl 键选择其他单元格组。非相邻的选定区域必须能形成一个矩形。

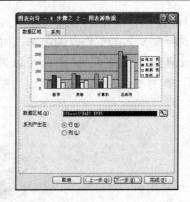

图 4-25　图表向导-4 步骤之 1-图表类型　　　　　图 4-26　图表向导 4-步骤之 2-图表数据源

系列产生在行是指把工作表的每一行的数据作为一个数据系列。

系列产生在列是指把工作表的每一列的数据作为一个数据系列。

（4）单击"下一步"按钮，打开"图表向导-4 步骤之 3-图表选项"对话框，如图 4-27 所示。

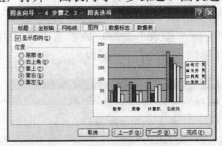

图 4-27　图表向导-4 步骤之 3-图表选项

在"标题"选项卡中的"图表标题"文本框中输入图表标题"学生成绩表"，在"数值（Y）轴"文本框中输入"成绩"，"分类（X）轴"文本框中输入"科目"。

图表选项对话框中还有"坐标轴"、"网格线"、"图例"、"数据标志"、"数据表"选项卡，可根据实际需要进行选择。

- 坐标轴：可以为图表设置坐标轴。
- 网格线：可以在图表添加网格线。
- 图例：可以设置在图表中是否显示图例以及图例的显示位置，默认"靠右"。
- 数据标志：可以设置在图表中显示各种数据标志
- 数据表：可以设置是否在工作图表中显示数据表。

（5）单击"下一步"按钮，弹出"图表向导-4 步骤之 4-图表位置"对话框，如图 4-28 所示。

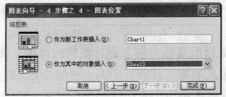

图 4-28　图表向导-4 步骤之 4-图表位置

完成的图表的默认位置是"作为其中的对象插入"在当前工作表中，可以在右端的下拉列表框中选择要插入的工作表的名称。如果单击选中"作为新工作表插入"单选按钮，则将图表放入一个新的工作表插入，并且可以为这个工作表命名。

（6）单击"完成"按钮，完成的图表如图 4-29 所示。

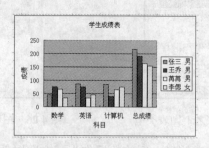

图 4-29　完成的图表

2. 使用"图表"工具栏创建图表

如果用户所需创建的图表很简单，则使用"图表"工具栏是一个不错的选择。

选择"视图"→"工具栏"→"图表"命令，或者右击"常用"工具栏，在出现的快捷菜单中选择"图表"命令，打开如图 4-30 所示"图表"工具栏。

图 4-30　"图表"工具栏

仍然为如图 4-23 所示的数据创建柱形图表。

（1）选定要创建图表的数据源单元格区域，选择数据区域 A1:F5。

（2）单击"图表"工具栏"图表类型"按钮右边的下拉箭头，出现图表类型列表。

（3）在图表类型列表中单击"柱形图"按钮。则出现如图 4-31 所示的图表。

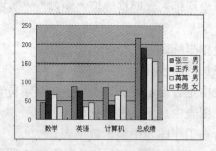

图 4-31　用"图表"工具栏完成的图表

4.7.2　编辑图表

图表创建以后，可能根据情况需要对图表进行修饰或修改，即编辑图表。

图表由图表区域和区域中的对象（标题、图例、网格线等）组成。要对图表进行编辑，首先要激活该图表，其方法是直接单击该图表边缘的空白区域。当图表被激活时，该图表的四周出现 8 个控点，同时工作界面的菜单栏中的"数据"变为"图表"，并且"视图"、"插入"、"格式"菜单也产生了相应变化，此时用户可以拉住图表进行移动，可以通过控点更改图表大小，可以复制和粘贴，也可以用 Delete 键删除该图表，这些都和 Word 中对图片的操作相同。

激活图表区域中的对象，只需单击需要的对象，对象被激活后，该对象的周围也会出现控点。另外一种激活对象的方法是单击"图表工具栏"中的"图表对象"，在其下拉菜单中选择要处理的对象即可。

选中一个对象后，双击它，即会出现相应的格式对话框，适当调整后单击"确定"按钮就可看到修改后的情况，如不满意，可继续调整。

4.7.3　打印图表

若要在打印嵌入图表时不打印与它相关的工作表数据，请单击嵌入式图表来选定它，接着按打印图表工作表的指导进行。不需要使用"图表"选项卡（"文件"→"页面设置"命令）中的"自定义"选项就可以移动嵌入式图表的图表区并改变其大小。

打印独立的图表，则需先选定该图表工作表，选择"文件"→"页面设置"命令，打开"页面设置"对话框，打开"图表"选项卡，将"打印图表大小"设置为"调整"，此时单击"打印"，也可将"打印图表大小"设置为"自定义"，先选择"打印预览"按钮，然后再调整图表的大小，再打印。

4.8　打印工作表

4.8.1　设置

1. 页面设置

选择"文件"→"页面设置"命令，打开"页面设置"对话框，如图 4-32 所示。

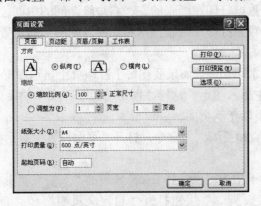

图 4-32　"页面设置"对话框

在"页面"选项卡中设置"方向"、"纸张大小"等。

"方向"选项用来设置打印纸的方向。"纵向"选项是指打印纸垂直放置，即纸张高度大于宽度。"横向"选项是指打印纸水平放置，即纸张宽度大于高度。通常，当需要打印的工作表列数较多时，使用横向打印更合适。

"缩放"是用来对工作簿进行放大或缩小的一种方法，这样能够使工作表数据更好地适应纸张。用户可以根据实际需要按正常尺寸的百分数进行设置，或者通知 Excel 自动缩放输出内容以便容纳在指定数目的纸张中。

可以在"纸张大小"列表框中选择用户所需使用的纸张大小。

可以在"打印质量"列表框中选择所需的打印质量，这实际上是改变了打印机的打印分辨率。打印的分辨率越高，打印出来的效果越好，打印的时间越长。打印的分辨率与打印机的性能有关，当用户所配置的打印机不同时打印质量的列表框内容也不同。

通常情况下，"起始页码"的设置使用默认状态。当工作表中设置了包含页码的页眉或页脚时，可以使用这个选项。

2. 页边距设置

打开"页面设置"对话框中的"页边距"选项卡，如图 4-33 所示。在该选项卡中可以对整个纸张的上、下、左、右边距进行设定，以及页眉页脚出现的位置设置。

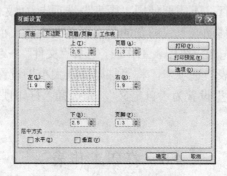

图 4-33 "页边距"选项卡

可以使用"页边距"选项卡进行整个纸张的边距的调整。在实际工作中当遇到最后一页只包含少数数据时，可以通过调整上、下边距使其最后一页的数据包含在前面的页中，以节省纸张。

为了美观，可以通过居中方式的选择对数据进行居中，所使用的居中方式有两种。

- 水平居中：可以使数据打印在纸张的左、右边缘之间的中间位置。
- 垂直居中：可以使数据打印在纸张顶部和底部之间的中间位置。

3. 页眉/页脚设置

在 Excel 中不能使用水印功能。如果要在每个打印页上显示图形（例如，指示这是机密信息），可以在页眉或页脚中插入图形。这样，图形将显示在文本的后面（在每页顶部或底部开始）。还可以调整它的大小以充满页面。

选择"视图"→"页眉和页脚…"命令，打开"页面设置"对话框，默认选项卡为"页眉/页脚"选项卡。

在"页眉/页脚"选项卡中，可以选择 Excel 预设的"页眉"、"页脚"选项，也可单击"自定义页眉…"和"自定义页脚…"按钮打开"自定义页眉"和"自定义页脚"对话框，如图 4-34 所示，设置相应的内容。例如上面提到的在工作表中设置作为背景图片的水印效果。

图 4-34 "页眉"对话框

在"页眉"或"页脚"对话框中，单击"插入图片"按钮，查找要插入的图片。双击要在页眉或页脚框中插入的图片。要调整图片大小，可单击"页眉"或"页脚"对话框中的"设置图片格式"按钮，然后在"设置图片格式"对话框中的"大小"选项卡上选择所需的选项，以及将"图像控制"的"颜色"选项设置为"冲蚀"效果。

4. 工作表设置

在通常情况下，打印区域默认为打印整个工作表，此时"打印区域"下拉列表框内为空。可以通过引用单元格来设置打印作业所要打印的范围。

另外，可以选择"文件"→"打印区域"→命令，在弹出的对话框中设置"设置打印区域"来预选打印区域。

如果要清除打印区域，选择"文件"→"打印区域"→"清除打印区域"命令即可完成。

当打印一个较长的工作表时，常常需要在每一页上都打印行或列标题，这样可以使打印后每一页都显示行或列标题，以便查看。Excel 允许用户指定行标题、列标题或二者兼有。具体操作步骤如下：在"工作表"选项卡中指定打印在每页上的标题行，选择"标题行"，然后在工作表中进行单元格引用，以确定所需指定的标题行。指定打印在每页上的标题列，选择"标题列"，然后在工作表中进行单元格引用，以确定所需指定的标题列，单击"确定"按钮。

当用户需打印的工作表太大，无法在一页中放下时，可以选择页面的打印方式。

- 选择"先列后行"就表示先打印每一页的左边部分，然后再打印右边部分。
- 选择"先行后列"就表示在打印下一页的左边部分之前，先打印本页的右边部分。

5. "分页符"的使用

当某行数据不管在什么情况下都必须出现在某一页的页首时，这时就会使用到强制"分页符"。操作步骤为：选中这一特殊行或该行中的一个单元格，选择"插入"→"分页符"命令，即在该行前插入了一个强制水平分页符或同时还插入了一个垂直分页符。要删除分页符，只需要选择要删除的水平分页符的下方任一单元格或垂直分页符的右侧任一单元格，然后选择"插入"→"删除分页符"命令即可。

4.8.2　打印

1. 打印预览

在一个文档打印输出之前，可能需要通过多次的调整才能达到满意的打印效果，这时用户可以通过打印预览在屏幕观察打印效果，而不必打印输出后再去修改。可以通过以下多种方式进入打印预览窗口。

- 从"文件"菜单中选择"打印预览"命令。
- 单击"常用"工具栏中的打印预览按钮。
- 单击"页面设置"对话框中任意一页上的"打印预览"按钮。
- 单击"打印"对话框中的"打印预览"按钮。

在"打印预览"窗口中可以有多种方法检验工作表打印输出的效果。

2. 设置打印选项

当设置好页面后，就可以开始准备进行打印。在打印之前用户还必须进行打印选项设置。选择"文件"→"打印"命令，打开"打印内容"对话框，如图 4-35 所示。

- 打印机：在"打印机"列表框中显示出当前打印机的信息。可以从"名称"下拉列表框中选择自己配置的打印机型号。单击"属性"按钮，可以在"打印机属性"对话框中改变打印机的属性。

图 4-35　"打印内容"对话框

- 打印到文件：选中此复选框，单击"确定"按钮后，将当前文档打印到文件而不是打印机。
- 打印范围：可以指定打印页。这样在不需要对全部内容进行打印时，就可以通过此项来选择所需打印的页。
- 打印内容：用于确定打印区域，共有 3 个选项，分别为选定区域、选定工作表和整个工作簿。
- 份数：确定所需打印内容的打印份数。
- 预览：单击该按钮表示进入打印预览窗口。

当设置完相应的打印选项后，单击"确定"按钮开始即可。

4.9　本章小结

通过本章的学习，掌握了如何进行数据输入：文本型数据的输入，数字、日期和时间输入，公式输入，单元格地址引用，数据填充和数据有效性；Excel 基本操作：插入和删除单元格，移动和复制单元格，选择性粘贴和区域命名；格式设置：设置单元格格式，自动套用格式，条件格式等；掌握数据处理：数据排序与筛选、分类汇总；最后介绍了工作表的打印。

4.10　练习题

一、选择题

1. 按住（　　）键用鼠标拖动单元格区域可实现单元格区域数据的复制。

　　A．Alt　　　　　　　B．Ctrl　　　　　　　C．Shift　　　　　　D．Tab

2. 如果某单元格显示为#VALUE!~#DIV/0!，这表示（　　）。

　　A．列宽不够　　　　B．公式错误　　　　C．格式错误　　　　D．行高不够

3. 在 Excel 操作中，假设 A1，B1，C1，D1 单元分别为 3，5，8，4，则 SUM（A1:C1）/D1 的值为（　　）。

　　A．15　　　　　　　B．18　　　　　　　C．3　　　　　　　　D．4

4. 在 Excel 中，在打印学生成绩单时，对不及格的成绩用醒目的方式表示，当要处理大量的学生成绩时，利用（　　）命令最为方便。

　　A．数据筛选　　　　B．查找　　　　　　C．条件格式　　　　D．分类汇总

5．在 Excel 2003 中，若一个工作簿有 4 个工作表，其中一个的名字是 Sheet4，复制这个工作表后，新的工作表名是（　　　）。

    A．ABC　　　　　　　　　　　　　　B．Sheet4(2)

    C．Sheet5　　　　　　　　　　　　　D．用户必须输入工作表的名字

6．已知工作表中 A3 单元格与 B4 单元格的值均为 0，C4 单元格中为公式"=A3=B4"，则 C4 单元格显示的内容为（　　　）。

    A．C3=D4　　　　　B．TRUE　　　　　　C．1　　　　　　D．#N/A

7．电子表格 Excel 的文件名称之为（　　　）。

    A．工作表　　　　　B．工作簿　　　　　C．文档　　　　　D．单元格

8．一个工作簿是一个 Excel 文件（其扩展名为.xls），其最多可以含有（　　　）个工作表。

    A．3　　　　　　　B．10　　　　　　　C．255　　　　　　D．无限制

9．单元格格式对话框中包括数字、（　　　）、边框、图案和保护等选项卡。

    A．颜色　　　　　B．对齐　　　　　　C．下划线　　　　　D．字形

10．下列不属于 Excel 中正确的单元格地址引用是（　　　）。

    A．B7　　　　　　B．A1:F9　　　　　C．IX5　　　　　　D．IA100

二、填空题

1．Excel 输入的数据类型分为＿＿＿＿＿＿和数值型数据。

2．在一个单元格内输入一个公式时，应先输入＿＿＿＿＿或＿＿＿＿＿。

3．在 Excel 2003 中，编辑栏的名称栏显示为 A7，则表示＿＿＿＿＿。

4．选择＿＿＿＿＿菜单可以打开"单元格格式"对话框。

5．绝对引用前需要加＿＿＿＿＿符号。

6．数据的排序可以按＿＿＿＿＿或＿＿＿＿＿排列。

7．筛选分为＿＿＿＿＿和＿＿＿＿＿两种。

8．在对数据分类汇总前，需要做的一个步骤是＿＿＿＿＿。

9．Excel 工作表是由＿＿＿＿＿行和＿＿＿＿＿列组成。

10．在 Excel 中，创建图表分为＿＿＿＿＿个步骤。

三、是非判断

1．在 Excel 中不能输入分数，只能输入整数和小数。（　　　）

2．在 Excel 的数据复制过程中，如果目的地已经有数据，则 Excel 会请示是否将目的地的数据替换。（　　　）

3．在 Excel 2003 中，对单元格 A$7 的引用是混合引用。（　　　）

4．在 Excel 中单元格是最小的单位，所以不可以在多个单元格中输入数据。（　　　）

5．在复制单元格数据时，公式不可以不被复制。（　　　）

6．在 Excel 中只能填充等差数列。（　　　）

7．在 Excel 中，可以通过"格式"菜单中的列命令来调整行高。（　　　）

8．Excel 2003 中，单元格的清除与删除意义相同。（　　　）

9．在 Excel 中，单元格中的数据不仅可以具有水平对齐方式，还可以具有垂直对齐方式。（　　　）

10．在 Excel 中，使用函数只能通过"插入"菜单操作。（　　　）

四、简述题

1. 简述单元格的相对引用、绝对引用和混合引用。
2. 如何实现数据自动填充？
3. 如何设置数据的有效性？
4. 如何设置单元格的底纹？
5. 简述对工作表的操作。
6. 排序操作一次可以选择几个关键字？
7. 如何进行高级筛选？
8. 分类汇总的操作步骤有哪些？
9. 怎样使用图表向导来创建工作表图表？
10. 如何插入以及删除人工分页符？

第 5 章　PowerPoint 2003 演示文稿制作软件

PowerPoint 是 Microsoft Office 办公自动化套件的组成部分之一，使用 PowerPoint 2003 可以制作出图文并茂、色彩丰富、表现力和感染力极强的电子演示文稿。

本章主要内容

📕 PowerPoint 2003 简介
📕 演示文稿的创建
📕 格式设置
📕 制作幻灯片
📕 演示文稿的放映

5.1　PowerPoint 2003 基础知识

PowerPoint 2003 是 Office 2003 的重要组件，主要用来制作丰富多彩的电子演示文稿，使用户的讲解达到事半功倍的效果。利用 PowerPoint 制作的文件叫"演示文稿"，而演示文稿中的每一页被称作为一张幻灯片。一个演示文稿可以包括多张幻灯片，每张幻灯片都是演示文稿中既相互独立又相互联系的内容。

5.1.1　PowerPoint 2003 的主要功能

用 PowerPoint 2003 可以轻松地将用户的想法变成极具专业风范和富有感染力的演示文稿，通过计算机屏幕或者投影机播放，主要用于设计制作广告宣传、产品演示等。利用 PowerPoint 2003，还可以在互联网上召开远程会议或在 Web 上给观众展示演示文稿。

PowerPoint 2003 作为一个组件集成在 Office 2003 的办公软件中，不仅可以使用自身的强大功能，还可以利用 Office 2003 中其他组件的功能，使整个演示文稿更加专业和简洁。

为了使用户制作的演示文稿更丰富多彩，PowerPoint 2003 可以支持更多的媒体播放格式，如 ASX、WMX、M3U、WVX、WAX、WMA 等。同时，如果某种媒体编码器（对于播放文件是必要的）不存在，PowerPoint 2003 将尝试使用 Windows 媒体播放器技术下载它。例如，我们可以很方便地将一个影片剪辑插入到演示幻灯片中，并使用全屏幕方式放映影片。

PowerPoint 2003 还带有一个"打包成 CD"的功能，可以将演示文稿打包到 CD 上，并可选择包含一个新的 PowerPoint 播放器。不用担心接收者是否具有正确版本的 PowerPoint。打包到 CD 的功能还允许选择将 CD 插入计算机光驱中后就自动播放演示文稿。

5.1.2　PowerPoint 2003 的启动与退出

1. 启动

启动 PowerPoint 2003 有多种方法。例如：

- 执行"开始"→"程序"→Microsoft Office→ Microsoft Office PowerPoint 2003 菜单命令，即可启动 PowerPoint 2003。
- 双击 PowerPoint 2003 桌面上的快捷方式图标也可以启动 PowerPoint 2003。

- 从"我的电脑"或者"资源管理器"中启动 PowerPoint 2003。

2. 退出

退出 PowerPoint 2003 也有多种方法。例如：

- 执行"文件"→"退出"菜单命令。
- 单击 PowerPoint 2003 标题栏右边的"关闭"按钮。
- 按 Alt + F4 组合键等。

如果在退出 PowerPoint 2003 时，若文件未保存过或在原来保存的基础上做了修改，PowerPoint 2003 将提示用户是否保存编辑或修改的内容，用户可以根据需要单击"是"或"否"或"取消"按钮。

5.1.3　PowerPoint 2003 的窗口与视图

1. PowerPoint 2003 窗口

启动 PowerPoint 2003 时，用户首先会看到 PowerPoint 2003 的标题屏幕，随后便可以进入PowerPoint 2003 的工作环境，如图 5-1 所示。同 Office 2003 中其他软件一样，其中主要包括有：标题栏、菜单栏、工具栏、标尺、编辑区、滚动条和状态栏等。

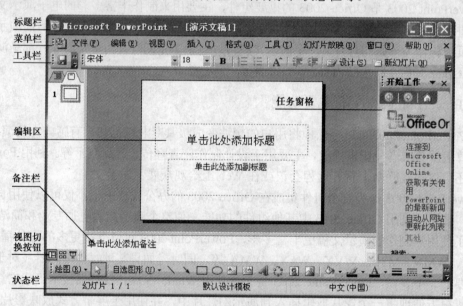

图 5-1　PowerPoint 2003 窗口

（1）标题栏。

标题栏显示目前正在使用的软件的名称和当前文档的名称，其右侧是常见的"最小化"、"最大化/还原"、"关闭"按钮。

（2）菜单栏。

菜单栏包括"文件"、"编辑"、"视图"、"插入"、"格式"、"工具"、"幻灯片放映"、"窗口"、"帮助" 9 个菜单项。单击某菜单项，可以打开对应的菜单，执行相关的操作命令。菜单栏中包含了 PowerPoint 的所有控制功能。

（3）工具栏。

工具栏是菜单栏的直观化，工具栏中的所有按钮，都可以在菜单栏里找到。每一个按钮代

表一个命令。通过工具栏进行操作和通过菜单进行操作的结果是一样的。工具栏里的工具按钮是可以改变的，用户可以根据需要来选择自己喜欢的工具，定制个性化的工具栏。操作方法与 Word 介绍的方法相同。

（4）编辑区。

编辑区是用来显示当前幻灯片的一个大视图，可以添加文本，插入图片、表格、图表、绘制图形、文本框、电影、声音、超级链接和动画等。

（5）备注栏。

用户可在备注栏添加与每张幻灯片的内容相关的备注，并且在放映演示文稿时将它们用作打印形式的参考资料，或者创建希望让观众以打印形式或在 Web 页上看到的备注。

（6）幻灯片窗格。

幻灯片窗格由每一张幻灯片的缩略图组成。此窗格中有两个选项卡，一个是默认的"幻灯片"选项卡，另外一个是"大纲"选项卡。当切换到"大纲"选项卡时，可以在幻灯片窗格中编辑文本信息。

（7）状态栏。

状态栏显示演示文稿一些相关的信息。如，总共有多少张幻灯片，当前是第几张幻灯片等。

（8）视图栏。

PowerPoint 2003 中有 4 种不同的视图，包括普通视图、幻灯片浏览视图、幻灯片放映视图以及备注页视图。在视图栏中有 3 个视图（除备注页视图）的切换按钮，从左往右依次是"普通视图"、"幻灯片浏览视图"以及"从当前幻灯片开始放映幻灯片"。

（9）任务窗格。

"任务窗格"是不同于 PowerPoint 2000 版本的部分。任务窗格可用于完成以下任务：创建新演示文稿；选择幻灯片的版式；选择设计模板、配色方案或动画方案；创建自定义动画；设置幻灯片切换；查找文件；以及同时复制并粘贴多个项目。单击任务窗格的下拉菜单即可选择相应的任务。要打开任务窗格，可执行"视图"→"任务窗格"命令或按 Ctrl+F1 组合键打开。

2. PowerPoint 2003 视图

PowerPoint 2003 提供了多种基本的视图方式，如大纲视图、幻灯片视图、幻灯片浏览视图、备注页视图和幻灯片放映视图。每种视图都有自己特定的显示方式和加工特色，并且在一种视图中对演示文稿的修改和加工会自动反映在该演示文稿的其他视图中。

（1）普通视图。

如果要切换到普通视图，只需单击"视图栏"上的"普通视图"按钮或者选择"视图"菜单中的"普通"命令即可。

普通视图是将普通视图、幻灯片视图、大纲和和备注视图组合到一个窗口，形成 3 个窗格的结构（即大纲窗格、幻灯片窗格和备注窗格），为当前幻灯片和演示文稿提供全面的显示，如图 5-2 所示。

将普通视图中的左窗格关闭后，就是一个典型的幻灯片视图了，整个窗口的主体被幻灯片的编辑窗格所占据，仅在左边显示当前演示文稿中的幻灯片图标（甚至通过移动分隔线的方法将左窗格整个隐藏起来）。在该视图中，一次只能操作一张幻灯片，用户可以详细观察和设计幻灯片。例如，输入和编辑幻灯片标题和文本、插入图片、绘制图形以及插入组织结构图等。在幻灯片视图中，可以看到整张幻灯片。要恢复普通视图的左窗格，只需单击"视图"菜单中的"普通（恢复窗格）"命令即可。

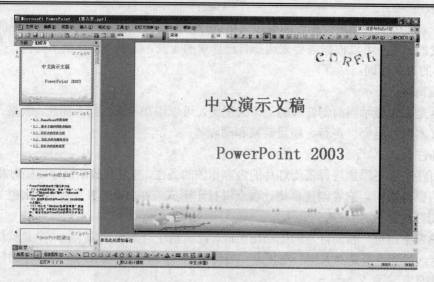

图 5-2　普通视图

单击普通视图左窗格大纲视图选项卡，就成为了所谓的大纲视图了。在大纲视图中，仅显示幻灯片的标题和主要的文本信息，适合组织和创建演示文稿的内容。在该视图中，按编号由小到大的顺序和幻灯片内容的层次关系，显示演示文稿中全部幻灯片的编号、图标、标题和主要的文本信息等。在大纲视图中，可以使用"大纲"工具栏中的按钮来控制演示文稿的结构。

（2）幻灯片浏览视图。

如果要切换到幻灯片浏览视图，只需单击"视图栏"上的"幻灯片浏览视图"按钮或者选择"视图"菜单中的"幻灯片浏览"命令即可。

在幻灯片浏览视图中，演示文稿中所有的幻灯片以缩略图的形式将被按顺序显示出来，以便一目了然地看到多张幻灯片的效果，且可以在幻灯片和幻灯片之间进行移动、复制、删除等编辑，如图 5-3 所示。但在该视图下无法编辑幻灯片中的各种对象。

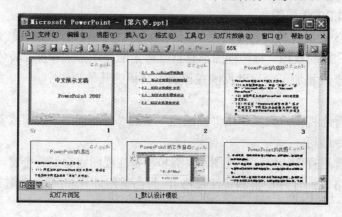

图 5-3　幻灯片浏览视图

在幻灯片浏览视图中，可以使用"幻灯片浏览"工具栏中的按钮来设置幻灯片放映的时间，并选择幻灯片的动画切换方式。

（3）幻灯片放映视图。

如果要切换到幻灯片放映视图，只需按功能键 F5 或者选择"视图"菜单中的"幻灯片放映"命令即可，按 Esc 键退出幻灯片放映视图。如果单击"视图栏"上的"从当前幻灯片开始放映幻灯片"按钮或者按 Shift+F5 组合键，则从当前幻灯片开始放映。

在幻灯片放映视图下，使幻灯片占据整个计算机屏幕，可以看到文字、图形、图像、影片、动画元素以及切换效果。

幻灯片放映视图就像一台真实的幻灯放映机，演示文稿在计算机屏幕上呈现全屏外观。如果最终输出用于屏幕上演示幻灯片，使用幻灯片放映视图就特别有用。当然，在放映幻灯片时，用户可以加入许多特效，使得演示过程更加有趣。

PowerPoint 还允许在放映过程中，设置绘图笔加入屏幕注释，或者指定切换到特定的幻灯片等。

（4）备注页视图。

如果要切换到备注页视图，只需选择"视图"菜单中的"备注页"命令，进入幻灯片备注页视图。

备注页一般用于建立、修改和编辑演讲者备注，可以记录演讲者讲演时所需的一些提示重点，在演示文稿放映时不会出现。备注的文本内容可以通过普通视图中的"备注"窗格进行输入编辑，而备注页视图可以更方便地进行备注文字编辑操作。在备注页视图中，可以移动幻灯片缩像的位置、放映幻灯片缩像的大小，并且可以输入或编辑备注文本及图片。

默认情况下，PowerPoint 按整页缩放比例显示备注页，因此，在输入或编辑演讲备注内容时，按默认的显示比例阅读文本是比较困难的，用户可以适当增大显示比例。

在该视图中，可以使用"常用"工具栏、"格式"工具栏以及"绘图"工具栏中的所有按钮。

5.2　演示文稿基本操作

PowerPoint 2003 提供了多种创建演示文稿的方法。

5.2.1　新建演示文稿

- 启动 PowerPoint 2003 时会创建一个默认名为"演示文稿 1"的空演示文稿。
- 单击"常用"工具栏上的"新建"按钮，或者按 Ctrl+N 组合键，可以新建一个默认的空演示文稿。
- 选择"文件"菜单中的"新建"命令，弹出"新建演示文稿"任务窗格。在该任务窗格中根据需要选择相应的新建演示文稿。

在"新建演示文稿"任务窗格中，可以新建的演示文稿有：空演示文稿、根据设计模板、根据内容提示向导、根据现有演示文稿以及相册。

1. 创建空演示文稿

如果用户对演示文稿的内容和结构比较熟练，就可以从空白的演示文稿出发进行演示文稿设计。在需要进行创建的空白演示文稿中，只有黑色和白色两种颜色，不包括任何形式的样式，也没有经过任何的设计，所以在创建空白演示文稿的过程中，用户可以在幻灯片中充分使用颜色、标识、字体、版式和一些样式特性。因此，创建空白演示文稿对于具有丰富的创造力和想象力的用户来说，具有较大程度的灵活性。

从具备最少的设计且未应用颜色的幻灯片开始。单击"空演示文稿"命令以后"新建演示文稿"任务窗格会自动转成"幻灯片版式"任务窗格。

2. 根据设计模板创建演示文稿

所谓设计模板，指的是已经设计好的幻灯片的结构方案，包括幻灯片的背景图像、文字版式、配色方案等内容。PowerPoint 2003 为用户提供了大量的设计模板，用户可以把设计模板应用到新幻灯片创建中，这样就可以使得在同一个演示文稿中的所有幻灯片统一风格，使幻灯片的整体效果协调一致。此外，还可以使用户在输入幻灯片内容时同时看到文稿的设计方案，从而增强了演示文稿的直观性。在 PowerPoint 2003 中，不仅可以应用系统提供的设计模板，而且用户还可以创建自己的模板。PowerPoint 2003 模板文档的扩展名是.PPT。

根据设计模板创建演示文稿的具体步骤如下：

（1）在 PowerPoint 2003 的工作窗口中，单击任务窗格中的"新建演示文稿"。

（2）选择"根据设计模板"选项。

（3）此时任务窗格主题变为"幻灯片设计"窗格，出现 PowerPoint 2003 的各种设计模板。

用户可以通过移动"应用设计模板"列表框中的垂直滚动条来选择合适的设计模板，例如，单击名为"古瓶荷花"的模板，如图 5-4 所示。

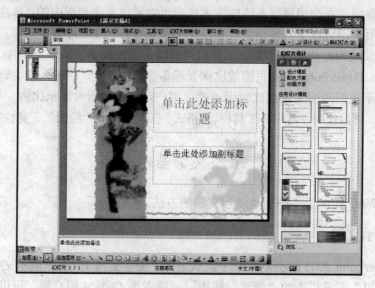

图 5-4　根据设计模板创建演示文稿

可以看到所选的模板已经应用到幻灯片视图中，用户可以在幻灯片视图中对幻灯片进行编辑处理，例如输入文字、插入图片、使用声音等。

还可以根据"Office 在线模板"、"本机上的模板"或"网站上的模板"来创建需要的演示文稿。操作步骤如下：

（1）单击"新建演示文稿"任务窗格中的"本机上的模板"选项。

（2）打开"新建演示文稿"对话框，如图 5-5 所示。该对话框中有 3 个选项卡，"常用"选项卡中有"空演示文稿"和"内容提示向导"两部分，"演示文稿"选项卡中是系统提供的一些特定主题的具有内容提示的演示文稿模板，现选择"设计模板"选项卡。

（3）选择想要的一种设计模板，单击"确定"按钮，回到 PowerPoint 2003 窗口，此时原来的"新建演示文稿"任务窗格变为"幻灯片版式"窗格，用户可以继续后续工作。

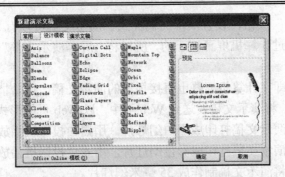

图 5-5　"新建演示文稿"对话框

3. 根据内容提示向导创建演示文稿

根据想要建立的文稿特定的主题和用途,在提示向导的引导下选择一套已建好的模板和对特定主题的建议内容,通过对建议内容的修改来完成自己新建的演示文稿。用户即便对 PowerPoint 2003 的各项功能没有深入的了解,也可以利用这一功能快捷地完成文稿的创建。具体操作步骤如下:

(1)单击"新建演示文稿"任务窗口中的"根据内容提示向导",打开"内容提示向导"对话框,如图 5-6 所示。

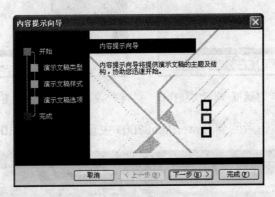

图 5-6　"内容提示向导"对话框

(2)单击"下一步"按钮,PowerPoint 2003 提供了全部、常规、企业、项目、销售/市场、成功指南、出版物 7 种演示文稿类型,在此单击"常规"按钮,选择"统计分析报告"类型,如图 5-7 所示。

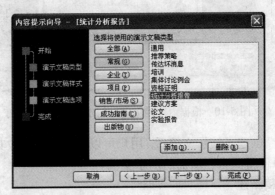

图 5-7　"内容提示向导"对话框-演示文稿类型

（3）单击"下一步"按钮，设置演示文稿样式。演示文稿可以有 5 种输出类型。在多数情况下，演示文稿是通过计算机屏幕演示的，所以将"屏幕演示文稿"设为默认值，如图 5-8 所示。

- 屏幕演示文稿：即在计算机屏幕上直接播放的演示文稿，通常情况下都选择它。
- Web 页演示文稿：将演示文稿发送到 Web 页中，以 Web 页的形式供网络中的用户浏览。
- 黑白投影机：将演示文稿打印成黑白幻灯片，用黑白投影机播放。
- 彩色投影机：将演示文稿打印成彩色幻灯片，用彩色投影机播放。
- 35 毫米幻灯片：将演示文稿制作成 35 毫米幻灯片。

（4）单击"下一步"按钮，打开如图 5-9 所示的对话框。输入演示文稿的标题、每张幻灯片都包含的对象，如页脚信息、上次更新信息以及幻灯片编号等。单击"下一步"按钮。出现"内容提示向导"完成的信息。

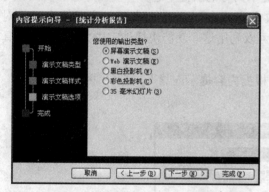 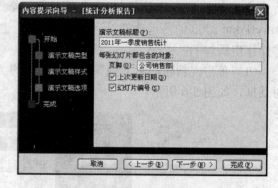

图 5-8　"内容提示向导"对话框-演示文稿样式　　图 5-9　"内容提示向导"对话框-演示文稿选项

（5）单击"完成"按钮后回到 PowerPoint 2003 主窗口，如图 5-10 所示。

图 5-10　根据内容提示向导创建演示文稿

使用"内容提示向导"创建了演示文稿后，用户可以根据需要修改其中的内容，或者删除，或者添加新的幻灯片，以便得到自己所需的演示文稿。

4. 利用现有演示文稿新建

用户在创建一个新的演示文稿的时候，如果认为他人制作的或者是自己曾经创作过的演示文稿比较合适的话，就可以利用这些已有的演示文稿来创作新的演示文稿。

利用已有的演示文稿可以有两种方法：一种方法是备份已有的演示文稿，然后打开备份文件，再将不需要的内容删除掉，并添加新的内容，通过逐步修改来制作出新的演示文稿；另一种方法是先利用模板或内容提示向导建立一个演示文稿，再将已有演示文稿中的部分内容插入到新演示文稿中即可。具体创建步骤如下：

（1）打开"新建演示文稿"任务窗格。

（2）在任务窗格中选择"根据现有演示文稿..."，打开"根据现有演示文稿新建"对话框。如图 5-11 所示。

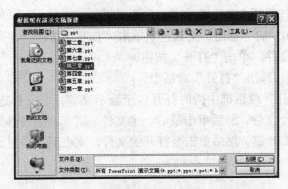

图 5-11　"根据现有演示文稿新建"对话框

（3）在对话框中选择合适的演示文稿。

（4）单击"创建"按钮，即可在已有的演示文稿基础上创建新演示文稿。

直接利用已有的演示文稿创建新的演示文稿过程中，不会改变已有的演示文稿的内容，实际上是建立了原文稿的副本。相当于打开原来的演示文稿，然后执行"另存为"操作。

5. 创建相册

在"新建演示文稿"任务窗格中，选择新建"相册..."选项，打开"相册"对话框，如图 5-12 所示。

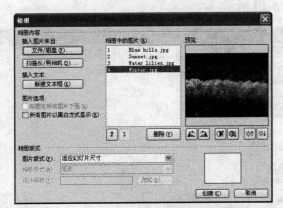

图 5-12　"相册"对话框

在对话框中，单击"文件/磁盘..."按钮，打开"插入新图片"对话框，选择需要的图片，单击"插入"按钮。对插入的图片可进行简单的处理，单击"创建"按钮，即可创建一个简单的相册。经过简单的美化，就可以使其成为具有一定动画效果的相册。

5.2.2 打开与关闭演示文稿

1. 打开演示文稿

用户如需继续编辑还未完成的演示文稿，或者要修改已经制作好的演示文稿，或者要利用已有的演示文稿创建新的演示文稿的时候，都需要打开演示文稿。打开已有的演示文稿的方法主要有：

- 通过"资源管理器"或"我的电脑"找到要打开的演示文稿，双击鼠标。
- 在 PowerPoint 2003 主窗口界面中选择"文件"菜单→"打开"命令，在弹出的"打开"对话框中找到要打开的文件，单击"打开"按钮。
- 在 PowerPoint 2003 的"常用"工具栏中单击"打开"按钮，在弹出的"打开"对话框中找到要打开的文件，单击"打开"按钮。
- 按 Ctrl+O 组合键。弹出"打开"对话框。

如果用户想在"打开"对话框中同时打开多个演示文稿，且文件连续排列，则可以按住Shift 键，首先单击第一个文件，然后单击最后一个文件，则二者中间部分文件被选中；如果文件不连续，则可以按住 Ctrl 键，然后单击要打开的文件，完成后单击对话框中的"打开"按钮即可。

2. 关闭演示文稿

首先选择要关闭的演示文稿，使其成为当前演示文稿，然后选择"文件"菜单→"关闭"命令，就可关闭当前演示文稿；还可以单击演示文稿的文档窗口上的"关闭"命令按钮来关闭。

5.2.3 保存演示文稿

PowerPoint 2003 演示文稿保存的默认文件夹是：我的文档。用户可以根据需要将文件保存到需要的位置。演示文稿的扩展名是.PPT。演示文稿也称为 PPT 文件。

1. 保存新演示文稿

（1）单击"常用"工具栏中的"保存"按钮 或按功能键 F12，或按 Ctrl+S 组合键，出现"另存为"对话框。如图 5-13 所示。

图 5-13 "另存为"对话框

（2）单击"保存位置"右侧的下拉列表框，选择保存文件的驱动器和文件夹。

（3）在"文件名"框中，输入保存文档的名称。通常 PowerPoint 会建议一个文件名，用户可以使用这个文件名，也可以为文件另起一个新名。

（4）在"保存类型"框中，选择所需的文件类型。PowerPoint 默认文件类型为.PPT。

（5）单击"保存"按钮即可。

说明　首次保存新文档，也可以通过"文件"菜单中的"保存"或"另存为"命令来操作，屏幕上也会弹出一个"另存为"对话框。另外，在"另存为"对话框中，用户还可以创建新的文件夹。在保存时还可以进行版本控制，设置文件的安全性等。

2．保存已命名的演示文稿

对于已经命名并保存过的演示文稿，再次进行编辑修改后可进行再次保存。这时可通过单击 ■ 按钮，或"文件"菜单中的"保存"命令，或按 Ctrl+S 组合键实现。

3．换名保存演示文稿

如果打开了旧演示文稿，对其进行了编辑、修改，但同时希望保留修改之前的原文稿内容，这时我们就可以将正在编辑的文稿进行换名保存。方法是：

（1）单击"文件"菜单中的"另存为"命令，弹出"另存为"对话框。

（2）选择要保存文档的驱动器和文件夹。

（3）在"文件名"框中，输入新的文件名，单击"保存"按钮即可。

提示　通过"文件"菜单下的"另存为网页"命令可以将演示文稿保存为网页类型。

5.2.4　打包成 CD

PowerPoint 2003 可以将演示文稿进行打包到文件或 CD，打包的内容包含 PowerPoint 播放器等，使用户可以方便将现有的演示文稿移植到其他的任何计算机上放映。

选择"文件"菜单→"打包成 CD…"命令，打开"打包成 CD"对话框，如图 5-14 所示。根据需要可再添加文件，单击"选项…"按钮，打开"选项"对话框如图 5-15 所示。

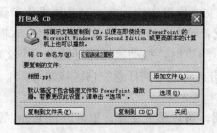　　

图 5-14　"打包成 CD"对话框　　　　　　图 5-15　"选项"对话框

在"选项"对话框中设置包含的文件、安全措施等内容，单击"确定"按钮，切换回"打包成 CD"对话框，根据情况选择"复制到文件夹…"或者"复制到 CD"即可。最后单击"关闭"按钮，结束打包。

5.3　幻灯片基本操作

演示文稿内容的输入和排版是幻灯片制作中的基本操作。PowerPoint 中所有的正文输入都是输入到"占位符"中。这里的"占位符"是指创建新幻灯片时出现的虚线方框。这些方框作为一些对象，如幻灯片标题、文本、图表、表格、组织结构图和剪贴画等的"占位符"，单击标题、文本等占位符可以添加文字，双击图表、表格等占位符可以添加相应的对象。在制作幻灯片过程中除了对每张幻灯片的内容进行编辑操作外，还要对幻灯片进行插入、删除、移动和复制等操作。

5.3.1 文本输入与排版

在 PowerPoint 2003 中有多种方法为幻灯片添加文字内容，使用文本占位符和文本框输入数据是最常用、最直接的方法。

1. 在占位符中添加文本

在选择用空演示文稿方式建立幻灯片后，列出了各种版式，用户选择了所需的版式后，在幻灯片工作区，就会看到各"占位符"，如图 5-16 所示，单击"占位符"中的任意位置，此时虚线框将被加粗的斜线边框代替。"占位符"的原始示例文本将消失，在其内出现一个闪烁的插入点，表明可以输入文本了。输入完毕后，单击"占位符"框外的任意空白区域即可。输入文本时，PowerPoint 会自动将超出"占位符"的部分转到下一行，或者按 Enter 键开始新的文本行。

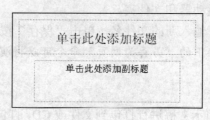

图 5-16　幻灯片上的"占位符"

2. 在文本框中添加文本

当用户选择了"内容版式"中的"空白"版式，或需要在幻灯片中的"占位符"以外的位置添加文本时，必须先插入"文本框"，才能在"文本框"中输入文本。具体操作步骤如下：

（1）选择"插入"菜单→"文本框"命令，或者单击"绘图"工具栏上的"文本框"按钮，在幻灯片上按住鼠标左键，当鼠标指针变成"+"时，拖动鼠标即可插入一个文本框。

（2）在文本框中输入文本，输入完毕后，单击文本框外的任意空白区域即可。

3. 在大纲视图中添加文本

在大纲视图中可以方便地对文本内容进行编辑，可以输入文本，也可以将 Word 等字处理系统创建的文档插入 PowerPoint。

当切换到大纲视图后，可以调整幻灯片的顺序，改变幻灯片内各标题的顺序和层次，删除、复制和移动各标题文本，对个别或全部幻灯片内容作折叠和展开等操作。

4. 文本的排版

对于一张刚输入完文本的幻灯片，如果不经过排版，往往会显得很粗糙，字号不合适，整个内容在幻灯片上的比例也不协调。这就需要对幻灯片中的文本内容进行排版。操作方法如下：

（1）选中相应的文本。

（2）选择"格式"→"字体"、"格式"→"项目符号和编号"、"格式"→"字体对齐方式"命令等，在弹出子菜单中根据需要设置中文字体、西文字体、字型、字号、效果、颜色、项目符号、文字对齐方式等，操作方法基本与 Word 的操作方法相同。

5.3.2　艺术字与图片处理

1．插入艺术字

插入艺术字的操作步骤如下：

（1）将鼠标移动到要插入艺术字的位置。

（2）选择绘图工具栏中的"插入艺术字"按钮 ，或选择"插入"菜单→"图片"→"艺术字…"命令，打开"艺术字库"对话框，选择一种"艺术字"样式后单击"确定"按钮。

（3）在"编辑'艺术字'文字"对话框中输入文字，根据需要设置字体、字号、字形，单击"确定"按钮即可。

2．插入图片

在 PowerPoint 2003 中用户也可以轻松地插入一些适合演示文稿主题的图片，以达到美化演示文稿的目的。PowerPoint 2003 包含大量的剪贴画。当然美术水平较高的用户也许不满足于 PowerPoint 2003 的剪辑库所提供的图片种类，这时可以利用 PowerPoint 2003 提供的"绘图"工具自己进行绘制。同时也可插入用其他方式获取的图片。

（1）利用幻灯片版式建立带有剪贴画的幻灯片。

双击带有小人图标的剪贴画占位符，出现"选择图片"对话框，在该对话框中选择所需的剪贴画，单击"确定"按钮。

（2）直接插入剪贴画。

选择"插入"菜单→"图片"→"剪贴画"命令，或者单击"绘图"工具栏上的"插入剪贴画"按钮 ，此时"任务窗格"显示为"剪贴画"窗口。在"搜索文字"文本框内不需要输入任何字符，"搜索范围"选择"所有收藏集"，"结果类型"选择"剪贴画"，单击"搜索"按钮，下方即可显示范围内所有剪贴画，单击所需的剪贴画即可插入。

（3）插入其他图片。

插入用其他方式获取的图片的操作方式如下：

选择"插入"菜单→"图片"→"来自文件"命令，打开"插入图片"对话框，找到所需的图片文件，单击"插入"即可。

3．绘制图形

用户可根据需要使用"绘图"工具栏中的绘图工具绘制相应的图形对象，操作方法与 Word 2003 基本相同。

4．图片处理

选中需要处理的图片，同时出现"图片"工具栏，通过该工具栏可以对 PowerPoint 中的图片进行简单的处理，操作方法与 Word 2003 基本相同。

5.3.3　插入声音与影像

在幻灯片中可插入声音、视频等多媒体对象，使制作的演示文稿真正输入多媒体演示文稿。PowerPoint 2003 提供了一定的影片、声音文件，同时可以插入来自文件的影片和声音。

1．插入声音文件

插入声音文件的操作步骤如下：

（1）选中需要插入声音文件的幻灯片，选择"插入"菜单→"影片和声音"→"文件中的声音…"命令，打开"插入声音"对话框，选中要插入的声音文件，单击"确定"按钮。

出现如图 5-17 所示的对话框。

图 5-17　声音播放方式对话框

（2）根据需要单击其中相应的按钮，即可将声音文件插入到幻灯片中，幻灯片中显示出一个小喇叭符号 。

（3）如果要在普通视图中试听声音，可双击声音图标。

2. 插入剪辑管理器中的声音

插入剪辑管理器中的声音操作步骤如下：

（1）选择要插入声音的幻灯片作为当前幻灯片。

（2）选择"插入"菜单→"影片和声音"→"剪辑管理器中的声音…"命令，在"剪贴画"任务窗格中搜索剪辑库中的声音。

（3）选择要插入的声音文件，双击鼠标。出现如图 5-17 所示的对话框。完成声音的插入操作。

如果要在幻灯片中添加 CD 乐曲，则可以把 CD 唱盘放入光驱中，再执行"插入"→"影片和声音"→"播放 CD 乐曲"命令。

如果要录制自己的声音，可以执行"插入"→"影片和声音"→"录制声音"命令。

3. 连续播放声音

如果要让插入的声音文件在多张幻灯片中连续播放，也就是设置演示文稿的背景声音，操作步骤如下：

（1）在第一张幻灯片中插入声音文件，打开"任务窗格"，在下拉菜单中选择"自定义动画"，此时"任务窗格"中就会显示出插入声音文件的文件名。或者选中要设置的声音 ，单击鼠标右键，在出现的快捷菜单中选择"自定义动画…"，打开"自定义动画"任务窗格。

（2）单击声音文件名，在右侧的下拉菜单中选择"效果选项"命令，如图 5-18 所示。打开"播放声音"对话框，在"效果"选项卡中找到停止播放：选择"在 n 张幻灯片"后（n 即所有幻灯片的总数）如图 5-19 所示。在"增强"区域，"动画播放后"的值选为：播放动画后隐藏。

（3）如果声音的播放时间较短，则可以打开"计时"选项卡，在"重复"选项中选择"直到幻灯片末尾"即可。

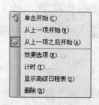

图 5-18　声音对象快捷菜单

图 5-19　"播放声音"对话框

4. 插入影片

在幻灯片中插入影片的步骤如下：

（1）选择或新建要插入影片的幻灯片作为当前幻灯片。

（2）执行"插入"→"影片和声音"→"文件中的影片"命令，在"插入文件中的影片"对话框中选择所需的影片文件，单击"确定"按钮。

（3）插入影片后，幻灯片中会出现影片的第一帧。

也可以插入"管理剪辑器中的影片"，操作同前。

5.3.4　插入超链接

如果创建的演示文稿涉及到内部或外部文档中的许多信息，则可以使用 PowerPoint 2003 提供的超级链接功能完成此任务。通过超级链接的方式，当单击幻灯片中的某对象时，能跳转到预先设定的任意一张幻灯片或其他演示文稿或 Word 文档或 Excel 文档，甚至还可以跳转到某个 Web 网页上或是电子邮件地址等。

创建超级链接，其起点可以是幻灯片中的任何对象，包括文本、形状、表格、图形和图片等。PowerPoint 2003 提供了两种激活超链接功能的交互动作：单击对象和鼠标移过对象。"单击鼠标"选项卡用以设置单击动作交互的超链接功能。大多数情况下，建议采用单击鼠标的方式，如果采用鼠标移过的方式，可能会出现意外的跳转。鼠标移过的方式可适用于提示、播放声音或影片等。

如果是为文本设置超级链接，则在设置有超级链接的文本上会自动添加下划线，并且其颜色变为配色方案中指定的颜色。当单击此超级链接跳转到其他位置后，其颜色会发生改变，所以可以通过颜色来分辨访问过的超级链接。

1. 直接插入超链接

直接插入超链接的操作步骤如下：

（1）选中要作为超级链接起点的文本或对象。

（2）选择"插入"菜单→"超链接"命令，或者按 **Ctrl+K** 组合键，打开如图 5-20 所示的"插入超链接"对话框。

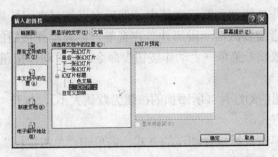

图 5-20　"插入超链接"对话框

（3）在"要显示的文字"文本框中，如果选择的超级链接起点是文本，则显示文本；若不是文本，当在以下列表选取某个选项时，显示该选项。

（4）在"链接到"文本框中根据选择的类型不同，选择不同的跳转位置。

（5）如果需要设置提示信息，则可单击"屏幕提示"按钮，即可在输入栏中输入所需的文本。

（6）单击"确定"按钮完成链接。

2. 通过"动作设置"插入超链接

通过"动作设置"插入超链接的操作步骤如下：

（1）选中幻灯片中要设置超级链接的对象。

（2）单击"幻灯片放映"菜单→"动作设置…"命令，或者在选中的对象上右击，选择"动作设置…"打开"动作设置"对话框，如图5-21所示。

图 5-21　"动作设置"对话框

（3）在"动作设置"对话框中，选择"单击鼠标"或"鼠标移过"选项卡，单击选择"超级链接到"单选按钮，在弹出的"超级链接到"下拉列表框中选择要超级链接到幻灯片位置。单击"确定"按钮。这样在放映这张幻灯片时，单击鼠标或鼠标移过时就能跳转到被链接的幻灯片。

提示　幻灯片中的每个对象不仅可以链接到当前演示文稿中的其他幻灯片，而且还可以链接到其他演示文稿或其他文件中。如果在"超级链接到"下拉列表框中选择"其他文件"选项，则显示"超级链接到其他文件"对话框，在该对话框中选择要链接的文件。

5.3.5　使用动作按钮

用户可以将某个动作按钮加到演示文稿中，然后定义如何在幻灯片放映中使用它，例如，链接到另一张幻灯片或者需要激活一段影片、声音等。创建动作按钮的步骤如下：

（1）选择"幻灯片放映"菜单→"动作按钮"命令，从"动作按钮"级联菜单中单击所需的按钮。

（2）单击要添加按钮的幻灯片（所添加的按钮为默认大小），打开"动作设置"对话框，允许用户定义按钮的使用方式。

（3）如果希望采用单击鼠标执行动作的方式，需单击"单击鼠标"标签；如果希望采用鼠标移过执行动作的方式，请单击"鼠标移过"标签。

（4）如果要在选定的文本或对象上创建超级链接，可以单击选中"超链接到"单选按钮，然后从列表中选择链接目标。

（5）如果要在执行动作时运行某个应用程序，可以单击选中"运行程序"单选按钮，再输入要打开的程序路径和名称。

5.3.6　添加幻灯片

在当前演示文稿中添加一张幻灯片的操作步骤如下：

（1）在幻灯片视图下，单击要插入新幻灯片之前的幻灯片。

（2）选择"插入"菜单→"新幻灯片"命令，或者按 **Ctrl+M** 组合键，即可添加新幻灯片。

（3）在"幻灯片版式"列表框中选择合适的版式，即可编辑新幻灯片的内容。

5.3.7　幻灯片的复制、移动和删除

对于幻灯片的复制、移动和删除操作，在"幻灯片浏览"视图中操作最方便快捷。

1．复制幻灯片

复制已制作好的幻灯片，有以下几种方法。

● 选择要复制的幻灯片，执行"插入"→"幻灯片副本"命令，则在选定的幻灯片后面复制一份内容相同的幻灯片。

● 选择要复制的幻灯片，执行"编辑"→"复制"命令，然后单击要粘贴的位置，执行"编辑"→"粘贴"命令即可。

● 按住 **Ctrl** 键直接拖动要复制的幻灯片到要复制的位置即可。

2．移动幻灯片

选择要移动的幻灯片，执行"编辑"→"剪切"命令，然后单击要粘贴的位置，执行"编辑"→"粘贴"命令即可。或者直接使用鼠标左键拖动。

3．删除幻灯片

删除幻灯片有以下两种方法：

● 单击要删除的幻灯片，执行"编辑"→"删除幻灯片"命令，选中的幻灯片即被删除。

● 单击要删除的幻灯片，按 **Delete** 键进行删除。

5.4　幻灯片美化

在 PowerPoint 2003 中，用户可以设计模板与母版，以及自定义配色方案和背景，这样可以制作出更加美观、个性化的演示文稿。PowerPoint 2003 的一大特色就是可以根据创作者需要使一个演示文稿的幻灯片具有相同的外观或者各不相同的外观。控制幻灯片外观的方法主要有 4 种：设计模板、母版、配色方案和动画方案。用户可以运用这 4 种方法调整整个演示文稿的全局外观设计，也可以根据需要做一些局部修改与润色，如其中个别幻灯片的色彩、背景、动画、顺序以及整体的调整等。

5.4.1　设计模板

为了改变演示文稿的外观，最容易也最快捷的方法是应用另一种设计模板，通过改变模板来改变演示文稿的全局外观。

PowerPoint 提供两种模板：设计模板和内容模板（即演示文稿）。设计模板包含预定义的格式和配色方案，可以应用到任意演示文稿中创建自定义的外观；内容模板除了包含预定义的格式和配色方案之外，还加上针对特定主题提供的建议内容文本。

1. 应用设计模板

当使用"根据内容提示向导"或"根据设计模板"建立一个新演示文稿时，某个特定模板即自动附着于该演示文稿。开始建立新演示文稿时，为依据名称选择一个模板，需在"新建演示文稿"对话框中单击"根据设计模板"或"空演示文稿"选项卡，然后选择一个模板。

要改变一个已有演示文稿的模板，可按下述步骤进行操作：

（1）打开该演示文稿。

（2）选择"格式"菜单→"幻灯片设计"命令，出现"幻灯片设计"任务窗格。

（3）在应用设计模板中，选择合适的模板应用，则演示文稿的模板就变成当前的模板了。注意应用设计模板可以应用于当前幻灯片或者是所有幻灯片。

2. 建立新模板

在 PowerPoint 中，除了可以用已有的模板，还可以根据自己的需要更改模板，或根据已创建的演示文稿创建新模板。

如果根据现有的演示文稿创建模板，则该演示文稿上所有的文本、图形和幻灯片都会出现在新模板中。如果不希望每次使用模板时演示文稿中的某些部分都出现，就应在建立模板时将它们删除。

PowerPoint 提供设计模板和内容模板（即演示文稿）两种模板，所以用户可以新建两种类型的模板。

要创建自己的设计模板，可以按以下操作步骤进行：

（1）新建或打开已有的演示文稿。

（2）删除演示文稿中所有的文本和图形对象，只保留模板的样式，以符合所要建立的设计模板的要求。

（3）执行"文件"→"另存为"命令，弹出"另存为"对话框，在该对话框中，可以将新的设计模板保存在自己的文件夹中，或将它与其他设计模板一起保存在 Templates 文件夹内。

（4）在"保存类型"列表框中选择"演示文稿设计模板"选项。

（5）输入新模板的名称，然后单击"保存"按钮。

5.4.2　母版

母版是一张特殊的幻灯片，在其中可以定义整个演示文稿幻灯片的格式，以控制演示文稿的整体外观。在母版上可以添加一系列的格式，例如，图片、表格或文本等。

PowerPoint 2003 有 3 种母版：幻灯片母版、讲义母版和备注母版，分别用于控制演示文稿中的幻灯片、讲义页和备注页的格式。

1. 幻灯片母版

幻灯片母版视图的切换方法如下：

（1）选中一张幻灯片。

（2）选择"视图"菜单→"母版"→"幻灯片母版"命令，进入幻灯片母版视图，如图 5-22 所示。

这时母版幻灯片就会显示在窗口中，用户可以像编辑幻灯片一样编辑、修改母版。在幻灯片母版上的修改会影响所有基于母版的幻灯片。如果要使个别幻灯片的外观与母版不同，则应直接修改幻灯片而不是修改母版。

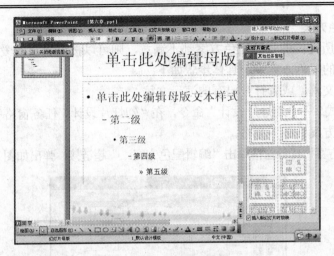

图 5-22 幻灯片母版

在幻灯片母版视图下执行"视图"→"页眉和页脚"命令，可在幻灯片上设置日期和幻灯片编号等内容。如果要使每张幻灯片都出现某个对象，可通过向母版中插入对象来实现，例如插入图片、表格等。通过幻灯片母版插入的对象只能在幻灯片母版视图下修改。

关闭母版的方法是单击"关闭母版视图"按钮，或者切换到演示文稿的其他视图方式。

2. 讲义母版

在讲义母版状态下，可以规定幻灯片以讲义形式打印的格式，可增加用于显示的页码、页眉和页脚等。修改讲义母版时，首先选中要设置的幻灯片，然后执行"视图"→"母版"→"讲义母版"命令，进入讲义母版视图。

在讲义母版视图下，可以进行格式设置，也可以在"讲义母版"工具栏中选择在一页中打印 2、3、4、6、9 张幻灯片。

3. 备注母版

备注母版主要为讲演者提供备注的空间以及设置备注幻灯片的格式。修改备注母版时，先选中要设置的幻灯片，然后执行"视图"→"母版"→"备注母版"命令，进入备注母版视图。此时可进行格式设置。

5.4.3 配色方案

配色方案是指一组可以预设背景、文本、阴影等各类对象和组件的色彩组合。PowerPoint 2003 允许用户对演示文稿的某一张幻灯片或整个演示文稿指定一种新的配色方案。

1. 应用标准的配色方案

应用标准配色方案的具体步骤如下：

（1）新建演示文稿，或者打开已有的演示文稿。

（2）选择"格式"菜单→"幻灯片设计"命令，在"幻灯片设计"任务窗格中选择"配色方案"命令，则显示"配色方案"任务窗格，在 PowerPoint 中预先设置了 12 种配色方案。

（3）从"配色方案"任务窗格选择所需方案。如果选定的配色方案只用于当前的幻灯片，则单击此配色方案的右边下拉列表框中"应用于所选幻灯片"命令即可；若要应用于整个演示文稿，则单击此配色方案的右边下拉列表框中"应用于所有幻灯片"命令即可。

2. 自定义配色方案

如果对模板中所提供的几种配色方案都不满意，则可以按照自己的爱好制作新的配色方案，并添加到标准的配色方案中。具体步骤如下：

（1）新建演示文稿，或者打开已有的演示文稿。

（2）执行"格式"→"幻灯片设计"命令，在"幻灯片设计"任务窗格中选择"配色方案"命令，弹出"配色方案"任务窗格。

（3）从"配色方案"任务窗格单击"编辑配色方案..."超链接，弹出如图 5-23 所示的对话框。

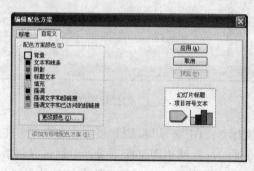

图 5-23　　"编辑配色方案"对话框

（4）在"配色方案颜色"选项区域中，选择需要更改颜色的组件，单击"更改颜色"按钮，在弹出的"颜色"对话框中，根据需要选择合适的颜色。

（5）如果对所设计的颜色方案非常满意，则单击"添加为标准配色方案"按钮，将其同演示文稿一起保存起来。

（6）单击"应用"按钮，将新的颜色方案应用于某张幻灯片或整个演示文稿。

5.4.4　背景

除了可以应用配色方案来改变幻灯片中各组件的颜色外，还可以通过添加背景的方法来修饰幻灯片，不过在一张幻灯片中只能使用一种背景类型。

设置幻灯片背景的具体操作步骤如下：

（1）单击需要设置背景的幻灯片。

（2）选择"格式"菜单→"背景"命令，打开如图 5-24 所示的"背景"对话框。

（3）在"背景填充"下拉列表框中选择一种颜色，若没有满意的颜色，可以单击"其他颜色"选项，自定义出自己满意的颜色；也可以单击"填充效果"选项，然后在对话框中根据需要进行设置。

（4）设置完毕后，单击"确定"按钮，返回到"背景"对话框。

（5）单击"应用"或"全部应用"按钮，即可更改幻灯片的背景。　图 5-24　"背景"对话框

5.4.5　幻灯片版式

所谓版式，就是在幻灯片上安排文、图、表和画的相对位置。版式的设计是幻灯片制作中最重要的环节，一个好的布局自然会有良好的演示效果。通过在幻灯片中巧妙地安排各个对象的位置，能够更好地达到吸引观众注意力的目的。

创建新幻灯片时，用户可从 **PowerPoint 2003** 提供的预先设计好的 31 种幻灯片版式中进行选择，这 31 种版式分为文字版式、内容版式、文字和内容版式和其他版式 4 种。例如，有包含标题、文本和图表占位符的，也有包含标题和剪贴画占位符的等。标题和文本占位符可以保持演示文稿中的幻灯片母版的格式，也可以移动或重置其大小和格式，使之可与母版不同，还可以在创建幻灯片之后修改其版式。应用一个新的版式时，所有的文本和对象都保留在幻灯片中，但是可能需要重新排列它们以适应新版式。

在编辑幻灯片时，都要根据此张幻灯片所包含的内容决定它的版式。

选择"格式"菜单→"幻灯片版式"命令，在"幻灯片版式"任务窗格中选取合适的版式即可。

5.5　幻灯片放映设置

在放映幻灯片时，**PowerPoint** 提供了加入动画效果、自定义放映、录制旁白、排练计时等功能，以突出重点、控制信息的流程、增加演示的效果。

5.5.1　使用动画效果

1．使用预设动画

使用预设动画的操作步骤如下：

（1）在幻灯片中选择需要应用动画的对象。

（2）选择"幻灯片放映"菜单→"动画方案…"命令，或者选择"格式"菜单→"幻灯片设计"命令，在"幻灯片设计"任务窗格中单击"动画方案"超链接，如图 5-25 所示，从任务窗格中出现的菜单中选择所需要的动画效果即可。

（3）如果此时单击"应用于所有幻灯片"按钮，则可以为所有的幻灯片加上相同的动画效果。

2．使用自定义动画

使用自定义动画的操作步骤如下：

（1）选中需要自定义的某个对象或者某张幻灯片。

（2）在选定的具体对象上右击，选择"自定义动画" 命令，或者选择"幻灯片放映"菜单→"自定义动画…"命令，打开如图 5-26 所示的"自定义动画"任务窗格。

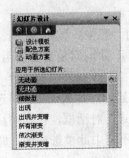

图 5-25　"动画方案"界面

图 5-26　"自定义动画"界面

（3）选择幻灯片需要设置动画的对象，单击"添加效果"按钮，从中选择需要的动画效果。

（4）选中"自动预览"复选框，即可看到动画效果。

5.5.2　使用幻灯片切换效果

切换效果是加在各幻灯片之间的特殊效果。在幻灯片放映的过程中，由一张幻灯片切换到另一张幻灯片时，切换效果可用多种不同的技巧将下一张幻灯片显示到屏幕上。打开"幻灯片切换"任务窗格的方法：

- 在当前幻灯片上右击鼠标，在快捷菜单中选择"幻灯片切换…"命令。
- 选择"幻灯片放映"菜单→"幻灯片切换…"命令。

要添加幻灯片切换效果，步骤如下：

（1）选择"视图"菜单→"幻灯片浏览"命令，切换到幻灯片浏览视图。

（2）选择要添加切换效果的幻灯片。若要选择多张幻灯片，可按住 Ctrl 键后逐个单击。

（3）在"应用于所选幻灯片"列表框中选择切换效果，在"速度"下拉列表框中选择合适的播放速度即可。

（4）要将同一种切换效果应用于全部幻灯片，单击"应用于所有幻灯片"按钮，完成设置。

5.5.3　使用排练计时

如果在演示文稿正式放映前，希望通过彩排的方式预演一下演示文稿的放映时长，则可以使用 PowerPoint 2003 的排练计时功能。

（1）选择"幻灯片放映"菜单→"排练计时"命令。

（2）系统以全屏幕方式播放，并出现"预演"工具栏，如图 5-27 所示。在"预演"工具栏中，"幻灯片放映时间"文本框中显示当前幻灯片的放映时间，在右侧的"总放映时间"框中显示当前整个演示文稿的放映时间。

图 5-27　"预演"工具栏

（3）如果对当前幻灯片的播放时间不满意，可以单击"重复"按钮重新计时；如果知道幻灯片放映所需的时间，可以直接在"幻灯片放映时间"文本框中输入所需的时间。

（4）要播放下一张幻灯片时，可以单击"预演"工具栏中的"下一项"按钮，这时可以播放下一张幻灯片，同时在"幻灯片放映时间"框中重新计时。

（5）如果要暂停计时，可以单击"预演"工具栏中的"暂停"按钮。

（6）放映到最后一张幻灯片时，系统会显示总共的时间，并询问是否要使用新定义的时间。单击"是"或者"否"按钮。

在设置完幻灯片的计时后，如果要将设置的计时应用到幻灯片放映中，可选择"幻灯片放映"菜单中的"设置放映方式"命令，打开"设置放映方式"对话框，在"换片方式"选项组中选中"如果存在排练时间，则使用它"单选按钮。如果不选中此单选按钮，即使设置了放映计时，在放映幻灯片时也不能使用放映计时。

5.5.4　设置放映方式

在 PowerPoint 中，用户要选择放映方式，可以选择"幻灯片放映"菜单→"设置放映方式…"命令，打开如图 5-28 所示的"设置放映方式"对话框。

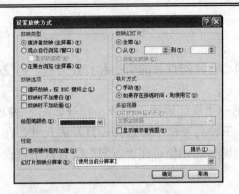

图 5-28　"设置放映方式"对话框

1. 演讲者放映（全屏幕）

在"设置放映方式"对话框中选中此单选按钮，可运行全屏显示的演示文稿。这是最常用的方式，通常用于演讲者自己播放演示文稿。

2. 观众自行浏览（窗口）

在"设置放映方式"对话框中选中此单选按钮，以一种较小的规模运行放映。

3. 在展台浏览（全屏幕）

在"设置放映方式"对话框中选中此单选按钮，可自动运行演示文稿。例如，在展览会场或会议中，如果摊位、展台或其他地点需要运行无人管理的幻灯片放映，可以将演示文稿设置为此种方式，运行时大多数的菜单和命令都不可用，并且在每次放映完毕后循环放映。

4. 其余选项设置

选择需要的"放映选项"、"绘图笔颜色"以及"换片方式"等。

5.5.5　幻灯片放映

编辑好演示文稿后，在打印出幻灯片之前，可先观看放映效果。

（1）从当前幻灯片开始幻灯片放映。

方法是：单击"从当前幻灯片开始幻灯片放映"按钮 ，或者按 Shift+F5 组合键。

（2）从第一张幻灯片开始放映。

方法是：选择"幻灯片放映"菜单→"观看放映"，或者选择"视图"菜单→"幻灯片放映"，或者按 F5 键。

当屏幕正在处于幻灯片的放映状态时，单击一次鼠标左键，将切换到放映下一张幻灯片。单击鼠标右键可以打开幻灯片演示控制菜单。利用演示控制菜单就可以进行演示文稿放映过程的控制。

要提前结束放映幻灯片，只需要按 Esc 键即可。

5.6　演示文稿的打印

当一份演示文稿制作完成以后，有时需要将演示文稿打印出来。PowerPoint 2003 允许用户选择以彩色或黑白方式（大多数演示文稿设计是彩色的，而打印幻灯片或讲义时通常选用黑白颜色。用户可以在打印演示文稿之前先预览一下幻灯片和讲义的黑白视图，再对黑白对象进行调节）来打印演示文稿的幻灯片、讲义、大纲或备注页。

5.6.1　页面设置

在打印之前，必须先精心设计幻灯片的大小和打印方向，以使打印效果满意。页面设置的操作步骤如下：

（1）选择"文件"菜单→"页面设置"命令，打开如图 5-29 所示的对话框。

（2）在"幻灯片大小"下拉列表框中可选择幻灯片的尺寸；在"幻灯片编号起始值"下拉列表框中可设置打印文稿的编号起始值；在"方向"组合框中可设置幻灯片、备注、讲义和大纲的打印方向。

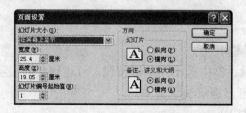

图 5-29　"页面设置"对话框

5.6.2　打印

进行打印以前，先要在 PowerPoint 中打开要打印的演示文稿，然后选择"文件"菜单→"打印"命令，或者按 Ctrl+P 组合键，打开"打印"对话框，如图 5-30 所示。

图 5-30　"打印"对话框

通过设置"打印范围"选项组，可打印演示文稿的全部幻灯片，或只打印所选择的幻灯片。其中，"自定义放映"选项是对"自定义放映"中设置的范围进行设置，如果没有未设置自定义放映，则该功能失效。

要打印多份幻灯片，可增加"打印份数"下拉列表框中的数值。如打印一份以上，还可选中"逐份打印"复选框。用这种方式打印各份演示文稿时，先打印完一份完整的演示文稿后再打印下一份，而不是先打印出各份文稿的第一页，然后再打印出各份的第二页。

"打印内容"选项的默认设置为"幻灯片"，但可以从下拉列表中选择打印"讲义"、"备注页"或"大纲视图"。

设置完毕，确认正确连接打印机，则单击"确定"按钮，就可以进行打印。

5.7　本章小结

本章学习了 PowerPoint 2003 的基本概念、基本操作，包括：使用多种方法创建演示文稿，保存、打开演示文稿；在幻灯片操作中介绍了文本输入及排版、插入多媒体对象、建立超链接与动作按钮，以及幻灯片的添加、复制、移动和删除等操作；幻灯片美化：设计模板与母版的设置、配色方案与背景的更改、设计幻灯片版式；在演示文稿的放映中要掌握加入动画效果与幻灯片切换、排练计时的应用、设置放映方式及放映；最后介绍了演示文稿的页面设置和打印操作。

5.8　练习题

一、选择题

1．PowerPoint 2003 的"幻灯片设计"一般包含（　　　　）。
　　A．设计模板、配色方案和动画方案
　　B．幻灯片版式、配色方案和动画方案
　　C．幻灯片背景颜色、配色方案和动画方案
　　D．母版、模板和配色方案

2．在 PowerPoint 2003 中，对于已创建的多媒体演示文档可以用（　　　　）命令转移到其他未安装 PowerPoint 2003 的机器上放映。
　　A．复制　　　　　　　　　　　　　B．文件/发送
　　C．文件/打包　　　　　　　　　　D．幻灯片放映/设置幻灯片放映

3．在 PowerPoint 2003 中，设置每张纸打印三张讲义，打印的结果是幻灯片按（　　　　）的方式排列。
　　A．从左到右顺序放置三张讲义
　　B．从上到下顺序放置在居中
　　C．从上到下顺序放置在左侧，右侧为使用者留下适当的注释空间
　　D．从上到下顺序放置在右侧，左侧为使用者留下适当的注释空间

4．要使幻灯片在放映时能够自动播放，需要为其设置（　　　　）。
　　A．超级链接　　　　　　　　　　B．动作按钮
　　C．排练计时　　　　　　　　　　D．录制旁白

5．在 PowerPoint 2003 中，若想在一屏内观看多张幻灯片的设计效果，可采用的方法是（　　　　）。
　　A．切换到幻灯片放映视图　　　　B．打印预览
　　C．切换到幻灯片浏览视图　　　　D．切换到幻灯片大纲视图

6．在 PowerPoint 2003 中，可对母版进行编辑和修改的状态是（　　　　）。
　　A．幻灯片母版状态　　　　　　　B．普通视图状态
　　C．幻灯片视图状态　　　　　　　D．大纲视图状态

7．PowerPoint 2003 在制作动画的过程中，文本框中的文字的出现可以设置成"整批、按字和按字母"方式来实现动画，此设置在哪个对话框中？（　　　　）

　　A．标准动画　　　　　　　　　　　B．动画方案

　　C.·动作设置　　　　　　　　　　　D．自定义动画

8．PowerPoint 2003 中的幻灯片放映模式为我们提供了放映时的指针效果，其中不属于"指针选项"的是（　　　）。

　　A．墨迹颜色　　　　　　　　　　　B．荧光笔

　　C．圆珠笔　　　　　　　　　　　　D．白屏/黑屏

9．对于演示文稿中不准备放映的幻灯片可以用（　　　）下拉菜单中的"隐藏幻灯片"命令隐藏。

　　A．格式　　　　　　　　　　　　　B．视图

　　C．幻灯片放映　　　　　　　　　　D．编辑

10．幻灯片的切换方式是指（　　　）。

　　A．在编辑新幻灯片时的过渡形式

　　B．在编辑幻灯片时切换不同视图

　　C．在编辑幻灯片时切换不同的设计模板

　　D．在幻灯片放映时两张幻灯片间过渡形式

11．不属于演示文稿的放映方式的是（　　　）。

　　A．演讲者放映（全屏幕）　　　　　B．观众自行浏览（窗口）

　　C．在展台浏览（全屏幕）　　　　　D．定时放映（全屏幕）

12．如果要从第 3 张幻灯片跳转到第 8 张幻灯片，需要在第 3 张幻灯片上设置（　　　）。

　　A．动作按钮　　　　　　　　　　　B．动画方案

　　C．幻灯片切换　　　　　　　　　　D．自定义动画

13．PowerPoint 2003 中，下列关于设置文本的段落格式的叙述，正确的是（　　　）。

　　A．图形不能作为项目符号

　　B．设置文本的段落格式时，要从常用菜单栏的"插入"菜单中进入

　　C．行距可以是任意值

　　D．以上说法全都不对

14．PowerPoint 2003 中，在占位符添加完文本后，怎样使操作生效并结束？（　　　）

　　A．按 Enter 键　　　　　　　　　　B．单击幻灯片的空白区域

　　C．单击"保存"按钮　　　　　　　　D．单击"撤销"命令

15．PowerPoint 2003 中，用"文本框"工具在幻灯片中添加文本时，如果想要使插入的文本框内文字竖排，应该（　　　）。

　　A．默认的格式就是竖排　　　　　　B．选择竖排文本框

　　C．选择横排文本框　　　　　　　　D．不可能竖排

16．PowerPoint 2003 中，设置文本的字体时，下列选项中不属于效果选项的是（　　　）。

　　A．下划线　　　　B．阴影　　　　C．阳文　　　　　D．闪烁

17．在 PowerPoint 2003 中，文字区的插入条光标存在，证明此时是（　　　）状态。

　　A．移动　　　　　　　　　　　　　B．文字编辑

　C．复制　　　　　　　　　　　　　D．文字框选取

18．在 PowerPoint 2003 中，默认情况下，保存当前 PowerPoint 2003 文件的组合键操作是（　　　）。

    A．Ctrl+V   B．Ctrl+S   C．Ctrl+D   D．Ctrl+B

19．在 PowerPoint 2003 中，如果在幻灯片浏览视图中要选定若干张不连续的幻灯片，那么应先按住（   ），再分别单击各幻灯片。

    A．Tab 键   B．Ctrl 键   C．Shift 键   D．Alt 键

20．PowerPoint 2003 中，插入图片操作中，插入的图片必须满足一定的格式，下列选项中，不属于图片格式的扩展名是（   ）。

    A．.Bmp   B．.wmf   C．.jpg   D．.mps

二、填空题

1．PowerPoint 2003 的视图有_____、_____、_____和备注页视图。

2．如要在幻灯片浏览视图中选定多张幻灯片，则应先按住_____键，再分别单击各幻灯片。

3．在_____和_____视图下可以很方便地改变幻灯片的顺序。

4．PowerPoint 2003 中，新建演示文稿有_____、_____以及根据内容提示向导等几种形式。

5．PowerPoint 2003 中幻灯片放映方式有_____、_____和_____3 种。

三、是非判断

1．双击一个演示文稿文件，计算机会自动启动 PowerPoint 2003 程序，并打开这个演示文稿。（   ）

2．PowerPoint 2003 模板的默认扩展名为 ppt。（   ）

3．利用 PowerPoint 2003 可以制作出交互式幻灯片。（   ）

4．使用"文件"菜单中的"新建"命令为演示文稿添加幻灯片。（   ）

5．在 PowerPoint 2003 中利用文件菜单中的最近使用的文件列表可以打开最近打开过的演示文稿。（   ）

6．要想启动 PowerPoint 2003，可以从开始菜单选择程序，然后单击 Microsoft PowerPoint 2003。（   ）

7．在 PowerPoint 2003 中，允许多个不同类型的对象被同时选定。（   ）

8．应用设计模板时，只能应用于所有幻灯片。（   ）

9．在 PowerPoint 2003 中，"配色方案"是可以编辑的。（   ）

10．在 PowerPoint 2003 中，幻灯片的放映只能从第一张开始。（   ）

四、简述题

1．中文 PowerPoint 2003 的工作窗口是由哪些部分组成的？

2．在幻灯片中如何输入文本？

3．PowerPoint 2003 中有几种视图方式？

4．新建演示文稿的方法有哪些？

5．如何插入超链接？

6．如何应用设计模板？

7．如何使用"预设动画"和"自定义动画"？

8．PowerPoint 中插入的声音和录制的声音又什么不同？

9．如何为各幻灯片添加"幻灯片切换"？

第6章　计算机网络与 Internet

随着信息技术的普及，计算机网络广泛应用于人们工作生活的方方面面，网络已经成为计算机文化的重要部分。本章介绍计算机网络和 Internet 的基础知识，包括计算机网络的基本概念，互联网的发展史，网络资源与服务器，IP 地址和域名，Web 基础和 HTML 语言，此外，还介绍基于互联网的信息检索，电子邮件，文件传输等内容。

本章主要内容

📕 计算机网络概述

📕 Internet 基础

📕 Internet Explorer 的使用

📕 电子邮件

6.1　计算机网络概述

6.1.1　计算机网络基础知识

计算机网络是计算机与现代通信技术相结合的产物。计算机网络的出现距今不过半个多世纪，一般认为，20 世纪 50 年代，以多终端远程联机为特点的计算机终端系统，是人们研究计算机网络的起源。不过，真正意义上的计算机网络开始于 20 世纪 60 年代，美国国防部高级计划研究局的 ARPANET 系统，奠定了现代计算机网络和 Internet 的发展基础。

20 世纪 90 年代以后，计算机网络的应用迅速渗透至社会生活的各个领域，以网络技术为核心，形成了一门新的 IT（Information Technology）产业。Internet 的普及，极大地推动了人类文明进步和科技发展的进程。

1. 计算机网络的定义与特点

计算机网络，是将地理位置不同并具有独立功能的多个计算机系统，通过通信设备和传输介质连接起来，配以功能完善的网络软件（如各种网络通信协议软件、网络操作系统等）实现彼此之间数据通信和资源共享的计算机与相关设备的集合。

从上述定义看，计算机网络一般具有以下几个特点：

（1）计算机网络是由多台计算机组成的一个设备集合。

（2）网络中的计算机通过一定的通信媒介互相连接，彼此共享资源。

（3）网络中的每台计算机应是具有独立功能的系统。

（4）网络中计算机之间的通信需要通过必要的通信协议来实现。

2. 计算机网络的功能

计算机网络的功能主要有以下几方面。

（1）资源共享。

资源共享指入网用户共享计算机网络中的硬件、软件和数据资源，它是计算机网络最基础的功能之一。现在，大量自由软件被放在计算机网络上供人们下载，在一定条件下，网络用户还可以共用打印机、存储器等硬件设备，Internet 上的各种电子图书、科技期刊信息等海量数据库，更是成为全球用户共有的宝贵财富。

（2）分布式（Distributed）处理。

分布式处理的特点，是能把要处理的复杂任务分散到各个计算机上运行。分布式处理不仅降低了软件设计的复杂度，而且大大提高了执行任务的效率，同时也降低了系统成本。

（3）进行数据信息的集中管理。

对地理位置上分散的组织和部门，通过计算机网络，可以将信息进行分散、分级，或集中处理与管理。

（4）能够提高计算机的可靠性。

可靠性对于军事、银行和工业过程控制等应用至关重要。在计算机网络环境下，当某台机器出了故障，可以使用系统中的另一台机器；当网络中的一条通信链路出现故障，可以选择另一条链路。

3. 计算机网络的组成

从逻辑功能看，计算机网络由通信子网和资源子网组成。通信子网由通信线路及通信处理机组成，负责数据通信，它的功能是为主机提供数据传输。资源子网是指整个网络共享的资源，包括各类主机、终端、其他外围设备以及软件等，负责全网的数据处理并向网络用户提供网络资源及网络服务。

4. 计算机网络的拓扑结构

网络中各节点相互连接的方法和形式称为网络拓扑结构，构成局域网络的拓扑结构有很多种，其中最基本的拓扑结构为总线型、星型、树型和网状拓扑。拓扑结构的选择往往与通信介质的选择和介质访问控制方法的确定紧密相关，并决定着对网络设备的选择。

（1）总线型拓扑。

在总线型拓扑中，网络上的所有计算机都是直接连接到同一条电缆上的。在总线型拓扑结构的网络中，一条电缆所能提供的带宽是非常有限的。因此主电缆上每加入一个新的节点，就会吸收一部分信号。当节点增加到一定数量后，电子脉冲的强度会变得非常微弱，误码率就会大大增加。一般情况下，每条以太网主电缆段仅能支持一定数目的计算机，如图 6-1 所示。

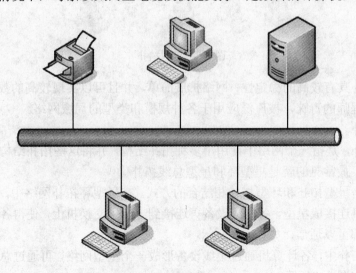

图 6-1　总线型拓扑

（2）环型拓扑。

环型网络是将网络中的各节点通过通信介质连成一个封闭的环形，并且所有节点的网络接口卡作为中继器。环型网络中没有起点和终点，一般通过令牌来传递数据，各种信息在环路上以一定的方向流动，每个节点转发网络上的任意信号但不考虑目的地。目的站识别信号地址并将它保存到本地缓存器中，直到重新回到源站，才停止传输过程。

局域网一般不采用环型物理拓扑结构。环型拓扑适用于星型结构无法适用的、跨越较大地理范围的网络，因为一条环可以连接一个城市的几个地点，甚至可以连接跨省的几个城市，因此，环型拓扑更适用于广域网。

环型网络也存在一些缺点，例如环路中一台计算机发生路障会影响到整个网络，重新配置新网络时会干扰正常的工作，不便于扩充。

光纤分布式数据接口（FDDI）和 IEEE MAN（城域网）标准使用双环。如果在某个位置上电缆被切断，就发生一个回送，到达断点的信号向相反方向上重新发送，从而保障网络畅通。

（3）星型拓扑。

在星型拓扑结构的网络中，所有的计算机都通过各自独立的电缆直接连接至中央集线设备。如集线器位于网络的中心位置，网络中的计算机都从这一中心点辐射出来，如同星星放射出的光芒（见图 6-2）。如今大部分网络都采用星型拓扑结构，或者是由星型拓扑延伸出来的树状拓扑。

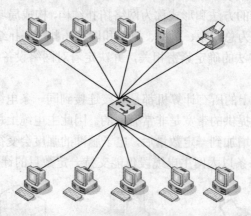

图 6-2　星型拓扑

由于星型拓扑具有较高的稳定性，网络扩展简单，并且可以实现较高的数据传输速率，因此，深受网络工程师的青睐，被广泛应用于各种规模和类型的局域网络。

（4）混合拓扑。

所谓混合拓扑，是指一个网络中使用了多种拓扑结构，并将这些拓扑结构的优点结合在一起而形成的网络。最常见的就是星型环和星型总线拓扑。

星型环拓扑是星型拓扑和环型拓扑相结合的方式。在星型环拓扑网络中，通过交换机将其他集线器或交换机连接成星型，各集线设备再连接到一台主交换机上，使得各计算机也形成一个环，相互之间都可以通信，如图 6-3 所示。

在星型总线拓扑中，各计算机通过集线设备形成一个星型网络，再通过总线主干线将集线设备连接起来，如图 6-4 所示。

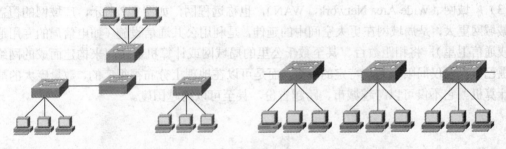

图 6-3　星型环拓扑　　　　　　　　　　　图 6-4　星型总线拓扑

5. 计算机网络的分类

根据不同的分类方法，计算机网络可以有不同的类型。其中，比较常见的是根据网络中各计算机之间的距离即按地域范围来划分。这种分类方法，可以将网络划分成以下几种。

（1）局域网（Local Area Network，LAN），是指将某一相对局限于一个有限的范围内（如一个房间、一幢大楼、一个校园）的计算机，按照某种网络结构相互连接起来形成的计算机集群。集群中的计算机之间，可实现彼此之间的数据通信、文件传递和资源共享。局域网广泛应用于学校、政府部门、中小企业内部信息管理与办公自动化等场合，如图 6-5 所示。

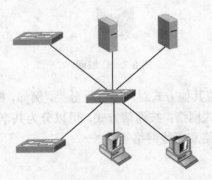

图 6-5　局域网

（2）城域网（Metropolitan Area Network，MAN），是指利用光纤作为主干，将位于同一城市内的所有主要局域网络高速连接在一起而形成的网络，如图 6-6 所示。实际上，城域网是一个局域网的扩展。城域网是一种大型的局域网，其覆盖范围为一个城市或地区，网络覆盖范围在几十千米至几百千米。实现同城各单位和部门之间的高速连接，以达到信息传递和资源共享的目的。

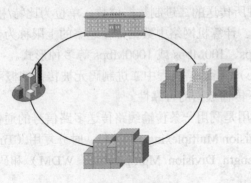

图 6-6　城域网

（3）广域网（Wide Area Network，WAN），也称远程网，如图 6-7 所示，广域网的覆盖范围比城域网更大，是局域网在更大空间中的延伸，是利用公共通信设施（如电信局的专用通信线路或通信卫星），将相距数百、甚至数千公里的局域网或计算机连接起来构建而成的网络。其范围已不再仅仅局限于某一特定的区域，而是可以在地理上分布得很广的、数量庞大的局域网或计算机。它不仅可以跨越城市、跨越省份，甚至可以跨越国度。

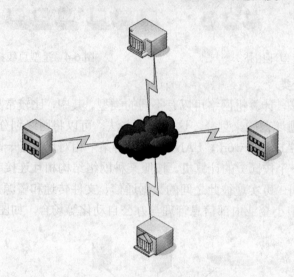

图 6-7　广域网

除上述分类外，人们也按照其他方式对网络进行分类，例如，根据网络所采用的传输技术，可以分为广播式网络与点到点式网络；按通信方式，可以分为共享式和交换式网络；还可以根据传输介质类型，分为有线网络和无线网络等。

6.1.2　数据通信基础知识

数据通信，指通过传输介质将数据从一个地点安全可靠地传送到另一地点的过程。网络与通信密切相关，数据通信技术是建立计算机网络系统的基础。在学习和应用计算机网络的过程中，有必要了解以下数据通信的一些基本概念和术语。

（1）信号与信道（signal/Channel）。简单地讲，信号就是携带信息的传输介质，信道则是传递信息的通路，信号一般分为模拟信号和数字信号，信道也相应分为模拟信道和数字信道。

（2）数据传输速率（Transfer rate/speed）。数据传输速率有时也称比特率，表示数字信号的传输速率，其意义为每秒钟所传送的二进制数据位数，单位为比特/秒，记为 bps。

（3）带宽（Bandwidth）。计算机网络中数据传输速率的上限称为带宽，带宽表示信道的传输容量，通常可分为 10Mbps、100Mbps 或 1000Mbps 等多种形式。

（4）误码率（Error rate）。指通信过程中二进制码元被传错的概率，误码率用于衡量数据通信系统在正常工作状态下传输数据的可靠性。

（5）线路复用。线路复用是利用一条传输线路传送多路信号的通信技术。常见的复用技术有频分复用（Frequency Division Multiplexing，FDM）、时分复用（Time Division Multiplexing，TDM）、波分多路（Wavelength Division Multiplexing，WDM）和码分多路（Code Division Multiplexing，CDM）。

（6）数据交换。数据交换是网络通信中实现数据传输的一种手段。通信中的常用交换技术可以分为线路交换（或称电路交换）、报文交换和分组交换。Internet 网络上广泛采用分组交换技术。

6.1.3　计算机网络体系结构

1．计算机网络协议

网络协议是计算机网络的核心问题，是计算机网络中最基本的概念之一。计算机网络协议是一系列的通信规则与标准，是对网络中各设备以何种方式交换信息的一系列规定的组合，它对信息交换的速率、传输代码、代码结构、传输控制步骤和出错控制等参数做出定义。网络协议是网络数据通信的基础，是计算机网络系统中不可缺少的重要组成部分。

2．计算机网络体系结构与分层模型

计算机网络系统的体系结构，是计算机网络的各个层次和各层上使用的全部协议，为了减少网络设计的复杂性，绝大数网络采用分层设计方法。所谓分层设计，就是按照信息的流动过程将网络的整体功能分解为一个个的功能层，不同机器上的同等功能层之间采用相同的协议，同一机器上的相邻功能层之间通过接口进行信息传递。

常见的计算机网络分层模型有两种：OSI/RM 参考模型与 TCP/IP 模型。

3．OSI/RM 参考模型

开放系统互联参考模型（Open Systems Interconnection / Reference Model，OSI/RM），是国际标准化组织（International Organization for Standardization，ISO）于 1978 年制定的网络分层模型。该模型把网络系统分成 7 层，从下往上依次为：物理层、数据链路层、网络层、传输层、会话层、表示层和应用层，每层完成确定的功能，每一层可以再划分出若干子层。

（1）应用层（Application）。该层是模型中的最高层，直接为用户服务。如文件传送和电子邮件等应用接口。

（2）表示层（Presentation）。表示层处理不同语法表示的数据格式转换，如数据加密与解密、数据压缩与恢复等功能。

（3）会话层（Session）。会话层组织两个会话进程之间的数据传输同步，并管理数据的交换。

（4）传输层（Transport）。传输层完成端到端的差错控制和流量控制等，是计算机网络体系结构中比较关键的一层，它为高层提供端到端可靠的、透明的数据传输服务。

（5）网络层（Network）。网络层通过路由算法，为分组选择最适当的路径，并实现差错检测、流量控制与网络互联等功能。

（6）数据链路层（Data-Link）。数据链路层在通信的实体之间负责建立、维持和释放数据链路连接。

（7）物理层（Physical）。物理层实现透明的比特流传送，为数据链路层提供物理连接服务。

OSI/RM 模型被广泛地用做指导网络开发的概念框架。虽然 OSI/RM 模型并没有成为实际应用中的工程规范，但是 OSI/RM 提出的思想和概念，对于计算机网络研究和网络教学起到了重要的作用，OSI/RM 模型的示意图如图 6-8 所示。

4．TCP/IP 模型与协议

TCP/IP 是目前广泛使用的网络体系分层模型。在 TCP/IP 参考模型中定义了一组协议，其中最重要的两个协议是传输控制协议（Transport Control Protocol，TCP）和互联协议（Internet

Protocol，IP），因此 TCP/IP 实际是协议组的名字。TCP/IP 模型将网络划分为 4 层：应用层、传输层、网络层和网络接口层（主机网络层）。

　　TCP/IP 协议最初用于 ARPANET 网络，由于其简洁、实用的特点而得到了广泛普及，目前 TCP/IP 是网络上应用最为广泛的一种协议，也是全球 Internet 的标准协议。

　　TCP/IP 协议使用 1024 个端口号来区分网络程序的进程号，其中，1～254 号端口被系统资源保留，作为常用服务进程的端口号。例如：WWW 服务占用 80 号端口，FTP 服务占用 21 号端口，SMTP 服务占用 25 号端口，等等。TCP/IP 参考模型如图 6-8 所示。

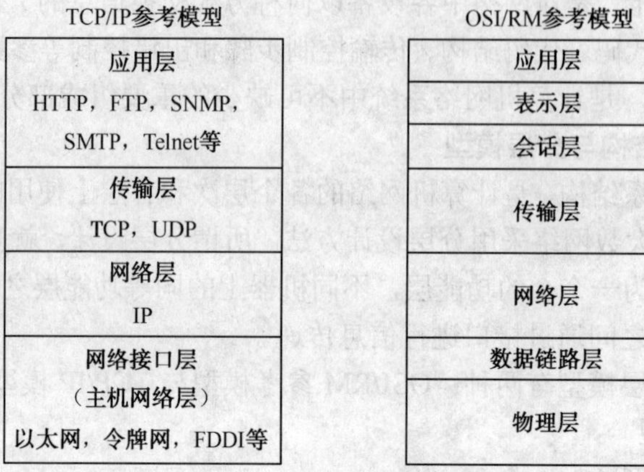

TCP/IP参考模型	OSI/RM参考模型
应用层　HTTP，FTP，SNMP，SMTP，Telnet等	应用层
	表示层
	会话层
传输层　TCP，UDP	传输层
网络层　IP	网络层
网络接口层（主机网络层）以太网，令牌网，FDDI等	数据链路层
	物理层

图 6-8　网络分层模型示意图

6.2　计算机局域网络

　　局域网是 20 世纪 70 年代以后迅速发展起来的计算机网络技术,在办公自动化、信息管理、工业自动化和计算机辅助教学等方面得到广泛的使用，局域网技术是网络研究与应用的热点。

6.2.1　局域网介质访问控制

　　介质访问控制方式与协议是局域网的重要技术。在共享式通信的网络上，一次只有一个节点进行数据发送，为使各节点共享带宽，必须建立带宽的分配机制，该机制称为介质访问控制。

　　局域网普遍采用的共享介质访问控制协议主要有三种：带有冲突检测的载波侦听多路访问（Carrier Sense Multiple Access with Collision Detection，CSMA/CD）、令牌环（Token Ring）和令牌总线（Token Bus）。其中的 CSMA/CD 和 Token Bus 用于总线型拓扑，Token Ring 用于环型拓扑。目前常见的以太网络（Ethernet）上广泛采用 CSMA/CD 控制协议。

　　美国电气和电子工程师协会（Institute of Electrical and Electronics Engineers，IEEE）的 802 委员会制定了局域网的一系列标准，即著名的 IEEE 802 标准，该系列 11 个标准具体定义了常用的局域网协议规范。如以太网对应 802.3 标准序列，802.5 标准序列对应令牌环网，802.11 则应用于无线局域网（Wireless LAN，WLAN），等等。

　　局域网中可支持多个网络通信协议，例如，在 Windows 网络中就有 TCP/IP、IPX/SPX、AppleTalk、DLC 和 NetBEUI 等各种网络协议，用户可以根据具体的应用需求选择安装相应的协议。

【例 6-1】　查看本机的网络邻居属性，熟悉本机网络使用的协议，具体操作如图 6-9 所示。

图 6-9　网络协议组件

（1）在 Windows 桌面上右击"网上邻居"图标，执行"属性"命令。

（2）在窗口中双击"本地连接"图标，在弹出的对话框中单击"属性"按钮。

（3）查看本机目前安装的网络协议组件。

6.2.2　局域网组成

1．网络服务器

网络服务器（Server）指网络中提供资源共享和特定服务的计算机，在其上运行有网络操作系统，网络服务器是网络控制的中心。早期的网络服务器是一台大型计算机，主要用于文件服务和网络管理。现代局域网中一般使用高性能的微型计算机作为服务器。从应用的角度，网络服务器可分为：文件服务器、Web 服务器、数据库服务器、邮件服务器和打印服务器等。

2．工作站或称客户机

工作站（Workstation）又称客户机（Client），当一台计算机连接到局域网上时，这台计算机就成为局域网的一个客户机。客户机与服务器不同，服务器为网络用户提供服务以共享其资源，而客户机仅对操作该客户机的用户提供服务。客户机通过网卡、通信介质及通信设备连接到网络服务器。

3．网络适配器

网络适配器（Network Interface Card，NIC）简称网卡，其上有介质连接插口，与传输介质一起完成计算机连网的功能。网卡是计算机连入局域网的必须设备。网卡生产厂商为每一个出厂网卡设定了 48 位长（6 字节）的数字标识，固化在 ROM 中，称为介质访问控制（Media Access Control，MAC）地址。在全世界范围内，以太网络设备的 MAC 地址是唯一的。

4．传输介质

传输介质（Transmission Media）是网络信息传输的媒体。常用的有线传输介质有 3 类：双绞线（屏蔽双绞线和非屏蔽双绞线），同轴电缆（粗缆和细缆）和光纤电缆（又称光纤）。无线传输方式有无线电、红外光、微波和卫星等。

（1）双绞线

双绞线分为屏蔽双绞线和非屏蔽双绞线两种。局域网最常用的传输介质是非屏蔽双绞线（Unshielded Twisted Pair，UTP），常用于以交换机或集线器为中心的星型网络。初学者容易把"双绞"误写成"双胶"，双绞的真实含义是两根绝缘的金属线扭绞在一起，以减少导线间的电磁干扰。UTP 可靠通信的最大长度是 100m，局域网 UTP 端头使用 RJ-45 插头（俗称"水晶头"）与设备接口连接。

（2）同轴电缆。

同轴电缆有粗缆与细缆之分，从里往外依次为中心导体、绝缘层、导体网及保护套，同轴电缆在早期总线型网络中用得较多。

（3）光缆。

光纤缆线简称光缆。光纤有多模、单模和细光纤（尾纤）等多种类型。多模光纤的传输性能低于单模光纤。一根多模光纤传输的最大距离是 500m，而单模光纤可达 5km。光纤在现代计算机网络特别是广域网中应用广泛。

（4）无线传输与蓝牙技术。

移动通信的发展使无线传输介质越来越受到人们的重视，无线通信的介质为电磁波，根据其频谱可分为无线电、红外光、微波和激光等。

蓝牙和红外线 IrDA 技术，近年来在无线连接和移动信息设备中得到了广泛应用，尤其是短距离无线传输领域。

1998 年 5 月，爱立信、诺基亚、东芝、IBM 和 Intel 公司等五家著名厂商联合推出了一项最新的短距离无线网络通信技术，命名为蓝牙技术，其意源于狼的牙齿，参差不齐，却能紧紧地啮合在一起。蓝牙技术使用跳频频谱扩展技术，具备数据传输快、功耗低、安全性好和成本低等优点。支持蓝牙技术的 PDA（掌上电脑）、笔记本电脑和移动电话等通信终端设备能够方便地相互通信，并实现与 Internet 的连接。

IrDA 是红外数据协会的英文简称，IrDA 红外通信技术是一种近距离点对点的数据传输技术，它通过数据电脉冲和红外光脉冲之间的相互转换实现无线的数据收发，也是目前广泛使用的一种无线连接技术，为众多的硬件和软件平台所支持，广泛应用于计算机外部设备的连接。

5. 网络互联设备

网络互联设备是网络通信的中介。常用的网络互联设备有：中继器、集线器、交换机、网桥、路由器和网关。交换机是星型局域网组网的基本设备，而路由器是网间互联的关键设备。正是在 Internet 上存在的大量的路由器，实现了不同网络间的互联。

6. 网络操作系统

网络操作系统（Network Operating System，NOS）是计算机网络的心脏和灵魂，是向网络计算机提供网络通信和资源共享功能的操作系统。

常见的网络操作系统有 Windows 平台的 Windows Server 2003/Advance Server 和 Windows 2000 Server/Advance Server 等。Microsoft 公司的网络操作系统在中低端服务器中应用较多，而高端服务器或对网络安全性、稳定性要求很高的大型网络，则选用 UNIX、Linux 或 Solairs 等非 Windows 操作系统。

Linux 是一种新型的网络操作系统，它最大的特点是源代码开放，在使用安全性和稳定性方面，得到了用户充分的肯定，近年来引起人们的广泛重视。

6.2.3　Windows 网络应用

1. Windows 系统的配置与功能

Windows 系统具有丰富的网络功能，可提供文件和打印机共享、用户目录管理和 WWW 等多种服务。Windows 系统的网络功能分为以下几种基本形式：

（1）作为网络工作站，为客户机提供操作系统平台。

（2）建立小型对等型网络。

（3）访问 Internet。

（4）创建服务，成为网络服务器。

Windows 系统的网络组件由网络适配器、客户端系统、网络协议和服务软件等组成。Windows 系统对网络适配器具有即插即用支持。计算机中安装网卡后，Windows 一般能自动识别该网卡，并安装驱动程序等必要的网络组件。安装完成后会生成"本地连接"图标，在"本地连接属性"对话框中，一般还需要用户设置 IP 地址、默认网关和子网掩码等必要的网络参数。

2. Windows 对等网络应用

对等网络，指网络上每个计算机都把其他计算机看做是平等的或者是对等的，没有特定的计算机作为服务器，对等网络中的计算机既可作为服务器也可作为客户机。在家庭或小型办公室应用中人们常将若干台电脑以对等方式相连以共享网络文件、软件资源以及打印机、光驱和硬盘等硬件设备。

在 Windows 对等网络中，经过非常简单的操作，用户即可方便地提供或使用所在工作组的文件共享服务。例如，在 Windows XP 系统中，在"我的电脑"中选中需要共享的文件夹，单击鼠标右键，选择"共享和安全（H）"选项即可将某一文件夹设为共享。

双击打开桌面上"网上邻居"窗口，就能方便地浏览所在 LAN 上的共享资源。对等网中的每个计算机可以设置一个名字，也可以直接通过 IP 地址快速访问共享的文件资源。例如，在"运行"对话框中，通过输入目标机 IP 地址\\192.168.105.1，并单击"确定"按钮，可访问到其共享资源。

当需要频繁地访问某计算机上的共享文件夹时，还可以将其映射为一个虚拟驱动器，如 M 盘或 N 盘等来代表该文件夹。

【例 6-2】　将某共享文件夹映射为网络驱动器。操作方法如下：

（1）右击目标文件夹，执行"属性"命令，在"属性"对话框中设置共享属性；

（2）在网内另一工作站桌面上右击"网上邻居"图标，执行"映射网络驱动器"命令；

（3）在弹出的对话框设置盘符，并在网络路径中找到已共享执行的文件夹，单击"确定"按钮。至此，目标文件夹映射为网络驱动器。

3. 常用网络测试命令

在组建对等网络时，有时需要查看网络信息或测试网络的联通状况，可以使用以下命令。

（1）IPCONFIG 命令。

此命令用于查看 IP 协议的具体配置，显示网卡的物理地址、主机的 IP 地址、子网掩码以及默认网关等信息。

【例 6-3】　在 Windows XP 系统的"命令提示符"窗口中，输入 ipconfig，按 Enter 键，可以显示本机当前 IP 地址、网关等配置信息，如图 6-10 所示。

图 6-10　网络测试命令使用

（2）PING 命令。

PING 命令用来测试网络是否联通，以及与目标主机之间的连接速度。常用格式：PING 目标主机的 IP 地址或主机名。

【例 6-4】　在 Windows 系列操作系统中，执行"开始"→"运行"命令，对话框中输入命令：ping 211.83.88.241。此命令用于测试本机与笔者所在校园网的 DNS 服务器是否联通。

6.3　Internet 基础

Internet 的中文名称是互联网，有时也被称为国际互联网或万维网等，是世界上最大的信息网络，是全人类的巨大知识宝库。

6.3.1　Internet 概述

Internet，指全世界不同地区不同规模的计算机网、数据通信网以及公用电话网，通过路由器等各种通信设备和线路连接起来，再利用 TCP/IP 协议以实现不同类型网络之间相互通信和信息共享。因此，Internet 实质上是一个"网络的网络"，其基础是现存的各种计算机网络和通信系统。

1. Internet 的历史与发展

Internet 的前身可追溯到 1969 年美国国防部高级研究所计划局（Advanced Research Projects Agency，ARPA）开始的一项军事研究计划，其最初的研究目标是：当网络中的一部分因战争原因遭到破坏时，其余部分仍能正常运行。因此，美国国防部资助建立了一个名为 ARPANET（阿帕网）的实验性网络，这是 Internet 的前身。

1986 年，美国国家科学基金会使用 TCP/IP 通信协议建立了 NSFNET 网络，以此为基础，构成世界性的互联网络，称为 Internet。20 世纪 90 年代，世界上各大商业机构开始大量联入 Internet。Internet 开始了商业化的新进程，并迅速发展起来。

1994 年，我国也实现了与 Internet 的连接，但 Internet 在我国真正开始发展是在 1996 年，因此，人们称 1996 年是中国的 Internet 年。

目前，我国同时存在着几大与 Internet 相连的骨干网络体系，它们分别是中国公用信息网（Chinanet）、中国科技网（Sctnet）、中国教育科研网（Cernet）、中国联通网（Uninet）和中国金桥网（Chinagbn）。用户连入上述任一网络，即可加入国际互联网。

近年来，我国在迅速推进国家信息基础设施建设的同时，积极参与国际下一代互联网的研究与建设。目前，我国积极研究的下一代互联网（Internet 2，称为第 2 代互联网）将以 IPv6（下一代 IP 协议版本号）技术为基础，拥有更高更快的带宽和更大的 IP 地址空间，接入网络的终端种类和数量更多，网络应用将更广泛，更安全。Internet 2，代表了未来互联网技术的发展方向。

2. Internet 的资源与服务

Internet 的资源非常广泛，大体上可以分为信息资源和服务资源两大类。其主要功能和服务有以下方面：基于 WWW 的信息检索与查询、电子邮件（E-mail）收发、文件传输（FTP）、远程登录（Telnet）、电子公告牌（BBS）、新闻组（Usenet）和菜单式信息查询系统（Gopher）。

随着 Internet 的发展，一些新的应用，如网络即时通信（ICQ）、IP 电话（IP phone）、博客（Blog）、电子商务（E-commerce）、流媒体（Streaming audio and video）与网络视频等迅速普及，网络游戏也给人们的休闲生活增添了不少乐趣。可以预见，Internet 提供的资源与服务将会越来越丰富。

6.3.2 IP 地址与 DNS

在 Internet 中，标识一台计算机或一个网络的方式有两种：IP 地址和域名。当用户的计算机与 Internet 上其他计算机进行通信，或者寻找 Internet 上的各种资源时，必须使用 IP 地址或域名，两者通过 DNS 实现相互对应。

1. IP 地址

（1）IP 地址的形式与结构。

IP 地址（IP Address）是 Internet 上主机标识的数字化形式。目前，Internet 使用的 IP 协议（IPv4）版本规定：IP 地址由 32 位二进制数组成，以 8 位为单位分为 4 个字节。

例如，Internet 上有一台计算机，其 IP 地址的二进制表示为：

11010011　01010011　01011000　00101110

显然，上述二进制形式不易记忆，因此 IP 地址常以"点分十进制"方式表示。将 32 位的 IP 地址中每 8 位（一个字节）用其等效的十进制数表示，即"X.Y.Z.W"的形式，显然，X、Y、Z、W 所表示的十进制数最大不会超过 255。照此规则，上述计算机的 IP 地址就变成了人们所习惯的 211.83.88.46。

一个 IP 地址包括两个标识码（ID）部分，即其 4 个字节被划分为两个部分，一部分用以标明具体的网络段，叫网络 ID；另一部分用以标明具体的主机节点，叫宿主机 ID。

例如，对于上述 IP 地址 211.83.88.46，当子网掩码为 255.255.255.0 时，网络标识为 211.83.88.0 主机标识为 46。

（2）IP 地址与网络的分类。

按照网络规模的大小，把网络分成不同类型，如表 6-1 所示。网络分类以 A、B、C、D 和 E 表示，其中，常见的是 A、B、C 类网络，D 类和 E 类有特殊用途。

表 6-1　IP 地址首字节范围与地址分类

分　类	首字节数字	应用说明
A	1～126	大型网络
B	128～191	中等规模网络
C	192～223	校园型网络等
D	224～239	网络组播
E	240～254	试验用网络号

A 类地址其二进制形式的最高位总是为 0，1～7 位标识网络号，8～32 位标识主机号。B 类地址其二进制表示的最高两位为 10，2～15 位标识网络号，16～31 位标识主机号。C 类地址最高三位为 110，3～23 位标识网络号，24～31 位标识主机号。

A 类网络数量较少，主要用于主机数量达 1600 多万台的大型网络。B 类网络地址适用于中等规模的网络，每个 B 类网络所能容纳的计算机数为 6 万多台。C 类网络比较常见，每个 C 类网络最多只能包含 254 台主机，适用于小规模网络，如 211.83.88.0，为中国教育科研网分配给成都纺织高等专科学校校园网使用的 C 类网地址。

A、B、C 类网络中都保留了部分地址段，该地址只能用于局域网内部，通常也称为私网地址。例如，在局域网内常见的 192.168.0.0～192.168.255.255 之间的地址，就不能出现在 Internet 上。各类 IP 地址以十进制表示的范围如表 6-1 所示。

2. 子网掩码

子网掩码（Subnet Mask）的作用，是识别子网和判别主机属于哪一个网络。子网掩码同样用一个 32 位的二进制数表示，采用点分表示法。对应于 IP 地址中表示网络地址的那些二进制位，在子网掩码的对应位上置 1，表示主机地址的那些位则设置为 0。在计算机或网络设备中，将 IP 地址和相应的子网掩码按位进行逻辑"与"运算，就可区分出网络地址和子网地址，而把 IP 地址和子网掩码的反码进行逻辑"与"运算，可获知主机地址。

A 类地址，对应的子网掩码默认值为 255.0.0.0，B 类地址对应的子网掩码默认值为 255.255.0.0，C 类地址对应子网掩码默认值为 255.255.255.0。

3. 域名与 DNS 系统

IP 地址有时不便记忆，且难以理解，为此，人们研究出域名的方法来标识 Internet 中的计算机。

（1）域名形式与结构。

域名是用字符方式来标识计算机的，它采取在主机名后加上后缀名，即"主机名.域名"的形式标识主机在 Internet 中的位置。

典型域名结构为：

四级域名.三级域名.二级域名.顶级域名。

单位、机构或个人若想在互联网上有一个确定的名称，需要进行域名注册登记，域名采用分层次的命名和管理机制，域名登记及维护管理工作由经过授权的各级注册中心进行。如表 6-2 所示，每个国家（或部分地区）都被赋予一个唯一的地理域名，例如，中国是 CN，美国是 US，日本是 JP，等等。

中国互联网络信息中心（CNNIC）负责管理 cn 域，并将其下面的二级域名 edu 授权给中国 CERNET 网络中心管理，CERNET 网络中心又接受各学校的申请，将 edu 域划分成更多的三级域。

例如，域名 www.cdtc.edu.cn，其中的 cn 代表中国顶级域名，二级域名 edu 代表教育（Education），三级域名 cdtc 代表成都纺织高等专科学校，www 代表学校 Web 服务器主机。如果需要，该校网管中心完全可以继续为校内各系和部门分配四级域名。Ineternet 一级标准化域名如表 6-3 所示。

表 6-2　部分国家和地区域名

域　名	含　义	域　名	含　义
CA	加拿大	CN	中国
DK	丹麦	HK	中国香港
TW	中国台湾	IN	印度
JP	日本	RU	俄罗斯

表 6-3　常见 Internet 一级标准化域名

域　名	意　义	域　名	意　义
COM	公司企业	MIL	军事机构
EDU	教育机构	ORG	各种非盈利性组织
GOV	政府部门	INT	国际机构组织
NET	网络服务机构		

（2）域名系统。

域名系统，即 DNS 是 Internet 上专门提供主机域名与 IP 地址之间相互转换和解析服务的计算机系统。域名解析方法有两种：反复转寄查询解析和递归解析。在接收到服务请求时，DNS 可将另一台主机的域名翻译为 IP 地址，或反之。大部分域名系统都维护着一个庞大的数据库服务器，它描述了域名与 IP 地址的对应关系，这个数据库必须定期地更新。

Windows 用户接入互联网时，在"本地连接属性"对话框中会被要求填写系统默认的 DNS IP 地址，例如，成都地区的上网用户通过中国电信 ADSL 宽带接入时，DNS 可以选择 61.139.2.69 或 202.98.96.68 等。

6.4　Internet 接入

6.4.1　预备知识

1. 常用的 Internet 接入方法

目前，电信部门开设的 Internet 接入方法通常有 4 种形式：拨号上网、ADSL 接入、无线宽带和局域网接入方式。

拨号上网是传统的窄带接入方式，需要通过 Modem 将电脑和电话线连接起来，然后再进行拨号（号码通常为 16300）登录。Modem 是在数字信号和模拟信号之间进行信号转换的设备。当使用 Modem 接入网络时，因为要进行两种信号之间的转换，网络连接速度较低，且性能较差。目前的拨号上网的下行速率为 56kbps，上行速率为 33.6kbps。由于接入速率很低，此种接入方式基本淘汰，只作为无宽带网络环境的补充形式。

ADSL 接入是当前流行的宽带接入方式，ADSL 采用非对称数字用户线环路技术，被誉为"现代信息高速公路上的快车"。它的上网传输速度比普通拨号上网快数 10 倍，因其具有下行速率高、频带宽、性能优等特点而深受广大用户的喜爱，成为继 Modem、ISDN 之后的又一种更快捷、更高效的接入方式。它仍然利用电话线接入宽带，不需重新布线，一线多用，上网、打电话可同时进行，互不干扰。

无线宽带是为拥有笔记本电脑或 PDA 的人士提供的无线宽带上网业务。它通过电脑携带的无线局域网卡连接到电信部门提供的无线 AP（Access Point，无线访问节点）上，从而实现 Internet 连接。由于它的计费较贵，不太适用于家庭或办公室环境使用，通常适用于电信公司布网的休闲中心、商务宾馆、咖啡吧等公共区域。

局域网接入方式是结合计算机局域网技术的 IP 宽带网络接入技术。它是在用户一侧采用计算机局域网的技术将网络专用线（通常为五类双绞线）布放到每位用户家庭或办公室中，然后再通过交换机汇聚到用户所在区域的"信息机房"，最后通过光纤接入网连接到城域 IP 骨干网及 Internet 出口，从而使用户通过电脑与信息插座连接，实现从用户端到 Internet 的接入。通过这种方式接入 Internet 能获得很高的速率，可达到 100Mbps。但是由于价格较贵，通常只适用于对数据流量需求较大的大中型企业。

2. ADSL 和 ADSL2/2+

非对称数字用户线 ADSL（Asymmetrical Digital Subscriber Line）是一种在无中继的用户环路网上利用双绞线传输高速数据的技术。它在电话线上可提供高达 8Mbps 的下行速率和 1Mbps 的上行速率，有效传输距离可达 3～5km。它充分利用现有的电话线路和网络，只需在电话网络的两端加装 ADSL 设备即可。ADSL 接入 Internet 方式是目前对于小型企业和家庭最佳的解决方案。ADSL Modem 是一种宽带上网设备，它在不影响语音传送的前提下，利用电话线的高频段进行高速数据传输。由于 ADSL 信号的频段范围高于话音的频段范围，通过分离器相互隔离，因此可以实现话音和 ADSL 信号共存于同一电话线。

相对于第一代 ADSL，ADSL2 的传输性能有了一定增强，其改进主要表现在长距离、抗线路损伤、抗噪声等方面。最大可支持下行 12Mbps、上行 1Mbps 的速率。在功能上实施了电源管理，增加了低功耗模式，支持在线诊断、链路捆绑，应用范围进一步扩大。而 ADSL2+将传输带宽增加一倍，从而实现理论值最高达 26Mbps 的下行接入速率，不加中继器时传输距离可以达到 7km，能让多个视频流同时在网络中传输、大型网络游戏及海量文件下载等应用都成为可能。目前在中国沿海发达地区已开始布署基于 ADSL2/2+技术的 Internet 接入技术。

6.4.2　网线制作——直连双绞线制作

1. 屏蔽双绞线简介

采用 ADSL 方式接入 Internet 时，需要通过一条双绞线将 ADSL Modem 和计算机内的网卡连接起来。因此在自己动手联网之前需要制作一条双绞连接线，由于非屏蔽双绞线价格便宜，速率很高，在组网中起着重要的作用。

制作双绞线的关键是要注意 8 根导线排列的顺序，称为线序。EIA/TIA568 包含 T568A 和 T568B 两个子标准，如表 6-4 所示。这两个子标准没有质的区别，只是在线序上有一定的交换。在工程中人们习惯采用 T568B 标准。

表 6-4 双绞线顺序表

引脚号	1	2	3	4	5	6	7	8
T568A 标准	白绿	绿	白橙	蓝	白蓝	橙	白棕	棕
T568B 标准	白橙	橙	白绿	蓝	白蓝	绿	白棕	棕

2. 制作工具和基本材料

（1）非屏蔽双绞线。

（2）RJ-45 接头，属于耗材，不可回收，如图 6-11 所示。

（3）RJ-45 压线钳，主要由剪线口、剥线口、压线口组成，如图 6-12 所示。

（4）剥线刀，专用剥线工具，如图 6-13 所示。

（5）测线仪，常用的双绞线测线仪由信号发射器和信号接收器组成。双方各有 8 个信号灯及 1 个 RJ-45 接口，如图 6-14 所示。

图 6-11 RJ-45 接头

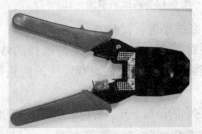

图 6-12 RJ-45 压线钳

图 6-13 RJ-45 剥线刀

图 6-14 RJ-45 测线仪

3. 双绞线接头制作步骤

（1）将双绞线的外表皮剥除。

根据实际需要用剥线刀截取适当长度的 RJ-45 线，使用剥线刀夹住双绞线旋转一圈，剥去约 2cm 的塑料外皮，如图 6-15 所示。

（2）除去外套层。

采用旋转的方式将双绞线外套慢慢抽出，如图 6-16 所示。

图 6-15 剥除双绞线外皮

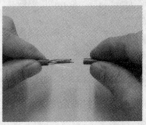

图 6-16 除去外套层

（3）准备工作。

将 4 对双绞线分开，并查看双绞线是否有损坏，如图 6-17 所示。如有破损或断裂的情况出现，则需要重复上述两个步骤。

（4）将双绞线拆开。

拆开成对的双绞线，使它们不扭曲在一起，并将每根芯拉直，如图 6-18 所示。

图 6-17　剥皮后效果　　　　　　　　　图 6-18　拆开双绞线

（5）按照标准线序进行排列。

将每根芯进行排序，使芯的颜色与选择的线序标准颜色从左至右相匹配。在计算机到 ADSL Modem 连线的制作中我们对双绞线的两头都采用 T568B 顺序，如图 6-19 所示。

（6）剪线。

剪切线对使它们的顶端平齐，剪切之后露出来的线对长度大约在 1.5cm，如图 6-20 所示。

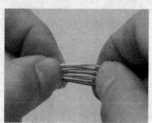

图 6-19　按标准排列线芯　　　　　　　图 6-20　剪线

（7）剪线后效果图。

使用剥线刀剪切后的双绞线头效果如图 6-21 所示。

（8）将网线插入 RJ-45 接头内。

将剪切好的双绞线插入 RJ-45 接头，确认所有线对接触到 RJ-45 接头顶部的金属针脚。在 RJ-45 接头的顶部要求能见到双绞线各线对的铜芯，如果没有排列好，则进行重新排列，如图 6-22 所示。

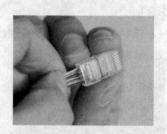

图 6-21　剪线后效果图　　　　　　　图 6-22　将网线插入 RJ-45 接头内

（9）压制网线。

将 RJ-45 接头装入压线钳的压线口，紧紧握住把柄并用力压制。压线钳可以把 RJ-45 接头顶部的金属片压入双绞线的内部，使其和双绞线的每根芯内的铜丝充分接触。同时 RJ-45 接头尾部的塑料卡子应将双绞线卡住，保护双绞线和 RJ-45 接头不至于在暂受外力的情况下脱落。压制后的效果如图 6-23 所示。

（10）测试。

使用测试仪检查线缆接头制作是否正确，将制作成功的双绞线缆接头两端分别插入测试仪的信号发射端和接收端，然后打开测试仪电源，观察指示灯情况，如图 6-24 所示。如果接收端的 8 个指示灯依次发出绿光，表示连接正确。如果有的指示灯不发光或发光的次序不对，则说明连接有问题，这时需要重新制作。

图 6-23　成品　　　　　　　　　　　　　　　　图 6-24　测试

4. 双绞线接头制作归纳总结

通过本任务学会了非屏蔽双绞线直连线缆接头的制作标准和方法。特别要注意的是，在制作的各个环节中不能对压接处进行拧、撕，防止双绞线缆中各芯的破损和断裂，在用压线钳进行压接时要用力压实，不能有松动。

6.4.3　ADSL 设备的安装和连接

1. 知识准备

ADSL 安装包括局端线路调整和用户端设备安装。局端方面由电信服务商将用户原有的电话线串接入 ADSL 局端设备；用户端的 ADSL 安装只要将电话线连上滤波器，滤波器与 ADSL Modem 之间用一条两芯电话线连上，ADSL Modem 与计算机的网卡之间用一条直通非屏蔽双绞线连通即可完成硬件连接，其拓扑结构如图 6-25 所示。ADSL 设备的安装比以前使用的拨号上网设备的安装要稍微复杂一些。用户除计算机外还需要一块以太网卡、一个 ADSL Modem、一个信号分离器；另外还需要两根两端做好接头的 RJ-11 电话线和一根 RJ-45 双绞线。

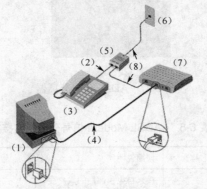

（1）计算机　（2）电话线　（3）电话机　（4）非屏蔽双绞线　（5）分离器　（6）电话插孔　（7）ADSL Modem　（8）电话线

图 6-25　ADSL 设备连接拓扑图

2. 安装网卡

断开计算机电源，将主机箱打开，把如图 6-26 所示的 10/100Mbps 自适应以太网卡插入 PCI 插槽中。如果计算机主板上已经集成有网卡，则此步骤可以省略。

图 6-26　网卡

3. 安装 ADSL Modem 信号分离器

信号分离器用来分离电话线中的高频数字信号和低频语音信号，让拨打/接听电话与电脑上网可同时进行。低频语音信号由分离器接入电话机，用来传输普通语音信息；高频数字信号则接入 ADSL Modem，用来传输数据信息。这样，在使用电话时就不会因为高频信号的干扰而影响语音质量，也不会在上网的时候，由于打电话的语音信号串入而影响上网的速度，从而实现一边上网一边打电话。

信号分离器如图 6-27 所示，共有 3 个插孔，安装时先将来自电信局的电话线插入信号分离器的 LINE 端。通过 PHONE 插孔连接电话机，而 ADSL 插孔与 ADSL Modem 设备的连接线相连接，如表 6-5 所示。3 个插孔对应的名称标注在信号分离器的背面，如果端口连接错误，将无法上网。

图 6-27　ADSL 信号分离器

表 6-5　ADSL Modem 信号分离器连接方法

接口名称	使用说明
LINE	接来自电信部门的入户线
ADSL	连接 ADSL Modem
PHONE	接电话机

4. 安装 ADSL Modem

在 ADSL Modem 上有 3 个插孔，如图 6-28 所示，分别是 ADSL（或 LINE）插孔和 Ethernet（或 LAN）插孔和电源插孔。用一根电话线将信号分离器的 ADSL 插孔与 ADSL Modem 的 ADSL 插孔相连接。利用任务一所做的双绞线，将计算机的网卡与 ADSL Modem 的 Ethernet 插孔相连。然后连接好电源线，打开计算机和 ADSL Modem 电源。观察指示灯状态。如果网卡安装成功，线路也正常，则 Modem 前面板上的 Power、ACT、LINK 三个指示灯亮，而 DATA 指示灯会自动闪烁。如果 Power 指示灯亮，表示电源正常；LINK 指示灯亮，表示与电脑连接正常；ACT 指示灯亮，表示网卡连接正常；DATA 指示灯闪烁，表示数据传送正常。

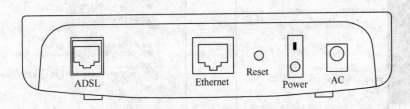

图 6-28　ADSL Modem 插孔示意图

提示：如果有多台电脑通过一个 ADSL 账号共享上网，则需要在 ADSL Modem 和计算机之间加入一个交换机，从而组建小型的局域网。

5. 归纳总结

本任务的主要目标是学会安装网卡、ADSL Modem 信号分离器、ADSL Modem。特别要注意的是，在安装设备过程中要注意每个插孔连接的设备及用途。

6. ADSL 设备维护技巧

（1）ADSL Modem 一般在温度为 0℃～40℃、相对湿度为 5%～95% 的工作环境下使用，还要保持工作环境的平稳、清洁与通风。ADSL Modem 能适应的电压范围在 200～240V 之间。

（2）ADSL Modem 应该远离电源线和大功率电子设备等电磁干扰较强的地方，如功放设备、大功率音箱等。

（3）要保证 ADSL 电话线路连接可靠、无故障、无干扰，尽量不要将它直接连接在电话分机及其他设备，如传真机上。

（4）遇到雷雨天气，应将 ADSL Modem 的电源和入户电话线拔掉，以避免雷击损坏。最好不要在炎热天气长时间使用 ADSL Modem，以防止它因过热而发生故障及芯片烧毁。

（5）在 ADSL Modem 上不要放置任何重物，要保持干燥通风，避免水淋、避免阳光的直射。

（6）定期对 ADSL Modem 进行清洁，可以使用软布清洁设备表面的灰尘和污垢。

（7）定期拔下连接 ADSL Modem 的电源线、网线、分离器及电话线，对它们进行检查，看有无接触不良及损坏，如有损坏，如电话线路接头氧化要及时更换。

6.4.4　ADSL 接入 Internet

1. 准备工作

如果计算机需要通过 ADSL 接入 Internet，须先向本地的电信部门办理入网申请。申请成功之后，用户会获得上网账号和密码。然后正确安装和连接 ADSL Modem，并打开其电源。下面以 Windows XP 操作系统为例来介绍如何通过 ADSL 接入 Internet。

2. 操作步骤

（1）选择"开始"→"所有程序"→"附件"→"通讯"→"新建连接向导"命令，打开"新建连接向导"对话框，如图 6-29 所示。

（2）单击"下一步"按钮，在打开的对话框中选择"网络连接类型"，单击选中"连接到Internet"单选按钮，如图 6-30 所示。

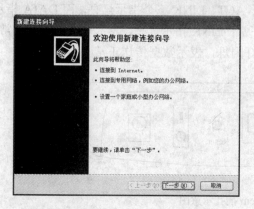
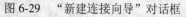

图 6-29　"新建连接向导"对话框

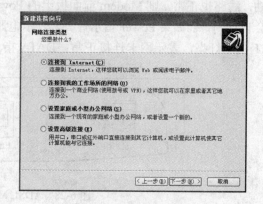

图 6-30　选择"网络连接类型"

（3）单击"下一步"按钮，在打开的对话框中选择"手动设置我的连接"单选按钮，如图6-31 所示。

（4）单击"下一步"按钮，在打开的对话框中选择"Internet 连接"方式，单击选中"用要求用户名和密码的宽带连接来连接"单选按钮，如图 6-32 所示。

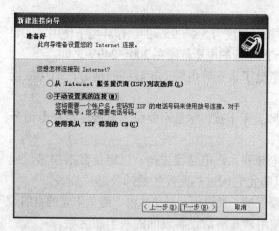

图 6-31　准备设置 Internet

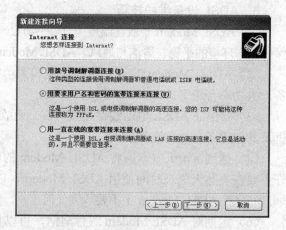

图 6-32　选择"Internet 连接"方式

（5）单击"下一步"按钮，在打开的对话框中设置"连接名"，在"ISP 名称"文本框中输入连接的名称，如"中国电信"，如图 6-33 所示。

（6）单击"下一步"按钮，设置"Internet 账户信息"，在"用户名"文本框中输入电信部门提供的用户名，在"密码"和"确认密码"文本框中分别输入电信提供的密码，其他选项可以使用默认值，如图 6-34 所示。

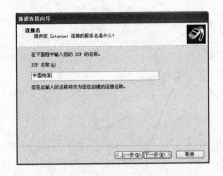

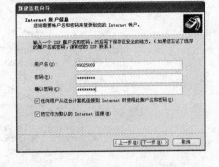

图 6-33 设置"连接名"　　　　　　　　　图 6-34 设置"Internet 账户信息"

（7）单击"下一步"按钮，进入向导的完成页面，如图 6-35 所示。选择"在我的桌面上添加一个到此连接的快捷方式"复选框，将会在桌面上创建一个当前所建连接的快捷方式。

（8）单击"完成"按钮，完成 ADSL 连接的创建。

（9）ADSL 的上网连接已经完成，如果需要访问 Internet，在桌面上双击刚才建立的连接图标，如"中国电信"图标，此时会打开图 6-36 所示的对话框，然后单击"连接"按钮，计算机就通过 ADSL Modem 连接到 Internet 上去了。此时可以打开浏览器访问 Internet 或进行其他网上操作。

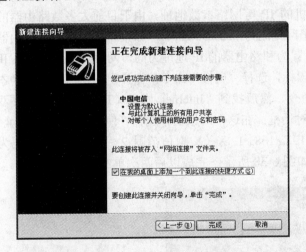

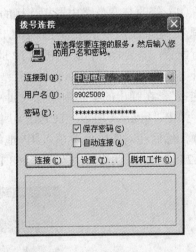

图 6-35 完成新建连接向导　　　　　　　图 6-36 "拨号连接"对话框

6.4.5 共享 ADSL 接入 Internet

1. 预备知识

原则上，电信部门只为一台需要上网的计算机开通一条 ADSL 上网线路，但是许多工作人员为了节省成本，想用多台计算机共享 ADSL 接入 Internet。这种需求从技术上讲是可以满足的。如果多台计算机共享 ADSL 接入 Internet 就必须增加一个宽带路由器，其拓扑结构如图 6-37 所示。因为常用的廉价宽带路由器只提供 4 个内部局域网接口，当共享 ADSL 上网的计算机台数大于 4 台时，还需在宽带路由器下再级联一个多端口的交换机。

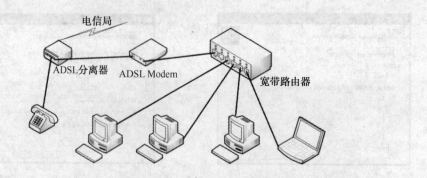

图 6-37　共享 ADSL 接入 Internet 的拓扑结构

2. 操作步骤

（1）分别在各计算机上安装局域网卡，如果各计算机主板集成有网卡，则直接进入下一步骤。

（2）根据需要联网的计算机台数按本章任务一的步骤制作数根网线，并将各计算机与宽带路由器的局域网（LAN）口连接起来。

（3）用一根网线将 ADSL Modem 的 Ethernet（或 LAN）接口和宽带路由器的 WAN 口连接起来，然后再用网线将路由器的 LAN 口和任一计算机的网卡连接，最后打开路由器电源。

（4）修改与宽带路由器相连接的计算机的 IP 等网络参数地址。由于目前大多数路由器的管理 IP 地址出厂默认值为 192.168.1.1，子网掩码为 255.255.255.0，如果有必要对宽带路由器进行配置，需要将一台计算机的 IP 地址设置为和路由器的 IP 地址为同一网段。修改计算机 IP 地址方法为：在桌面上右击"网上邻居"国标，选择"属性"命令，在弹出的窗口中双击"本地连接"，在弹出的菜单中选择"属性"命令，然后找到"Internet 协议（TCP/IP）"选项并双击，弹出"Internet 协议（TCP/IP）属性"对话框；在这个对话框中选择"使用下面的 IP 地址"选项，然后在对应的位置填入 IP 地址为 192.168.1.X（X 取值范围 2～254），子网掩码为 255.255.255.0，默认网关为 192.168.1.1，如图 6-38 所示，完成以后两次单击"确定"按钮。

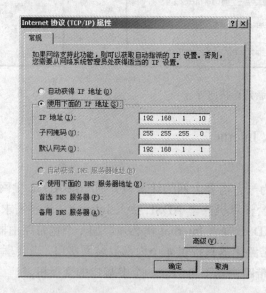

图 6-38　设置计算机的 IP 地址等参数

（5）检查本地计算机能否与路由器进行通信。回到桌面，单击"开始"菜单，选择"运行"命令，然后在"运行"对话框中输入"ping 192.168.1.1"，按 Enter 键，观察运行结果。如果出现如图 6-39 所示的窗口即表示计算机和路由器连接正确。

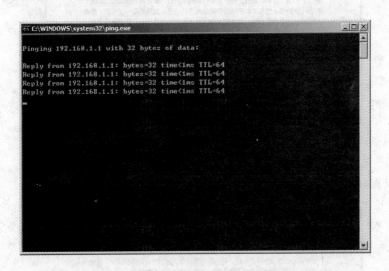

图 6-39　检查计算机与路由器通信情况

（6）检查 Internet 连接是否正确。在桌面上双击 Internet Explorer 图标打开浏览器，然后选择"工具"菜单中的 Internet 命令，打开"连接"选项卡，查看"拨号和虚拟专用网络设置"中内容是否为空，如果不为空，将其内容删除。单击"局域网设置"按钮，打开"局域网（LAN）设置"对话框，查看是否选中有其他内容，如果有，请去掉。

（7）回到浏览器中，在地址栏中输入"http://192.168.1.1"后按 Enter 键，连接到宽带路由器。如果通信正常则出现如图 6-40 所示对话框。本文以 TP-LINK 的 TL-R402MSOHO 宽带路由器产品为例。

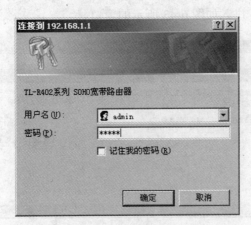

图 6-40　登录宽带路由器

（8）输入宽带路由器的登录用户名和密码，用户名和密码的默认值可以在产品说明书中找到。大多数设备的用户名和密码默认为 admin。单击"确定"按钮，出现如图 6-41 所示的窗口。

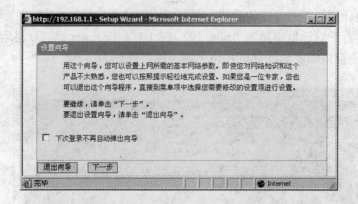

图 6-41　宽带路由器设置向导窗口

（9）根据设置向导提示，单击"下一步"按钮，进入如图 6-42 所示窗口。

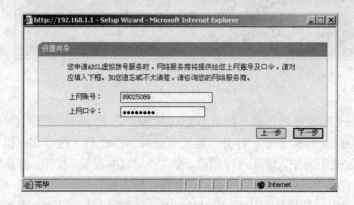

图 6-42　宽带路由器登录密码设置窗口

（10）在设置向导窗口中输入 ISP（电信服务提供商）即电信部门提供的上网用户名和密码。然后单击"下一步"按钮，进入如图 6-43 所示的窗口。

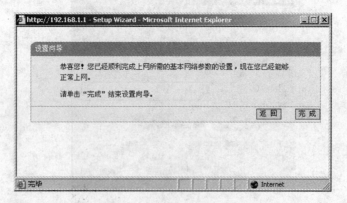

图 6-43　宽带路由器设置向导完成

（11）单击"完成"按钮，回到路由器配置的主窗口，如图 6-44 所示。

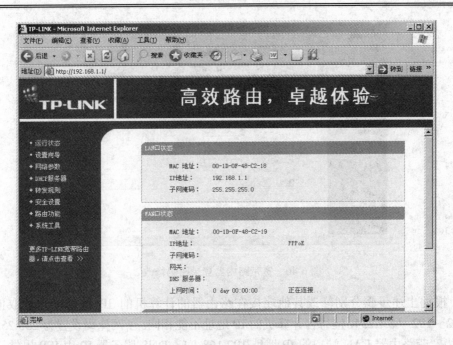

图 6-44　宽带路由器管理界面

（12）此时路由器的基本配置已经完成。在窗口中选择"系统工具"中的"系统日志"选项，可以看到设置已经开始正常工作，如图 6-45 所示。

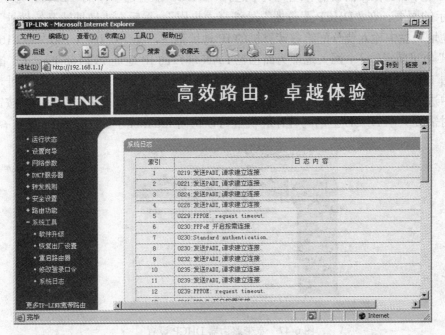

图 6-45　宽带路由器运行日志

（13）修改路由器默认密码。为了增强路由器的安全性，最好修改设备的默认密码。方法是选择"系统工具"中的"修改登录口令"按钮，然后根据提示进行相应的修改，修改完成后单击"保存"按钮即可，如图 6-46 所示。

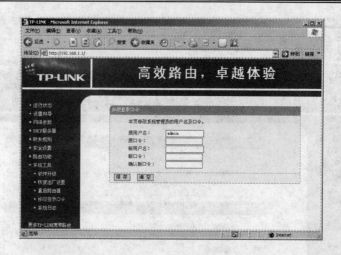

图 6-46　宽带路由器登录密码修改

（14）根据上述步骤分别修改其他连接在路由器的计算机的 IP 地址，地址取值范围为 192.168.1.2～192.168.1.254，但每台计算机的 IP 地址不能相同。子网掩码设置为 255.255.255.0，网关设置为宽带路由器 LAN 端口的 IP 地址 192.168.1.1，DNS 服务器 IP 由 ISP 提供，如成都市为 202.98.96.68。

（15）如果连网计算机数量较多，可以不用分别为每个计算机设置 IP 地址，由路由器来自动分配。设置方法是在路由器的管理网页中选择"DHCP 服务器"中的"DHCP 服务"，打开图 6-47 所示的网页。在"DHCP 服务器"处选择"启用"，然后在"地址池开始地址"和"地址池结束地址"栏中输入要分配给各计算机的 IP 地址范围，如 192.168.1.100～192.168.1.199，"地址租期"值可随意输入，网关地址为路由器 LAN 端口的 IP 地址 192.168.1.1，主、备用 DNS 服务器值由 ISP 提供。最后单击"保存"按钮，路由器便可为各计算机提供 IP 地址，然后在各计算机中进入图 6-38 的对话框，选择"自动获得 IP 地址"后单击两次"确定"按钮，回到桌面。此时需要共享 ADSL 上网的各计算机就可以访问 Internet 了。

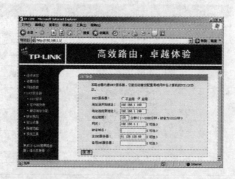

图 6-47　宽带路由器 DHCP 设置

提示　由于收费原因，目前有的 ISP 不同意用户通过 ADSL 共享方式连接 Internet，他们会将用户注册的 MAC 地址和 ADSL 登录电话号码捆绑起来。其结果是其他计算机不能访问 Internet，解决方法是在路由器的管理网页中选择"网络参数"中的"MAC 地址克隆"，打开图 6-48 所示的网页。在 MAC 地址栏中填入用户注册的 MAC 地址，最后选择"保存"按钮，退出设置。

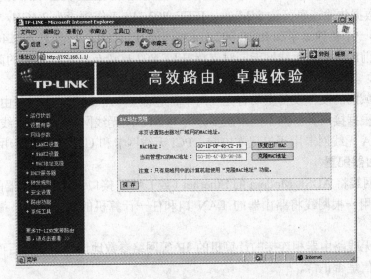

图 6-48   宽带路由器 MAC 克隆设置

6.4.6   共享 ADSL 无线接入 Internet

1. 预备知识

由于移动办公的需要，单位部分员工的笔记本电脑、PDA 手持设备、智能手机需要通过共享 ADSL 接入 Internet，有时也因为工作环境不能通过有线方式实现共享 ADSL 接入 Internet。如果计算机或掌上手机等智能设备需要共享 ADSL 接入 Internet 就必须增加一个无线宽带路由器，其拓扑结构如图 6-49 所示。

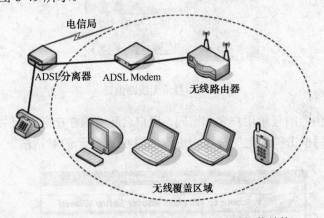

图 6-49   共享 ADSL 无线接入 Internet 拓扑结构

无线局域网也称为 WLAN（Wireless Local Area Network），是利用无线通信技术在一定的局部范围内建立的网络，是计算机网络与无线通信技术相结合的产物。它以无线多址信道作为传输媒介，提供传统有线局域网的功能，能够使用户真正实现随时、随地、随意地宽带网络接入。无线网络通常应用于移动办公、公共场所、难以布线的场所、频繁变化的环境等场合，可作为有线网络很好的备用和补充。

常用的 WLAN 标准是 IEEE 802.11（也称为 Wi-Fi 无线保真）系列，它下面有一系列子标准，常见的是 IEEE 802.11a、IEEE 802.11b、IEEE 802.11g 和 IEEE 802.11n。IEEE 802.11a 工作频段为 5GHz，数据传输速率可达 54Mbps，IEEE 802.11b 工作频段为 2.4GHz，数据传输速率为 11Mbps，而另一个传输速率和 IEEE 802.11a 相同的 IEEE 802.11g 工作在 2.4GHz，但具有较高的安全性。当前的大多数无线网卡同时支持 IEEE 802.11a/b/g 标准。最新的商用产品是基于 IEEE 802.11n 的，其传输速率可达 200Mbps，但目前价格较贵。

组建无线局域网的硬件设备主要有无线网卡、无线接入点（AP）、无线路由器和无线网桥。常见的无线网卡根据接口类型的不同，主要分为 PCMCIA 无线网卡、PCI 无线网卡和 USB 无线网卡。PCMCIA 无线网卡用于笔记本电脑，PCI 无线网卡和 USB 无线网卡用于台式电脑。

2. 无线路由器配置

（1）用一根网线将 ADSL Modem 的 Ethernet（或 LAN）接口和无线路由器的 WAN 接口连接起来，然后再用一根网线将路由器的 LAN 口和任一计算机的网卡连接，最后打开路由器电源。

（2）修改与无线路由器相连接的计算机的 IP 等网络参数地址。设置好后再检查计算机和无线路由器的通信是否正常。

（3）在浏览器中访问无线路由器，在地址栏中输入 http://192.168.1.1 后按 Enter 键，连接到宽带路由器。如果通信正常则会出现如图 6-50 所示对话框。本文以锐捷网络的 RG-WSG108R 高速无线局域网宽带路由器产品为例，其他品牌同类产品配置方法类似。

图 6-50　登录无线路由器

（4）输入无线路由器的登录用户名和密码，用户名和密码在产品说明书中提供，通常默认值都为 admin。输入后单击"确定"按钮，进入如图 6-51 所示的对话框。

图 6-51　无线路由器设置向导

（5）进入设置向导窗口，其中需要设置的内容有管理密码、时区、网络状态、Internet 连接参数、无线局域网内网参数等。根据提示单击"下一步"按钮，进入如图 6-52 所示的密码设置窗口。

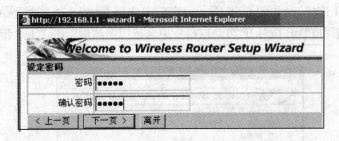

图 6-52 无线路由器管理密码设置

（6）设置无线路由器的管理密码。此密码是管理人员登录路由器进行配置和管理的密码，设置好后单击"下一步"按钮，进入如图 6-53 所示时区设置窗口。

图 6-53 无线路由器时区设置

（7）设置无线路由器工作时区。因为路由器在工作时要产生含时间的日志，所以需要设置为用户所在地的时区，在中国境内都选择为"（GMT+08:00）Beijing,Hong Kong,Singapore,Taipei"。设置好后单击"下一步"按钮，进入如图 6-54 所示窗口。

图 6-54 设定无线网络&DHCP 服务器

（8）设置无线路由器局域网络。在"LAN IP 地址"文本框中输入路由器的内网 IP 地址，"LAN 子网掩码"文本框中输入路由器的内网掩码。如果不想分别对通过无线网络上网的计算机设置 IP 地址等参数，可开启路由器的 DHCP 服务功能，方法是在"DHCP 服务器"栏中单击"开启"单选按钮，然后再设置要自动分配的 IP 地址范围。设置好后单击"下一步"按钮，路由器将启动广域网配置功能。

（9）设置 Internet 连接。在如图 6-55 所示的窗口中选择 Internet 连接类型。如果是共享 ADSL 方式上网，通常单击"PPPoE 拨号 IP 自动取得"单选按钮，然后单击"下一步"按钮。

图 6-55　无线路由器的 Internet 连接

（10）如果选择了"PPPoE 拨号 IP 自动取得"Internet 连接，就需要输入 ADSL 拨号上网的用户名和密码。在如图 6-56 所示的窗口中输入 ISP 提供的用户名和密码，然后单击"下一步"按钮。

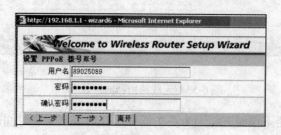

图 6-56　设置 PPPoE 拨账号

（11）设置无线路由器的工作频道。当无线路由器工作时，需要开启无线网络功能，并设置它的工作频道和频道名称。在如图 6-57 中单击"开启"单选按钮启动路由器的无线功能，然后为此无线路由器设置一个工作名称，并选择一个工作频道，本例中取名为 Office1，频道选择为 1。通常，一个路由器可选择 16 个不同的频道工作。设置完成后单击"下一步"按钮。

图 6-57　设置无线网络

（12）最后完成无线路由器的基本设置，操作界面如图 6-58 所示，重新启动路由器，路由器开始正常工作，可以接受无线网卡的接入了。

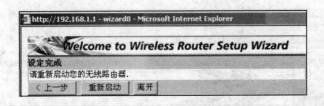

图 6-58　完成无线路由器设置

（13）修改路由器内网参数值。无线路由器重新启动后再按照步骤 3 登录路由器的管理界面，选择"网络设定"→"LAN&与 DHCP 服务器"选项，打开如图 6-59 所示的窗口，可以根据提示对路由器所连接的内部网络进行设置。

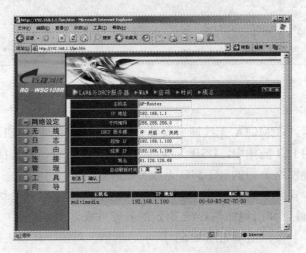

图 6-59　LAN&与 DHCP 服务器设置

（14）修改路由器的外网参数值。选择"网络设定"→WAN 选项，打开如图 6-60 所示的窗口，可以根据提示对路由器所连接的外部网络进行设置，包括设置外网和 Internet 的联网方式等。

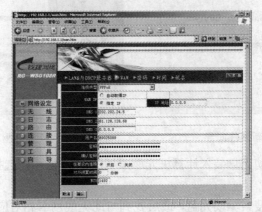

图 6-60　WAN 设置

（15）设置无线功能。选择"无线"→"基础"选项，打开如图 6-61 所示的窗口，可以参照步骤 11 设置无线路由器的无线功能和相关参数。

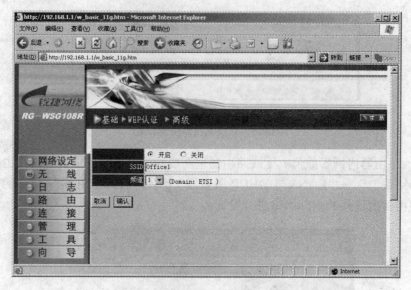

图 6-61　无线路由器基础设置

3. 无线网卡配置

（1）安装无线网卡。PCMCIA 无线网卡安装于笔记本电脑的 PCMCIA 插槽，PCI 无线网卡安装于台式计算机的 PCI 插槽中，USB 无线网卡的安装最方便，直接插入计算机的 USB 接口即可。本任务以锐捷网络公司的 RG-54G 无线 USB 网卡为例。

（2）当把无线网卡安装于计算机后启动计算机（USB 网卡可以先启动系统再插入 USB 接口），系统会找到新硬件，并出现如图 6-62 所示的新硬件安装向导。

（3）单击"下一步"按钮出现如图 6-63 所示对话框，单击"从列表或指定位置安装"单选按钮，单击"下一步"按钮。

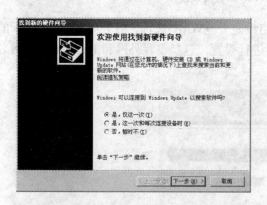

图 6-62　找到新硬件向导

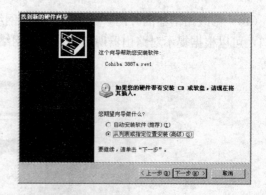

图 6-63　新硬件驱动安装方式

（4）将无线网卡的驱动光盘装入计算机光驱，如图 6-64 所示，选择从光盘搜索驱动程序，并单击"下一步"按钮。

（5）将操作系统此时搜索驱动光盘，最后找到与此无线网卡相对应的驱动程序，如图 6-65 所示。再单击"下一步"按钮。

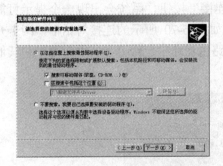 

图 6-64 指定驱动程序安装方式 　　　图 6-65 系统找到驱动程序

（6）系统找到网卡的驱动程序后开始从光盘复制驱动程序到计算机，如图 6-66 所示。

（7）无线网卡的驱动程序安装完成后进行提示，如图 6-67 所示，单击"完成"按钮退出驱动程序的安装。此时无线网卡驱动程序安装完毕，可以启用硬件了。

图 6-66 系统安装驱动程序 　　　　　图 6-67 驱动程序安装完成

（8）当无线网卡的驱动程序安装完成后回到桌面，右击"网上邻居"并选择"属性"选项，打开"网络连接"窗口，会发现该窗口中多了一个"无线网络连接"图标，如图 6-68 所示。

（9）右击"无线网络连接"图标，在弹出的菜单中选择"查找新的无线网络"选项，经过短暂的搜索后出现如图 6-69 所示的对话框，提示搜索到了一个无线网络结点 Office1。

 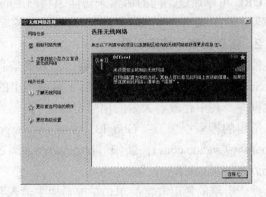

图 6-68 "网络连接"窗口 　　　　　图 6-69 "无线网络连接"对话框

（10）在"无线网络连接"对话框中单击"连接"按钮，系统会出现一个提示可能存在安全性问题的对话框。选择"仍然连接"后会出现如图 6-70 所示的连接对话框，网卡开始连接到无线路由器上去，当对话框消失后无线网卡和路由器通信已经开始。用户可以和其他计算机进行数据通信和资源共享了。

图 6-70　无线网卡登录路由器

（11）当需要断开无线连接时，右键单击桌面右下角的"无线网络连接"图标，打开"无线网络连接"对话框，单击"断开"按钮即可。

6.5　Internet 应用

6.5.1　信息检索与浏览器

1．统一资源定位器

统一资源定位器（Uniform Resource Locators，URL），是在 Internet 中用来标识和定位服务资源的地址符号串，是浏览检索资源所用的标准性协议，URL 完整地描述了 Internet 上超媒体文档的地址。这种地址可以是本地磁盘，也可以是局域网上某台计算机，更多的是 Internet 上的 Web 站点。

URL 的构成形式：

<协议> <主机[端口号]> <路径> <文件名>

例如，用户要通过 HTTP（超文本传输协议），打开一个计算机站点（www.cdtc.edu.cn）上的超文本主页文件（index.html），其标准 URL 格式为 http:// www.cdtc.edu.cn /index.html。

URL 可以通过不同的协议来访问因特网上的多种服务资源。如 http://表示 WWW 服务，ftp://表示 FTP 服务，gopher://表示 Gopher 服务。当该部分省略时，默认值是 http://。

2．信息检索与搜索引擎

信息检索即是在 Internet 上检索所需要的信息。用于在网上查询信息的搜索程序叫搜索引擎（Search Engine）。搜索引擎实际上是网络上的一些特殊站点，这些站点的服务器建有大量的数据库，其中存放着大量的信息资源。

常用的搜索引擎有：Google （http://www.google.com），百度（www.baidu.com），Yahoo（http://www.yahoo.com），新浪（http://www.sina.com.cn），搜搜（http://www.soso.com），搜狗（http://www.sogou.com）等。

搜索引擎的使用非常简单，在搜索栏中输入要查找的关键字即可。但是往往简单搜索的结果不够理想。如果想要得到最佳的搜索效果，就需要使用搜索的基本语法来组织搜索条件。掌握搜索语法，并正确地使用，可以提高搜索速度，找到满意的搜索结果。

搜索引擎的高级检索，首先要通过合适的方式将自己检索的意愿表达出来。搜索表达式通过布尔逻辑运算符、截词运算符将多个关键词连在一起，描述复杂的查询条件，提供了表达用户检索意愿的途径。

例如，通常搜索引擎中常见的逻辑关系语法是：AND，OR，NOT。一般情况下，在填写搜索关键词时，AND 用 "&" 来表示；OR 用 "|" 来表示；NOT 用 "!" 来表示。

3. IE 浏览器的使用

互联网为我们提供的信息非常多，要阅读这些信息，就需要使用网络信息浏览软件，这种程序被称为浏览器（Browser）。它允许用户根据超文本链接（HyperText Link）进行漫游，除 WWW 服务外，通过 Web 浏览器也可使用 E-mail、Ftp 和 Gopher 等 Internet 服务。

用户使用最多的浏览器当数 Microsoft 公司的 Internet Explorer（因特网探索者），简称 IE，是 Windows 系统中自带的工具软件，无须安装即可使用。

此外，国内外许多互联网应用厂商也提供自己的浏览器，如 360 安全浏览器、腾讯浏览器等。以下简单介绍 Internet Explorer 7.0 的设置与使用。

（1）Internet Explorer 的简单操作。

在浏览器的地址栏里输入网页地址，按 Entre 键，浏览器就会在 Internet 上找到网页，并把它显示出来。例如我们输入 http://www.microsoft.com，按 Enter 键，就可以看到 Microsoft 公司的网页了。

如果有时需要返回上一次链接的网页，最简单的办法是单击 IE 工具条里的 "后退" 按钮，就可以退到上一次的网页，而且可以多次后退。与 "后退" 对应，工具条上还有 "前进" 按钮，这个功能可以让我们 "后退" 后再按刚才的顺序依次显示网页。

有时，如果试图查看的 Web 页打开速度太慢，或不需要再看它，可单击 "停止" 按钮。如果收到 Web 页无法显示的信息，或者想获得最新版本的 Web 页，可单击 "刷新" 按钮。单击 "主页" 按钮，可返回每次启动 Internet Explorer 时显示的预设 Web 页。单击 "历史" 按钮可从最近访问过的站点列表中选择站点。历史记录列表显示计算机上以前查看过的文件和文件夹。

（2）保存网页。

要保存当前 Web 页到本地计算机磁盘中，可以执行 "文件" → "另存为" 命令，弹出 "保存网页" 对话框，如图 6-71 所示。指定保存文件的磁盘、文件夹和文件名后，在 "保存类型" 的下拉列表中选择适当的保存类型，单击 "保存" 按钮就可以按照指定的方式下载网页。

图 6-71　"保存网页" 对话框

如果用户对某个网页上的图片感兴趣，首先打开这个网页，在图片上单击鼠标右键，在弹出的快捷菜单中执行"图片另存为"命令，在弹出的"保存图片"对话框中的"文件名"文本框中输入新的文件名，单击"保存"按钮。如果在弹出的快捷菜单中单击"复制"命令，可以将图片传送到剪贴板或文件中。

（3）收藏常用的网站地址。

打开要放入收藏夹的网页，执行"收藏"→"添加到收藏夹"命令，打开如图 6-72 所示的对话框。也可以在要保存的网页上单击鼠标右键，弹出一个快捷菜单，选择"添加到收藏夹"命令，也可以打开如图 6-72 所示的"添加到收藏夹"对话框。

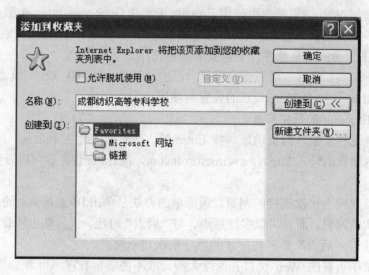

图 6-72　"添加到收藏夹"对话框

把喜欢的网页添加到收藏夹，就可以非常方便地进行浏览。查看的方法非常简单，单击工具栏上的☆收藏夹按钮，窗口会变成如图 6-73 所示左右两部分，在左边列出了收藏夹中的网页，单击便可以打开相应的链接。

图 6-73　"收藏夹"窗格

和整理目录一样，收藏夹也是需要整理的。如果要整理收藏夹，可以单击"收藏"菜单中的"整理收藏夹"命令，打开如图 6-74 所示的"整理收藏夹"对话框。

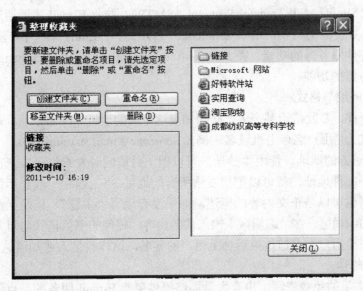

图 6-74　"整理收藏夹"对话框

4. 设置 Internet Explorer 7.0 工作环境

Internet Explorer 7.0 的工作环境，还可以进行一系列的设置。

（1）设置启动 IE 后访问的首页。

执行"工具"→"Internet 选项"命令，弹出"Internet 选项"对话框。

在"常规"选项卡顶端有一个"主页"区域，其中"地址"文本框中的地址即启动 IE 后首先显示的网页地址，在该地址栏中输入首页的地址，单击"确定"按钮退出对话框，即可设置主页。此外，单击许多网页中提供的"将本网页设置为首页"的链接也可以实现该功能。

（2）设置显示 Web 页的编码。

浏览网页时，有时会出现乱码。如浏览中国台湾和中国香港地区的网站时经常出现乱码，而浏览中国大陆地区的网页则显示正常，原因是大陆网站系统通常使用 GB 2312 编码，而台湾地区和香港地区网站通常使用 Big5 编码。用户还可根据需要自己选择一种编码。方法是执行"查看"→"编码"命令，从弹出的编码列表中选择一种合适的。

（3）设置限制播放多媒体，提高 Web 页的显示速度。

在浏览 Web 页时，如果显示网页上的图片、动画、视频和声音文件，显示速度就受到很大影响。为了提高显示速度，用户可以有选择地限制播放某些多媒体素材。执行"工具"→"Internet 选项"命令，在弹出的对话框中打开"高级"选项卡，在"设置"列表框中移动垂直滚动条，找到"多媒体"的设置部分，通过选中或取消复选框可指定是否播放或显示素材。

6.5.2　E- mail 与 Outlook Express

电子邮件（Electronic mail，E-mail），是利用计算机网络通信功能实现信件传输的一种技术。电子邮件不受地域的限制，只要能连到 Internet 上就可以处理信件。E-mail 实现了信件收、发、读和写的全部电子化，是 Internet 上最重要的应用之一，具有快捷、经济、多功能、灵活等优点。

1. 电子邮件工作原理

E-mail 采用客户机/服务器的工作模式。发送时需要通过发送邮件的服务器，并遵守简单的邮件传递协议（Simple Mail Transfer Protocol，SMTP），接收 E-mail 需要通过读取信件服务器，并遵守邮局第三版协议（Post Office Protocol 3，POP3）。在 Linux 系统中，著名的 Send Mail 软件包可以实现邮件服务器的功能。在 Microsoft 的 Windows 平台上，Exchange Server 软件包可以实现邮局服务器的功能。

2. 电子邮件地址与格式

与传统邮件一样，要发信给某个人，必须知道这个人的地址。E-mail 地址是以域为基础的地址，其标准格式为：用户名@主机域名。例如 someone@mail.sc.cninfo.net 。

"收件人"是对方的地址，使用"抄送"可以把一封信同时发给许多人，在"抄送"文本框中输入多个电子邮件地址，就可以把信发给所有的地址。"主题"一般表示信的主要内容，可以是一个问候语也可以是正文内容的概述。如果没有填写"主题"，信是无法发出去的。下方空白区域是信的编辑区，在"编辑区"输入信的内容，邮件的书信格式与日常书信并没有太大的差别，它也需要用户在书信结束后加上用户的签名，这样收信人才知道这封信是谁写的。

3. 收发电子邮件

Internet 拥有大量的免费资源，也有大量能够提供免费 E-mail 服务的站点，如网易、新浪和 Hotmail 等网站，都可以提供免费邮件服务。申请免费电子邮箱的方法在各个网站上有详细说明，用户只需要登录到相应的网站，按要求填写个人资料，就可以获得一个免费的电子邮箱。

免费邮件服务网站一般提供基于 WWW 的电子邮件账户访问，用户登录 ISP 网站，利用浏览器（Browser）访问电子邮件账户，即可方便地进行收信、发信、转发、删除和附件收发等操作。

为了更方便地管理邮件，也可以利用专门的客户端软件来进行电子邮件收发，如大家所熟知的 Microsoft 公司的 Outlook Express、中国的 FoxMail 和 Netscape 公司的 Mailbox 等。

4. Outlook Express 简介

Microsoft Outlook Express，是 Internet Explorer 软件包的一部分，是一个专门用于电子邮件和新闻组的客户端软件，可以在全球范围内实现电子邮件和新闻组件的联机通信功能。Outlook Express 支持多个邮件和新闻账号，邮件列表功能丰富，用户还可以使用数字标识对邮件进行数字签名和加密，实现邮件安全。

（1）Outlook Express 电子邮件的账号设置。

在首次使用 Outlook Express 之前，需要先设置电子邮件账号。通过连接向导可以很方便地在 Outlook Express 中创建电子邮件账号。

① 启动 Outlook Express，执行"工具"→"账号"命令，在"Internet 账号"对话框中，选择"邮件"选项卡，单击"添加"按钮，如图 6-75 所示。

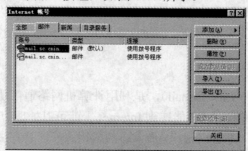

图 6-75　"Internet 账号"对话框

② 启动 Internet 连接向导，根据提示，输入显示姓名，在 Internet 电子邮件地址的窗口中输入自己的电子邮件地址。

③ 单击"下一步"按钮，选择邮件接收服务器的种类，一般为 POP3，邮件发送服务器的名称 SMTP。例如在图 6-76 中，网易用户填入邮件接收服务器为 POP.163.com，邮件发送服务器 smtp.163.com。

最后，输入账号名和密码，单击"下一步"按钮，显示"祝贺您"窗口，表示创建账号所需要的信息都已经成功输入。

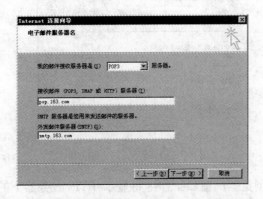

图 6-76　"Internet 连接向导"对话框

（2）在 Outlook Express 中阅读或发送邮件。

双击桌面上的 Outlook Express 图标或单击任务栏上的"启动 Outlook Express"快速启动按钮即可启动 Outlook Express，在 Outlook Express 界面上，单击工具栏上"发送和接收"按钮，可以自动接收和发送 E-mail 邮件。

阅读邮件的方法是：单击 Outlook 文件夹列表中的"收件箱"按钮，或在邮件列表中双击该邮件条目。发送邮件时执行"文件"→"发送邮件"命令，然后在发件人下拉列表中选择所需的邮件账号即可。若脱机撰写邮件，可执行"文件"→"以后发送"命令，将邮件保存在"发件箱"中。当需要把信息发送给多个接受者时在"抄送人"文本框中，依次输入多个 E-mail 地址，中间以"，"分割。

6.5.3　文件传输协议

1．FTP 文件传输简介

FTP 是 File Transfer Protocol（文件传送协议）的简称，是因特网的一项传统应用，目前仍然广泛使用。FTP 主要用于在因特网下载（Download）和上传（Upload）文件。

FTP 远程服务器称为 FTP 站点，分为注册用户 FTP 服务器和匿名 FTP 服务器两类。匿名 FTP 是 Internet 上应用广泛的服务之一，很多公司、大学和科研机构将大量公开的信息以文件形式存放在 Internet 中，通过匿名 FTP 方式供用户免费下载。匿名 FTP 服务器常用 anonymous 作为用户名，用电子邮件地址作为密码。

2．FTP 文件传输操作

浏览器不但能访问 WWW 主页，也可以访问 FTP 服务，进行文件传输。但使用浏览器传输文件时，传输速度和对文件的管理功能要比专用的 FTP 客户软件差。实现 FTP 文件传输可采取以下方式。

（1）直接在浏览器的地址栏中输入 FTP 服务器地址。

在地址栏中输入包含 ftp 协议在内的服务器地址和账号，如 ftp://ftp.xjtu.edu.cn，如图 6-77 所示为某大学 FTP 服务器提供的共享资源。

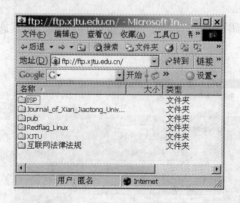

图 6-77　FTP 文件传输操作

连接到服务器后，在浏览器的窗口工作区将显示 FTP 服务器下的文件和目录。文件管理方法与资源管理器类似，双击文件可以运行或打开文件；双击目录可以打开目录；选中文件后单击鼠标右键，弹出快捷菜单，选择其中的"复制到文件夹"选项，指定本地文件夹后单击"确定"按钮，就可以下载文件。

（2）按照 Web 页中的提示下载文件。

目前，许多网站的主页上提供了各种各样文件的下载，它们通过文字或图标链接到可供下载的软件。在下载时，根据链接的文件类型不同，有些链接直接单击就会弹出文件操作窗口，而有的链接在单击时默认为打开文件。要下载文件则需要在链接上单击鼠标右键，执行"目标另存为"命令，才能实现下载。

（3）FTP 命令与客户端软件。

Windows 自带 FTP 客户程序，在"运行"对话框中输入 ftp，单击"确定"按钮，就可以进入 FTP 模式，或者输入 FTP 的站点地址，直接连接到指定的 FTP 服务器。在 FTP 状态输入"？"或"help"，可以看到 FTP 的常用命令，输入 HELP 的各种命令，可得到相应命令的解释。

为了提高从 FTP 服务器下载文件的速度，通常使用图形界面的 FTP 下载工具。Windows 环境下 FTP 传输软件的种类繁多，常用的有 CuteFTP、WS-FTP 等，用法各异，但总的来讲操作比较简单。此外，还有一些非专用的 FTP 软件也可以完成 FTP 操作，如 Web 浏览器和网络蚂蚁等软件。

6.5.4　Internet 其他应用

1．远程登录

远程登录（Telnet）又叫远程终端或虚拟终端，允许一个地点的用户与另一个地点的计算机上运行的应用程序进行交互对话。远程登录使用支持 Telnet 协议的 Telnet 软件。

远程登录服务通过 telnet.exe 命令进入，Windows 系统内置了 Telnet 命令，在"运行"对话框中输入"Telnet"，进入 Telnet 模式，输入"help"或"？"，可以看到 Telnet 的常用命令。

2. 电子公告栏系统

电子公告栏系统（Bulletin Board Service，BBS）是 Internet 提供的一项重要服务，指基于网络的实时或非实时的高度公开化的信息发布系统。现在，BBS 是一个广义的概念，凡在因特网上以电子布告牌、电子白板、电子论坛、网络聊天室和留言板等交互形式为上网用户提供信息发布的行为，都属于 BBS。

现在，网上各类 BBS 论坛不计其数。BBS 站点通常开辟有若干主题的讨论区，在 BBS 中可以阅读人们对各种问题的意见，还可以选择感兴趣的主题讨论区参加讨论，发表看法，在实时的聊天室还可以多人同时就某一问题进行讨论。

由于 BBS 站是高度公开化的信息发布方式，通常 BBS 的正式注册成员都可以在上面发表言论，因此 BBS 必须保持一个良好和健康的讨论环境，对于不健康和低级趣味的言论，BBS 站是坚决反对的。网站开辟 BBS 论坛，必须遵守国家的相关法律规定。

3. 网络即时通信

随着 Internet 应用的日益大众化，各种网络聊天工具纷纷出现，以 MSN 和 QQ 为代表的网络即时通信已成为人们日常上网活动的重要部分。

1996 年年底，4 个以色列年轻人编写了一款名为 ICQ 的 IM（即时通信软件）。人们一般认为 ICQ 的含义是 I Seek You（我找你）。

我国腾讯公司（网址为 http://www.qq.com）开发的中文 OperICQ（简称 OICQ，即 QQ），在国内拥有大量用户。QQ 支持显示好友在线信息，能即时传送文字、图片、语音和视频等多种信息，还可以传送文件和邮件、支持在线游戏，给人们的日常交流、休闲娱乐和工作学习带来了很多方便。

4. Blog 与微博

Blog 的中文意思是"网络日志"，而博客（Blogger）就是写 Blog 的人。很多网站都为用户提供免费的个人博客空间，一个 Blog 其实就是一个网页，它通常是由简短且经常更新的帖子所构成，这些文章按照年份和日期倒序排列。

作为 Blog 的一种类型，近年来，微博变得非常流行。微博即微博客（MicroBlog）的简称，是一种新的基于用户关系的信息分享、传播以及获取平台，用户可以通过 Web、WAP 以及各种客户端组件个人社区，以简短文字更新信息，实现即时信息分享。

博客和微博是继 E-mail、BBS 和 ICQ 之后出现的第 4 种网络交流方式，代表新的生活方式和工作方式，更代表新的学习方式。博客和微博成为了 Internet 上的重要应用之一，是计算机文化中值得关注的现象。

6.6　Web 与 HTML

6.6.1　万维网概述

万维网 1990 年诞生于欧洲，是由欧洲粒子物理实验室（The European Particle Physics Laboratory）推出的一种消息存储系统。WWW 是 World Wide Web （环球信息网）的简称，也可以称为 Web。

WWW 系统的结构采用了客户机/服务器（Client/Server，C/S）模式，以超文本标注语言 HTML 与超文本传输协议（HyperText Transfer Protocol，HTTP）为基础，提供面向 Internet 的信息浏览系统。用户在阅读这种文档时，可以从一个地点跳转到另一个地点，或从一个文档跳转到另一个文档。因为，在超文本里包含相互链接的一些字、短语或图标，用户只需要在链接上单击，就能立即跳转到相关的资源。

网站（Web Site）是若干网页（Web Page）的集合，网站内各网页之间有一定的链接关系。网页可以包括文本、声音、图像和视频等多种媒体形式，通常一个网页以一个 HTML 文件的形式存在或由应用程序动态生成，但网页中的图片能以另外单独的文件存放，其后缀名可以是.html、.htm 或.asp 等。用户进入站点后所看到的第一个页面叫主页。网页的运行模式是在服务器端安装 Web 服务，发布 HTML 文档，在客户端使用浏览器解释 HTML 文档。

6.6.2　HTML 语言基础

1．HTML 的定义

HTML（Hyperlink Text Markup Language）是超文本标记语言的简称。它是一种描述文档结构的语言，在文本文件的基础上加入了一系列描述性标识符号，用于描述对象所在的地址，指明描述对象的性质。例如，指明是表格、线条、图片、多媒体文件或是其他对象等。用 HTML 编写的页面是纯文本文档，可以被任何文本编辑器读取。

2．HTML 文档格式与结构

HTML 标记一般配对使用，只有少数标记单独使用。HTML 文档包含两种信息：页面本身的文本和表示页面元素、结构、格式及其他超文本链接的 HTML 标签。HTML 标签的格式：<标签名>相应内容</标签名>。

用 HTML 语言编写的文档，其基本结构如下：

<HTML>
<HEAD>
<TITLE>
标题栏的标题
</TITLE>
</HEAD>
<BODY>
主体部分内容
</BODY>
</HTML>

<HTML>总在最外层，其标记间的内容是 HTML 文档。<BODY>标记表示正文内容的开始。

3．常用基本标签含义与格式

HTML 语言常用基本标签含义如下：

（1）<HTML>和</HTML>标记共同构成文档的首尾标记。

（2）<HEAD>和</HEAD>标记构成文档的开关部分。

（3）<TITLE>和</TITLE>标记规定网页浏览器窗口的标题栏中应显示出的内容。

（4）<BODY>和</BODY>标记定义网页在被浏览时浏览器窗口的工作区中应显示出的内容。

（5）<P>标记表示一个自然段落的结束，一般加在两个自然段落之间，此时</P>被省略。

（6）
标记表示转行（断行），不表示自然段落的结束。与<P>标记相比，
标记因为产生的行间距较小，被广泛使用。

（7）<HR>标记表示画水平线。

（8）<Hn>和</Hn>标记，规定在网页的主体部分的标题文本，n 表示字号大小，其中，1号标题最大。

（9）排版标签：<CENTER></ CENTER >置中标签，<blockquote></blockquote>向右缩排标签，<PRE></PRE>保持标签内文字输入的格式。

（10）序列标签格式：

<UL>无序列表

<LI></LI>标签中的项

</UL>

（11）表格标签格式：

<TABLE>表格标签

<TR>表格的行

<TD>行内的单元格（同列宽度相同，同行高度相同）

</TD>

</TR>

</TABLE>

（12）超链标记（即锚标记），表示设置超链接，格式为：

< A HREF="URL 地址" > 超链文本及图像 </A>

（13）HTML 图像标记，在页面中插入图像，其格式为：

<IMG SRC="URL 信息">，其中属性 SRC 表示图像的源（Source）文件，因此这里的 URL 信息必须对应一个图像文件。

4. 简单 Web 页面的创建示例

用 HTML 设计一个简单网页，要求标题是"WWW 网页制作演示"，正文是"热烈欢迎您光临"，并设置链接到"成都纺织高等专科学校"主页网址。

在 Windows 记事本窗口编写以下内容：

<HTML>

<HEAD>

<TITLE> WWW 网页制作演示</TITLE>

</HEAD>

<BODY>热烈欢迎您光临<HR>

<p> <A HREF=" http://www.cdtc.edu.cn"> 成都纺织高等专科学校</A>

</BODY>

</HTML>

在文本编辑器中，输入上述内容，然后以扩展名.html 存盘，双击打开该文件即可在浏览器中呈现出网页。

6.6.3　网页设计与网站发布操作

从基本原理来说，网页都是用 HTML 编写的文档。但是，随着各种可视化网页制作工具的出现和使用，制作网页的技术越来越进步，制作网页越来越方便和快捷。

除了记事本外，网页制作的方法和工具还有很多。例如，常用的 Office 套件中 Word 就可以用来制作网页，用 Powerpoint 也可以制作出在互联网上发布的演示文稿。Frontpage 更是专业化的网页制作工具，不过，在比较复杂的网页设计中，Macromedia 公司推出的 Dreamweaver、Fireworks 和 Flash 系列软件（俗称"三剑客"）比较受到设计人员的欢迎。

网页设计好以后，要让 Internet 上的其他用户访问，必须进行发布，就是将网页文件复制到一个他人可以浏览的站点服务器。

发布网站有很多种方法，用户可以自己建立网络服务器，不过，一般这种花费是非常昂贵的，所以只适合大型公司。最简单的方法是在网上申请免费的存储空间或者租用网络空间，许多网络公司都提供这种服务，用户在他们的服务器上租用一定的硬盘空间，放上个人网页文件，申请一个域名，就可以发布一个简单的网站了。

发布网站，其实就是向网络提供信息服务，目前使用最多的还是微软公司的 IIS（Internet Information Services，互联网信息服务）和基于 Apache 平台的 tomcat。Apache 的 tomcat 是一个开源的软件，一般使用 tomcat 针对的是 JAVA 编写的 Web 程序。

以下主要介绍是微软公司的 IIS，目前最新版本为 IIS 6.0。通过以下简单配置操作，用户可以快捷地自己建立一个服务器发布小型网站。

1. 微软 IIS 服务器安装步骤

（1）插入系统安装光盘，打开控制面板，双击其中的"添加/删除程序"图标。

（2）在添加或删除程序窗口左边单击"添加/删除 Windows 组建"

（3）系统会启动 Windows 组建向导，在 Internet 信息服务（IIS）前面选勾，单击"下一步"按钮，过程如图 6-78 所示。

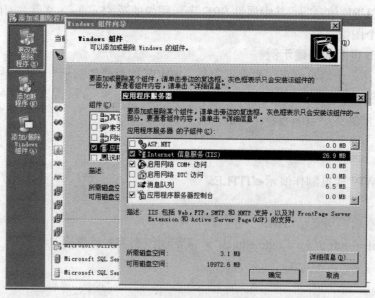

图 6-78　IIS 组件安装

（4）系统安装成功，系统会自动在系统盘新建网站目录，默认目录为 C:\Inetpub\wwwroot。

2. Web 服务器管理与配置

打开控制面板→性能和维护→管理工具→Internet 信息服务。

在默认网站上右击→选择属性，弹出如图 6-79 所示对话框。

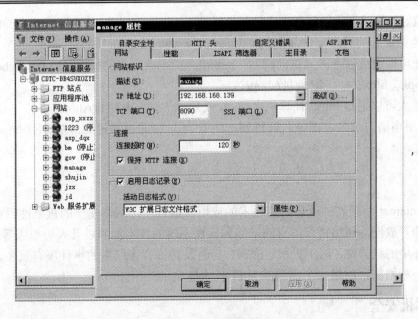

图 6-79　IIS 服务器管理

（2）单击主目录：在本地路径输入框后单击"浏览"按钮可以更改网站所在文件位置，默认目录为 C:\Inetpub\wwwroot。

（3）在执行权限后面单击配置→调试→教本错误信息，选中"向客户端发送文本错误信息"选项处理 URL 时服务器出错。请与系统管理员联系。

（4）单击文档：可以设置网站默认首页，推荐删除 iisstart.asp，添加 index.asp 和 index.htm。

（5）单击目录安全性：单击编辑可以对服务器访问权限进行设置，如 IP 地址限制访问等，如图 6-80 所示，网段 192.168.103.0 的计算机都不能访问该网站。

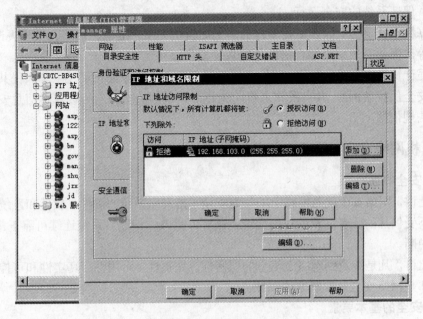

图 6-80　IIS 服务器配置

（6）把做好的网站文件复制到选择的网站目录下，比如选择默认目录：C:\Inetpub\wwwroot。

（7）或者把做好的网站文件复制到 C:\Inetpub\wwwroot\shop 下。

（8）现在可以通过以下方式访问网站：http://localhost/shop/或 http://127.0.0.1/shop/或 http://计算机名/shop/或 http://本机 IP 地址/shop/访问。

（9）其他人可以通过 http://计算机名/shop/或 http://本机 IP 地址/shop/访问

（10）如果申请有域名，把域名解析到本地 IP 地址，即可通过 http://域名/shop/

6.7　计算机网络安全

随着以 Internet 为代表的信息网络技术的应用日益普及，网络安全的重要性日益凸现。由于网络环境的开放性，网络协议本身的缺陷和操作系统的技术漏洞以及人为原因等诸多因素，决定了网络环境的脆弱性，网上失密、泄密、窃密及传播有害信息的事件屡有发生，计算机网络犯罪案件不断增加，网络安全已经成为 IT 技术研究的热门领域。

6.7.1　计算机安全

计算机安全的一般定义是"为数据处理系统建立和采取的技术的和管理的安全保护，保护计算机硬件、软件、数据不因偶然的或恶意的原因而遭破坏、更改、显露"。

计算机安全的概念包括 4 个部分，即实体安全、软件安全、数据安全和运行安全。

（1）实体安全。实体安全指计算机系统的全部硬件以及附属设备的安全。其中也包括对计算机机房的要求，如地理位置的选择、建筑结构的要求、防火及防盗措施等。

（2）软件安全。软件安全指防止软件的非法复制、非法修改和非法执行。

（3）数据安全。数据安全指防止数据的非法读出、非法更改和非法删除。

（4）运行安全。运行安全指计算机系统在投入使用之后，工作人员对系统进行正常使用和维护的措施，保证系统的安全运行。

造成计算机不安全的原因是多种多样的，例如自然灾害、战争、故障、操作失误、违纪、违法和犯罪等，因此必须采用综合措施才能保证安全。

为了加强计算机安全，1994 年 2 月 18 日，国务院 147 号令公布了《中华人民共和国计算机信息系统安全保护条例》，并自发布之日起施行，该条例的实施，为计算机信息安全工作提供了重要的法规依据。

6.7.2　计算机网络安全

1．网络安全概述

从本质上讲，网络安全就是网络上的信息安全，指网络系统的硬件、软件和系统中的数据受到保护，不受偶然的或者恶意的攻击而遭到破坏、更改、泄露，系统连续可靠正常地运行，网络服务不中断。

从广义上讲，凡是涉及到网络上信息的保密性、完整性、可用性、真实性和可控性的相关技术和理论都是网络安全所要研究的领域。

2．网络安全的基本要素

网络安全的基本要素，即网络安全的目的，包括机密性（Confidentiality）、完整性（Integrity）、可用性（Availability）、可控性（Controllability）和不可否认性（Non-repudiation）。

（1）机密性，即确保信息不暴露给未授权的实体或进程。

（2）完整性，即只有得到允许的人才能修改实体或进程，并且能够判别出实体或进程是否已被修改。完整性鉴别机制，保证只有得到允许的人才能修改数据。

（3）可用性，即得到授权的实体可获得服务，攻击者不能占用所有的资源而阻碍授权者的工作。用访问控制机制，阻止非授权用户进入网络。使静态信息可见，动态信息可操作。

（4）可控性，主要指对危害国家信息（包括利用加密的非法通信活动）的监视审计。控制授权范围内的信息流向及行为方式。使用授权机制，控制信息传播范围和内容，必要时能恢复密钥，实现对网络资源及信息的可控性。

（5）不可否认性，即是对出现的安全问题提供调查的依据和手段。使用审计、监控和防抵赖等安全机制，使得攻击者、破坏者和抵赖者"逃不脱"，并进一步对网络出现的安全问题提供调查依据和手段，实现信息安全的可审查性。

3. 防火墙技术（Firewall）

防火墙技术是在用户上网时，可以保证计算机不受病毒入侵的一种有效的技术。

（1）防火墙的含义。

防火墙的本意，指古人在相邻的房屋之间修一道墙，以阻止火灾发生时蔓延到自己的房屋。网络安全系统中所说的防火墙，是一个位于内部网络或计算机与外部网络之间的屏障，其本质是一个软件或专用网络设备。用户通过设置防火墙提供的应用程序以及端口访问规则，达到过滤进出内部网络或计算机的不安全访问的目的，从而提高内部网络和计算机系统的安全性。

（2）防火墙的功能。

防火墙用于监控进出内部网络和计算机的信息，保护内部网络或计算机的信息不被非授权访问、非法窃取或破坏，通常具有以下功能：

① 过滤不安全服务和非法用户，阻止一些非法攻击。

② 控制内部网络用户访问某些特殊站点。

③ 禁止来自特殊站点的访问，防止来自不明入侵者的通信。

④ 记录下内部网络或计算机与外部网络进行通信的安全日志。

（3）防火墙的分类。

根据防火墙对内外来往数据的处理方法，大致可以将防火墙分为两大体系：包过滤型和代理服务型。包过滤型又可以分为静态包过滤和动态包过滤型。代理防火墙也叫应用层网关防火墙，这种防火墙通过一种代理（Proxy）技术参与到一个 TCP 连接的全过程，这种类型的防火墙被网络安全专家和媒体公认为是最安全的防火墙，其核心技术就是代理服务器技术。

防火墙产品有多种形式，有时防火墙是独立的网络硬件设备，有时作为一套系统运行在一个独立的计算机上，以该计算机作为网络中其他计算机的入网代理。现实中，接入互联网的普通用户，通常使用杀病毒软件所捆绑的个人防火墙软件。

6.8　练习题

一、单项选择题

1. 编写 HTML 文件不能在哪个软件中编写？（　　　）。

A．Edit　　　　　B．Word　　　　C．WPS　　　　D．Windows 的画笔

2．Netware 采用的通信协议是（　　　）。

　　A．NETBEUI　　　B．NETX　　　C．IPX/SPX　　　D．TCP/IP

3．TCP 协议的主要功能是（　　　）。

　　A．数据转换　　　B．分配 IP 地址　　C．路由控制　　　D．分组及差错控制

4．TCP 协议对应于 OSI 七层协议的（　　　）。

　　A．会话层　　　　B．物理层　　　　C．传输层　　　　D．数据层

5．HTML 语言是一种（　　　）。

　　A．标注语言　　　B．机器语言　　　C．汇编语言　　　D．算法语言

6．OSI（开放系统互联）参考模型的最底层是（　　　）。

　　A．表示层　　　　B．网络层　　　　C．应用层　　　　D．物理层

7．以下 IP 地址中为 C 类地址是（　　　）。

　　A．123.213.12.23　　　　　　B．213.123.23.12

　　C．23.123.213.23　　　　　　D．132.123.32.12

8．下列命令中字体最大的是（　　　）。

　　A．<H1>…</H1>　　　　　　B．<H7>…</H7>

　　C．<B>…</B>　　　　　　　D．<font>…</font>

9．哪类 IP 地址允许在一个网络上有超过 1000 台的主机？（　　　）

　　A．A 类　　　　B．B 类　　　　C．C 类　　　　D．以上所有的

10．Internet 广泛采用（　　　）交换技术。

　　A．程控交换　　　B．线路交换　　　C．电路交换　　　D．分组交换

11．URL 中的 HTTP 是指（　　　）。

　　A．超文本传输协议　　　　　　B．文件传输协议

　　C．计算机主机名　　　　　　D．TCP/IP 协议

12．使用浏览器访问 WWW 站点时，下列说法中正确的是（　　　）。

　　A．只能输入 IP　　　　　　B．需同时输入 IP 地址和域名

　　C．只能输入域名　　　　　　D．输入 IP 地址或域名

13．一座大楼内的一个计算机网络系统，属于（　　　）。

　　A．PAN　　　　B．LAN　　　　C．MAN　　　　D．WAN

14．电子邮件能传送的信息（　　　）。

　　A．是压缩的文字和图像信息　　　B．只能是文本格式的文件

　　C．是标准 ASCII 字符　　　　D．是文字、声音和图形图像信息

15．接收电子邮件的服务器使用（　　　）协议。

　　A．DNS　　　　B．POP3　　　　C．SMTP　　　D．UDP

16．目前我国电信部门开设的 Internet 接入方法中没有（　　　）。

　　A．拨号上网　　　　　　　B．ADSL 接入

　　C．电力线上网　　　　　　D．局域网接入方式

17．目前大多数家庭和小型企业采用的 Internet 接入为 ADSL，它的下载速率通常为（　　　）。

　　A．2～6Mbps　　　　　　B．12Mbps

　　C．56kbps　　　　　　　D．100Mbps

18. 小型企业通过 ADSL 共享方式接入 Internet 时，下面材料中（　　）不是必需的。
　　A．ADSL Modem　　　　　　　　B．以太网网卡
　　C．宽带路由器　　　　　　　　　D．普通拨号 Modem
19. 现在市场上的宽带无线路由器的初始管理 IP 地址通常是（　　）。
　　A．动态获得　　　　　　　　　　B．192.168.1.1
　　C．由用户指定　　　　　　　　　D．172.16.01

二、多项选择题

1. 现在常用的计算机网络操作系统是（　　）。
　　A．UNIX　　　　　　　　　　　　B．Linux
　　C．Windows 2003 Server　　　　　D．DOS
2. 计算机局域网的特点是（　　）。
　　A．覆盖的范围较小　　　　　　　B．传输速率高
　　C．误码率低　　　　　　　　　　D．投入较大
3. 目前，连接因特网的方式有（　　）。
　　A．通过有线电视网　　　　　　　B．拨号 IP
　　C．仿真终端　　　　　　　　　　D．通过局域网连接入网
4. 局域网传输介质一般采用（　　）。
　　A．光缆　　　　　　　　　　　　B．同轴电缆
　　C．双绞线　　　　　　　　　　　D．电话线
5. OSI 七层协议中包括（　　）。
　　A．传输层　　　　　　　　　　　B．网络层
　　C．TCP/IP 层　　　　　　　　　　D．X25 层

三、填空题

1. HTML 语言程序的开始标记是_____结束标记是_____。
2. 符号 cdfz@163.com 表示_____，其中 163.com 表示_____。
3. 在 ISO/OSI 参考模型中，数据链路层是第_____层。
4. FTP 是_____，它允许用户将文件从一台计算机传输到另一台计算机。
5. HTML 语言的命令 B，其开始标记是_____，结束标记是_____。
6. 世界最早投入运行的计算机网络是_____。
7. TCP/IP 模型由低到高分别为_____、_____、_____、_____层次。
8. 互联网中 URL 的中文意思是_____。
9. 计算机网络的功能主要表现在_____、_____、_____等。
10. 局域网的英文简称为_____，城域网的英文简称为_____，广域网的英文简称为_____。

四、问答题

1. 什么是计算机网络？常见网络分为哪些类型？
2. 局域网络的拓扑结构有哪几种？各有何特点？
3. 域名包括哪几部分？每部分的含义是什么？
4. 常见的 Internet 接入技术有哪些种？

5. 用 IE 浏览器将网页添加到收藏夹与将网页保存到计算机有什么区别？

6. 说明网络防火墙的功能。

7. 简述常用 ADSL Modem 的接口有哪些？分别连接什么设备？

8. 简述常用 ADSL 宽带路由器的接口有哪些？分别连接什么设备？

9. 简述常用 ADSL 无线路由器的接口有哪些？分别连接什么设备？

第7章 工具软件

掌握计算机工具软件的使用技巧，能够帮助用户提高计算机的使用水平，更方便、更有效地利用计算机解决工作中遇到的问题，大大提高工作效率。

本章选取用户最常用的一些系统工具软件和网络工具软件进行讲解，重点介绍各类工具软件的基本功能及使用方法。

本章主要内容

📖 系统工具软件

📖 常用工具软件

📖 网络下载工具

7.1　系统工具软件

7.1.1　系统安全软件——360 安全卫士

360 安全卫士是当前功能最强、效果最好、最受用户欢迎的上网必备安全软件。由于使用方便，用户口碑好，目前 4.2 亿中国网民中，首选安装 360 的已超过 3 亿。最新版本为 360 安全卫士 v8.0 正式版。

360 安全卫士拥有查杀木马、清理插件、修复漏洞、电脑体检等多种功能，并独创了"木马防火墙"功能，依靠抢先侦测和云端鉴别，可全面、智能地拦截各类木马，保护用户的账号、隐私等重要信息。目前木马威胁之大已远超病毒，360 安全卫士运用云安全技术，在拦截和查杀木马的效果、速度以及专业性上表现出色，能有效防止个人数据和隐私被木马窃取，被誉为"防范木马的第一选择"。360 安全卫士自身非常轻巧，同时还具备开机加速、垃圾清理等多种系统优化功能，可大大加快电脑运行速度，内含的 360 软件管家还可帮助用户轻松下载、升级和强力卸载各种应用软件。

1. 安装 360 安全卫士

在浏览器里输入网址：www.360.cn，单击"免费下载"按钮，双击下载的安装文件 inst.exe，按照提示完成安装。

2. 使用 360 安全卫士

（1）体检。

体检功能可以全面的检查用户电脑的各项状况。体检完成后会提交给用户一份优化电脑的意见，用户可以根据需要对电脑进行优化。也可以选择一键优化。体检可以让用户快速全面的了解自己的电脑，并且可以提醒用户对电脑做一些必要的维护，如：木马查杀，垃圾清理，漏洞修复等。定期体检可以有效保持电脑的健康。

进入 360 安全卫士的界面，如图 7-1 所示，体检会自动开始进行。

图 7-1　360 安全卫士界面

（2）木马查杀。

利用计算机程序漏洞侵入后窃取文件的程序程序被称为木马。木马查杀功能可以找出用户电脑中疑似木马的程序并在取得用户允许的情况下删除这些程序。木马对电脑危害非常大，可能导致包括支付宝、网络银行在内的重要账户密码丢失。木马的存在还可能导致隐私文件被复制或删除。所以及时查杀木马对安全上网来说十分重要。进入木马查杀的界面后，可以选择"快速扫描"、"全盘扫描"和"自定义扫描"来检查电脑里是否存在木马程序。扫描结束后若出现疑似木马，可以选择删除或加入信任区。

（3）修复系统漏洞。

这里的系统漏洞这里是特指 Windows 操作系统在逻辑设计上的缺陷或在编写时产生的错误。系统漏洞可以被不法者或者电脑黑客利用，通过植入木马、病毒等方式来攻击或控制整个电脑，从而窃取电脑中的重要资料和信息，甚至破坏您的系统。可单击"修复漏洞"以查看是否有需要修补的漏洞。

（4）功能大全。

功能大全为你提供了多种实用工具，有针对性地帮助用户解决电脑的问题，提高电脑的速度。如图 7-2 所示。

开机加速：让电脑的开机更加快速，运行更加流畅。当你觉得自己电脑的开机速度过慢时，可以使用此功能。

进程管理：让你一目了然地看到当前你的电脑里有哪些程序正在运行，分别占用了多少CPU 和内存。可以快捷关闭一些程序。

图 7-2 360 安全卫士 8.0 的各种功能

360 网购保镖：当你进入网上交易页面的时候，自动扫描可疑程序；自动禁止危险和可以程序运行；加强聊天传文件、下载保护的程度、拦截虚假网银和交易网站。进行网上交易或使用网银时强烈推荐使用。

强力卸载软件：直观展示用户的电脑中存在哪些软件。完全卸载用户选中的软件，不留下任何残余。卸载软件时使用。

360 硬件检测：可以全面检测用户电脑各部件的性能，实时监控重要部件的运行状况。怀疑电脑硬件存在问题时可以用来检测哪些硬件的运行存在问题。同时长期开启使用可以让用户第一时间发现硬件的问题。

系统急救箱：360 系统急救箱（原名："顽固木马专杀大全"）是强力查杀木马病毒的系统救援工具，系统紧急救援各类传统杀毒软件查杀无效的情形、电脑感染木马导致 360 无法安装或启动的情形。

C 盘搬家：将用户放在 C 盘的重要文件一键搬到其他位置，保护重要文件不丢失时使用此功能。

系统服务状态：可以直观地向用户展示电脑的后台有哪些程序在"悄悄"运行，并且让用户一键关闭你不需要的程序。当用户觉得电脑过慢、CPU 和内存使用量不正常或网速不正常时，可以使用此项功能，检查并关闭"悄悄"在后台运行占用你资源的程序。该功能可以和开机加速、流量监控等功能配合使用。

全面诊断：系统全面诊断将扫描系统 191 个容易被恶意程序和木马感染的位置，将这些位置的内容一一列举，并依托庞大的知识库对各项功能予以解释和描述，并给出 360 针对该项目的优化建议。当用户想深入了解自己的电脑并对其进行维护时使用。

360 桌面管理：在一个界面中完全展示你桌面及快速启动栏中的所有图标，并可以实现勾选和一键删除，当用户想要快速地整理桌面和快速启动栏的时候，使用这个功能将大大提高效率。

360 右键菜单管理：在一个界面中完全展示 IE 右键菜单、文件右键菜单的项目并实现勾选后一键删除，当你的右键项目过多需要清理时使用。

文件粉粹机：彻底粉碎顽固文件并阻止其再次生成，当用户无法删除某个文件，或某文件总是在删除后再生时使用。

一键装机：为用户推荐一般电脑上网所需的软件，实现勾选后一键下载。新机刚开始使用或重装系统后用来下载常用软件很方便。

修复网络（LSP）：将 LSP 协议恢复到 Windows 的默认状态。在网络连接异常时可以使用。

流量监控：集成了流量管理、网速保护和网络连接查看以及网速测试功能，为你实现实时监控网络流量状况、限制上传速度以及针对不同需求（看网页、下载、游戏等）调整流量分配比例。在网速异常时可以使用。

7.1.2 系统杀毒软件——360 杀毒软件

360 杀毒是完全免费的杀毒软件，它创新性地整合了四大领先防杀引擎，包括国际知名的 BitDefender 病毒查杀引擎、360 云查杀引擎、360 主动防御引擎、360QVM 人工智能引擎。四个引擎智能调度，为用户提供全时全面的病毒防护，不但查杀能力出色，而且能第一时间防御新出现的病毒木马。此外，360 杀毒轻巧快速不卡机，荣获多项国际权威认证，已有超过 2 亿用户选择 360 杀毒保护电脑安全。目前最新版本为 360 杀毒正式版 2.0.0.2033。如图 7-3 所示是 360 杀毒软件界面。

图 7-3　360 杀毒软件界面

1. 安装 360 杀毒软件

在浏览器里输入网址 www.360.cn，单击"360 杀毒下载"按钮，双击下载的安装文件 360sa_se.exe，按照提示完成安装。

2. 使用 360 杀毒软件

360 杀毒具有实时病毒防护和手动扫描功能，为用户的系统提供全面的安全防护。 实时防护功能在文件被访问时对文件进行扫描，及时拦截活动的病毒。

360 杀毒提供了 4 种手动病毒扫描方式：快速扫描、全盘扫描、指定位置扫描及右键扫描。

快速扫描：扫描 Windows 系统目录及 Program Files 目录。

全盘扫描：扫描所有磁盘。

指定位置扫描：扫描用户指定的目录。

右键扫描：集成到右键菜单中，右击文件或文件夹，选择"使用 360 杀毒扫描"命令对选中文件或文件夹进行扫描。

其中前 3 种扫描都已经在 360 杀毒主界面中作为快捷任务列出，只需单击相关任务就可以开始扫描。

7.2　常用工具软件

7.2.1　文件压缩、解压缩工具——WinRAR

WinRAR 是一个强大的文件压缩、解压工具。它提供了对 RAR 和 ZIP 文件的完美支持，内置程序可以解开 CAB、ARJ、LZH、TAR、GZ、ACE、UUE、BZ2、JAR、ISO 等多种类型的压缩文件。

1. 安装 WinRAR

可在 360 安全卫士的"软件管家"里打开下载安装。

2. 用 WinRAR 压缩文件

所谓压缩文件，就是指把一个大文件按照一定的比例，转换成一个小文件，其内容保持不变。在已经安装了 WinRAR 的计算机上，压缩文件或文件夹的具体操作如下：

（1）鼠标右键单击要压缩的文件或文件夹，在弹出的快捷菜单中选择"添加到压缩文件"命令。

（2）在弹出的"压缩文件名和参数"对话框中，打开"常规"选项卡，如图 7-4 所示。单击"浏览"按钮，选择压缩文件保存的位置，在"压缩文件名"中为压缩后的文件命名。

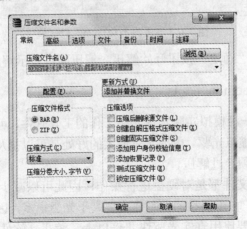

图 7-4　"压缩文件名和参数"对话框

（3）设置完成，单击"确定"按钮开始压缩，并且显示压缩进度，如图 7-5 所示。

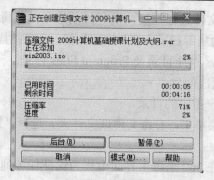

图 7-5　压缩进度

3. 用 WinRAR 解压文件

解压缩就是压缩的反操作，就是把已经压缩的文件或文件夹中的内容还原出来。在已经安装了 WinRAR 的计算机上，解压缩的具体操作如下。

（1）右击压缩文件，在弹出的快捷菜单中选择"解压文件"命令。

（2）在弹出的"解压路径和选项"对话框中，选择"常规"选项卡，如图 7-6 所示。在"目标路径"或右侧树形文件管理区中，输入或选择存放解压后的文件或文件夹的存放位置。

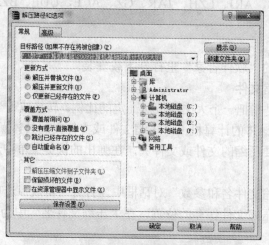

图 7-6 "解压路径和选项"对话框

（3）设置完成，单击"确定"按钮开始解压，解压同时显示解压进度。

7.2.2　虚拟光驱——Daemon Tools

所谓虚拟光驱，就是一种模拟实际物理光驱工作的工具软件，可以生成和用户电脑上所安装的光驱功能一模一样的虚拟光驱。虚拟光驱最大的好处是可以把从网上下载的映像文件，装载成光盘直接使用，而无须经过解压。

由于虚拟光驱和映像文件都是对硬盘进行操作，因此可以减少真实的物理光驱的使用次数，延长光驱寿命。同时，由于硬盘的读写速度要高于光驱很多，因此使用虚拟光驱，速度也大大提高。在安装软件时要比用真实光驱快 4 倍以上，游戏、软件安装的读盘停顿现象也会大大减少。

Daemon Tools 就是一个操作简单、使用广泛的虚拟光驱软件。下面介绍如何利用 Daemon Tools 装载映像文件以及制作映像文件。

1．装载映像

打开 Daemon Tools 主界面，如图 7-7 所示，通过单击"添加设备"按钮 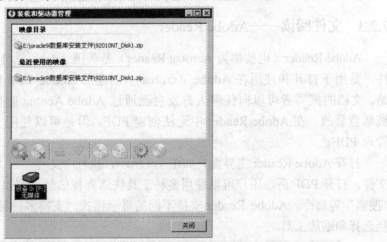，可以添加虚拟驱动器设备，添加的驱动器以"设备 0"这样的名称列举在主界面中。通过单击"添加文件"按钮 ，可以添加虚拟映像文件，添加的文件显示在主界面的"映像目录"中。

图 7-7　Daemon Tools 主界面

在"映像目录"中选择一个映像文件，并选择一个虚拟驱动器设备，通过单击"载入"按钮 ，可以将指定的映像文件装载到目标驱动器中。如图 7-8 所示，已成功在"设备 0"和"设备 1"中载入了映像文件。

虚拟驱动器将在用户的操作系统中如同真实的光驱盘符一样展现。在"我的电脑"中找到已创建的装有光盘映像的虚拟光驱，双击开始工作。

2．制作光盘映像

Daemon Tools 可以制作简单的光盘映像文件。其操作步骤如下：

（1）将需要制作映像的物理光盘插入电脑上的光驱，然后打开 Daemon Tools 主界面。

（2）单击 Daemon Tools 主界面中的"制作光盘映像"按钮 。系统自动搜索光驱设备，出现"光盘映像"对话框，如图 7-8 所示。

图 7-8　"光盘映像"对话框

（3）设置映像文件存储路径和文件名，并设置是否添加到映像目录、是否在失败时删除影响等。设置完毕后，单击"开始"显示"光盘映像进度"界面。打开映像文件路径查看，已成功生成映像文件。

Daemon Tools 还可以支持将映像文件刻录到光盘等功能。

7.2.3 文件阅读——Adobe Reader

Adobe Reader（也被称为 Acrobat Reader）是美国 Adobe 公司开发的一款 PDF 文件阅读软件，是用于打开和使用在 Adobe Acrobat 中创建的 Adobe PDF 的工具。该软件最大的好处是，文档的撰写者可以向任何人分发自己通过 Adobe Acobat 制作的 PDF 文档，而不用担心被恶意篡改。在 Adobe Reader 中无法创建 PDF，但是可以使用 Adobe Reader 查看、打印和管理 PDF。

打开 Adobe Reader 主界面，如图 7-9 所示，执行"文件"→"打开"菜单命令，找到目标文件。打开 PDF 后，用户可以使用多种工具快速查找信息，例如"编辑"菜单中的"查找"、"搜索"等命令。Adobe Reader 支持不同的显示模式，支持多种导览面板，并提供了不同的文档选择和缩放工具。

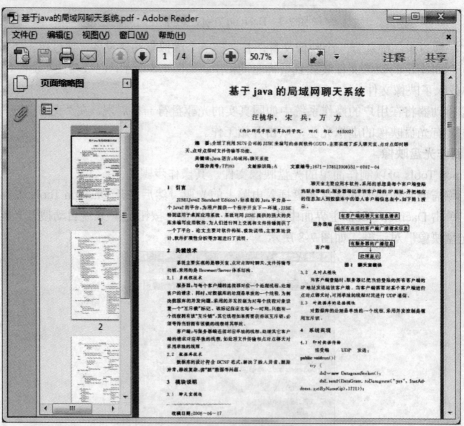

图 7-9　Adobe Reader 主界面

在阅读 PDF 的时候，可以使用注释和标记工具为其添加批注。使用 Adobe Reader 的多媒体工具可以播放 PDF 中的视频和音乐。如果 PDF 中包含敏感信息，则可以利用数字身份证或数字签名对文档进行签名或验证。

7.2.4　拼音输入法——搜狗拼音输入法

搜狗拼音输入法是搜狗（www.sogou.com）推出的一款基于搜索引擎技术的、特别适合网民使用的、新一代的输入法产品。虽然从外表上看起来搜狗拼音输入法与其他输入法相似，但是其内在核心大不相同。传统的输入法的词库是静态的、陈旧的，而搜狗输入法的词库是网络的、动态的、新鲜的。搜狗输入法应用了多项先进的搜索引擎技术，其内在核心与传统的输入法截然不同，是新一代的输入法。目前最新版本为：5.2 版。

1. 安装搜狗输入法

打开浏览器，输入网址 http://pinyin.sogou.com，单击下载 sogou_pinyin_52c.exe 文件，下载完成双击可进行安装。

2. 使用输入法

（1）输入法切换。

将鼠标移到要输入的地方，单击，使系统进入到输入状态，然后按 Ctrl+Shift 组合键切换输入法，按到搜狗拼音输入法出来即可。当系统仅有一个输入法或者搜狗输入法为默认的输入法时，按下 Ctrl 键+空格键即可切换出搜狗输入法。由于大多数人只用一个输入法，为了方便、高效起见，你可以把自己不用的输入法删除掉，只保留一个自己最常用的输入法即可。右击"语言文字栏"  的"设置"选项，把自己不用的输入法删除掉（这里的删除并不是卸载，以后要用的时候，还可以通过"添加"选项添上）。

（2）翻页选字。

搜狗拼音输入法默认的翻页键是逗号（，）句号（。），即输入拼音后，按句号（。）进行向下翻页选字，相当于 PageDown 键，找到所选的字后，按其相对应的数字键即可输入。我们推荐你用这两个键翻页，因为用逗号、句号时手不用移开键盘主操作区，效率最高，也不容易出错。输入法默认的翻页键还有减号（-）、等号（=），左右方括号（[]），你可以执行"设置属性"→"按键"→"翻页键"命令来进行设定。

（3）中英文切换输入。

输入法默认是按下 Shift 键就切换到英文输入状态，再按一下 Shift 键就会返回中文状态。用鼠标单击状态栏上面的中字图标也可以切换。除了"Shift"键切换以外，搜狗输入法也支持回车输入英文，和 V 模式输入英文。在输入较短的英文时使用能省去切换到英文状态下的麻烦。具体使用方法是：回车输入英文。即输入英文，直接按 Enter 键即可。V 模式输入英文：先输入 V，然后再输入你要输入的英文，可以包含@+*/-等符号，然后按空格键即可。

（4）修改外观。

普通窗口：

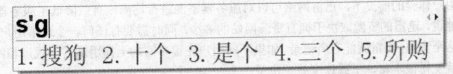

特大窗口：

标准状态条：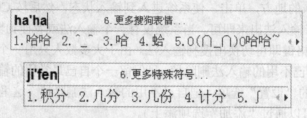

目前搜狗输入法支持的外观修改包括皮肤，显示样式，候选字体颜色、大小等，读者可以在系统菜单中的"设置属性"→"皮肤设置"内修改。

（5）生僻字的输入。

你有没有遇到过类似于矗，夒，犇这样一些字？这些字看似简单但是又很复杂，知道组成这个文字的部分，却不知道这文字的读音，只能通过笔画输入，可是笔画输入又较为烦琐，所以搜狗输入法为用户提供便捷的拆分输入，化繁为简，生僻的汉字变得很简单，直接输入生僻字的组成部分的拼音即可！

（6）输入表情以及其他特殊符号。

你是否喜欢经常输入类似于 o(∩_∩)o……这样的表情符号，而又备感不便呢？搜狗输入法为用户提供丰富的表情、特殊符号库以及字符画，不仅在候选上有可以有选择，还可以进入表情输入专用面板，随意选择自己喜欢表情、符号、字符画。如图 7-10 所示。

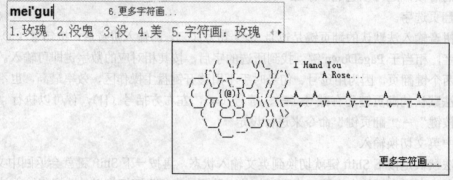

图 7-10　输入表情

7.3　网络下载工具软件——迅雷

迅雷（Thunder）是个下载的软件。迅雷本身不支持上传资源，只是一个提供下载和自主上传的工具软件。

在网上下载资料，用户最关心的就是下载的速度了。迅雷使用的多资源超线程技术，能够将网络上存在的服务器和计算机资源进行有效的整合，构成独特的迅雷网络。通过迅雷网络各种数据文件能够以最快的速度进行传递。多资源超线程技术还具有互联网下载负载均衡功能，在不降低用户体验的前提下，迅雷网络可以对服务器资源进行均衡，有效降低了服务器负载。

简单地说，迅雷的资源取决于拥有资源网站的多少，同时需要有任何一个迅雷用户使用迅雷下载过这个资源，迅雷就能有所记录。如果不同用户在很多网站上使用迅雷下载过相同资源，这个资源就变得很丰富，下载速度就更快了。

利用迅雷下载文件的操作如下。

（1）上网找到需要下载的文件，单击文件的下载链接，或者右击该链接，选择快捷菜单中的"使用迅雷下载"命令，弹出迅雷"新建任务"对话框。

（2）如图 7-11 所示，用户可以修改文件的名称，但是不能修改文件下载的原始地址。输入或选择需要存放文件的目标文件夹。完成这些设置后，单击"立即下载"按钮。

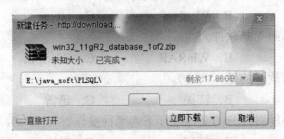

图 7-11　"新建任务"对话框

（3）弹出如图 7-12 所示的对话框，可以看到正在下载的任务信息及其下载的状态。下载完成后，任务会自动转移到"已下载"文件列表中，用户可以到存放的文件夹中查看并使用该文件了。

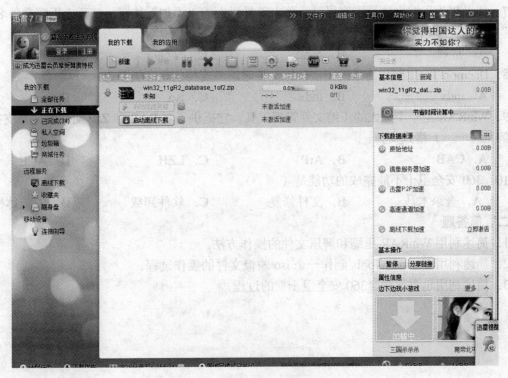

图 7-12　迅雷主界面

迅雷还支持雷友注册、登录、私人空间、离线下载等功能，以提升用户下载速度和提供更多服务。

7.4　练习题

一、选择题

1. Adobe Reader 默认用于打开（　　）文件。
    A．PDF　　　　　　　　B．Word　　　　　　　C．txt　　　　　　　D．iso

2. 目前常用的解压缩工具软件为（　　）。
    A．HD-COPY　　　　　B．WinRAR　　　　　C．FileSplit　　　　D．Daemon Tools

3. 以下不属于杀毒软件的是（　　）。
    A．卡巴斯基　　　　　B．江民　　　　　　　C．迅雷　　　　　　D．金山毒霸

4. Adobe Reader 不能对打开的文件进行下列哪种操作？（　　）。
    A．阅读　　　　　　　B．打印　　　　　　　C．批注　　　　　　D．创建

5. 360 杀毒软件嵌入式扫描设置不支持的方式是（　　）。
    A．聊天软件防护　　　B．下载软件防护　　　C．U 盘防护　　　　D．邮件防护

6. 下列不属于 Daemon Tools 能打开的映像文件形式的是（　　）。
    A．iso　　　　　　　　B．mds　　　　　　　C．nrg　　　　　　　D．vcd

7. 如果想为压缩文件设置密码时，单击工具栏上的"添加"按钮，打开"压缩文件名和参数"对话框，从中打开（　　）选项卡可以设置密码。
    A．常规　　　　　　　B．高级　　　　　　　C．文件　　　　　　D．注释

8. Daemon Tools 制作简单的光盘映像文件时，不支持的保存类型为（　　）。
    A．mds　　　　　　　　B．mdx　　　　　　　C．iso　　　　　　　D．nrg

9. WinRAR 是一个强大的压缩文件管理工具。它提供了对 RAR 和 ZIP 文件的完整支持，不能解压（　　）格式文件。
    A．CAB　　　　　　　B．ArP　　　　　　　C．LZH　　　　　　D．ACE

10. 360 安全卫士不能完成的功能是（　　）。
    A．查杀木马　　　　　B．文件修复　　　　　C．软件卸载　　　　D．电脑体检

二、简答题

1. 简述利用 WinRAR 压缩和解压文件的操作方法。
2. 简述利用 Daemon Tools 制作一个 iso 映像文件的操作过程。
3. 简述利用迅雷下载"360 安全卫士"的过程。

附录　模拟练习题

模拟练习一

一、是非判断题

1. 点距是显示器的一项重要技术指标，点距越小，可以达到的分辨率就越高，画面就越清晰。（　　）
2. 地址码提供参加操作的数据存取地址，这种地址称为操作数地址。（　　）
3. 若一台微机感染了病毒，只要删除所有带毒文件，就能消除所有病毒。（　　）
4. 指令与数据在计算机内是以 ASCII 码方式进行存储的。（　　）
5. 由于盗版软件的泛滥，使我国的软件产业受到很大的损害。（　　）
6. 任何型号的计算机系统均采用统一的指令系统。（　　）
7. 系统软件就是从市场上买来的软件，应用软件就是自己编写的软件。（　　）
8. 打印机只能打印字符，绘图机才能绘图形。（　　）
9. Windows 的窗口是可以移动位置的。（　　）
10. 在 Windows 中不用物理键盘就不能向可编辑文件输入汉字。（　　）
11. 执行按 Ctrl+V 键操作，可以把剪贴板上的信息粘贴到某个文档窗口的插入点处。（　　）
12. 在 Windows 的"命令提示符"窗口中，可以输入 QUIT 命令退出"命令提示符"窗口，返回 Windows 界面。（　　）
13. Windows 操作系统的窗口排列有层叠方式。（　　）
14. Windows 桌面上的"回收站"是不能重命名的。（　　）
15. IP 地址包括网络地址和网内计算机，必须合符 IP 通信协议，具有唯一性，共含有 32 个二进制位。（　　）
16. Windows 下不需安装相应的多媒体外部设备驱动程序就可以操作某种特定的多媒体文件。（　　）
17. 在 Internet 域名中的字母需要严格区分大小写。（　　）
18. 用户通过网上邻居，可以访问局域网同一工作组中任何计算机内的所有文件。（　　）
19. Word 进行打印预览时，只能一页一页地进行。（　　）
20. 在"自动更正"对话框中，只要在"输入"文本框中输入需要更正的词条名，就可以自动更正。（　　）
21. 在 Word 环境下，改变文档的行间距操作前如果没有执行"选择"命令，改变行间距操作后，整个文档的行间距就设定好了。（　　）
22. Word 能够识别很多应用程序的文件格式，并且当用户打开文档时可以自动转换文档。（　　）
23. 在 Word 编辑环境下，按 Ctrl+Enter 组合键，会产生一个"下一页"分节符。（　　）
24. 在 Word 2003 中，可以同时设置文本为加粗并倾斜。（　　）
25. Excel 的函数中有多个参数，必须以分号隔开。（　　）

26．要关闭 Excel，至少有 3 种方法。（　　　）

27．Excel 对于每一个新建的工作簿，都会采用"Book1"作为它的临时名字。（　　　）

28．在 PowerPoint 2003 的幻灯片上可以插入多种对象，除了可以插入图形、图表外，还可以插入公式、声音和视频。（　　　）

29．在 PowerPoint 中可以利用空白演示文稿来创建新的 PowerPoint 幻灯片。（　　　）

30．用 PowerPoint 的幻灯片视图，在任何时刻，主窗口内只能查看或编辑一张幻灯片。（　　　）

二、单项选择题

1．八进制数 631 转换为十六进制数是（　　　）。

    A．149　　　　　　　　B．199　　　　　　　　C．14E　　　　　　　　D．19E

2．下列几种存储器中，存取周期最短的是（　　　）。

    A．内存储器　　　　B．光盘存储器　　　　C．盘存储器　　　　D.软盘存储器

3．在我国 1980 年公布的《信息交换用汉字编码字符集·基本集》，即 GB2312-80 中，将汉字分为（　　　）。

    A．一级　　　　　　　　B．二级　　　　　　　　C．三级　　　　　　　　D．四级

4．某台微机的硬盘容量为 1GB，其中 G 表示（　　　）。

    A．1000KB　　　　　　B．1024KB　　　　　　C．1000MB　　　　　　D．1024MB

5．CPU、存储器、I/O 设备是通过（　　　）连接起来的？

    A．接口　　　　　　　　B．总线　　　　　　　　C．系统文件　　　　　　D．控制线

6．信息的最小单位是（　　　）。

    A．字　　　　　　　　B．字节　　　　　　　　C．位　　　　　　　　D．ASCII 码

7．UPS 最主要的功能是（　　　）。

    A．电源稳压　　　　　　　　　　　　　　B．发电供电

    C．不间断供电　　　　　　　　　　　　　D．防止电源干扰

8．和外存相比，内存的主要特征是（　　　）。

    A．存储正在运行的程序　　　　　　　　B．能存储大量信息

    C．能长期保存信息　　　　　　　　　　D．能同时存储程序和数据

9．下列设备中（　　　）为输出设备。

    A．鼠标器　　　　　　B．扫描仪　　　　　　C．键盘　　　　　　D．U 盘

10．计算机病毒程序的特征是（　　　）。

    A．传染性、隐蔽性、破坏性、潜伏性　　B．删除磁盘文件

    C．用杀毒软件处理　　　　　　　　　　D．格式化磁盘

11．在同一张磁盘上，Windows（　　　）。

    A．允许同一文件夹中的文件同名，也允许不同文件夹中的文件同名

    B．不允许同一文件夹中的文件以及不同文件夹中的文件同名

    C．允许同一文件夹中的文件同名，不允许不同文件夹中的文件同名

    D．不允许同一文件夹中的文件同名，允许不同文件夹中的文件同名

12．对话框的组成中不包含（　　　）。

    A．选项卡，命令按钮　　　　　　　　　B．单选钮、复选框、列表框、文本框

    C．滑动式按钮、数字增减按钮　　　　　D．菜单栏

13. 在 Windows 中，将文件或文件夹拖到回收站中后，则（　　）。

    A．复制该文件到回收站　　　　　　　　B．删除该文件，且不能恢复

    C．删除该文件，但可以恢复　　　　　　D．回收站自动删除该文件

14. 利用 Windows 的任务栏，可以迅速在（　　）应用程序之间进行切换。

    A．5 个　　　　　　B．10 个　　　　　　C．20 个　　　　　　D．多个

15. 不易感染上病毒的文件是（　　）。

    A．COM　　　　　B．EXE　　　　　　C．TXT　　　　　　D．BOOT

16. 一个文档被关闭后，该文档可以（　　）。

    A．保存在外存中　　　　　　　　　　　B．保存在内存中

    C．保存在剪贴板中　　　　　　　　　　D．既保存在外存中也保存在内存中

17. 在 Windows 中，桌面上可以同时打开多个窗口，其中（　　）。

    A．只能有一个窗口为活动窗口，它的标题栏颜色与众不同

    B．只能有一个在工作，其余都关闭不能工作

    C．它们都不能工作，只有其余都关闭，留下一个才能工作

    D．它们都不能工作，只有其余都最小化以后，留下一个窗口才能工作

18. 计算机网络的目标是实现（　　）。

    A．数据处理　　　　　　　　　　　　　B．文献查询

    C．资源共享与信息传输　　　　　　　　D．信息传输与数据处理

19. 下列域名是属于政府网的是（　　）。

    A．www.abc．com.us　　　　　　　　　B．www.abc.edu.cn

    C．www.abc.gov.cn　　　　　　　　　　D．www.abc.net

20. 计算机网络中，数据的传输速度常用的单位是（　　）。

    A．bps　　　　　　B．字符/秒　　　　　C．Byte　　　　　　D．MHz

21. （　　）不是搜索引擎。

    A．jike　　　　　　B．baidu　　　　　　C．sogou　　　　　　D．gogle

22. Internet 中的 IP 地址是（　　）。

    A．IP 地址就是联网主机的网络号　　　　B．IP 地址可由用户任意指定

    C．IP 地址是由主机名和域名组成　　　　D．IP 地址由 32 个二进制位组成

23. 在 Word 环境下，使用剪贴板复制正文时（　　）。

    A．剪贴板的内容是不可改变的

    B．剪贴板上的内容只能使用一次

    C．剪贴板上的内容可以多次使用

    D．剪贴板上的内容是另外一个文本文件

24. 在 Word 环境下，在文档中插入表（　　）。

    A．可以有任意数目的行和列　　　　　　B．所有单元格的格式都是一样的

    C．所有单元格的大小不一样　　　　　　D．单元必须要有文档

25. Word 2003 中文版默认的英文字体是（　　）。

    A．Arial　　　　　　　　　　　　　　　B．Arial Black

    C．Symbol　　　　　　　　　　　　　　D．Times New Roman

26. Word2003 具有分栏功能，下列关于分栏的说法中正确的是（　　）。

　　A．最多可以设 4 栏　　　　　　　　　　B．各栏的宽度必须相同

　　C．各栏之间的间距是固定的　　　　　　D．各栏的宽度可以不同

27．要打开菜单，可用（　　）键和各菜单名旁带下划线的字母。

　　A．Ctrl　　　　　　B．Shift　　　　　　C．Alt　　　　　　D．Ctrl+Shift

28．当选定文档中的非最后一段，进行分栏操作后，必须在（　　）视图才能看到分栏的效果。

　　A．阅读版式　　　　B．页面　　　　　　C．大纲　　　　　　D．Web 版式

29．要选取光标所在位置的一个段落（不包含段落标记），可按下 F8 键（　　）次。

　　A．2　　　　　　　B．3　　　　　　　　C．4　　　　　　　D．5

30．公式 SUM（E1:E6）的作用是（　　）。

　　A．求 E1 和 E6 两个单元格数值之和　　B．求 E1 和 E6 两个单元格之比值

　　C．求 E1 到 E6 这 5 个单元格数值之和　D．错误引用

31．在 Excel 2003 中，当公式中出现被零除的现象时，产生的错误值是（　　）。

　　A．#N/A!　　　　　B．#DIV/0!　　　　 C．#NULL!　　　　　D．#VALUE!

32．在 Excel 的单元格中输入日期时，年、月、日分隔符可以是（　　）

　　A．"/" 或 "-"　　　B．"．" 或 "l"　　　 C．"/" 或 "\"　　　 D．"\" 或 "-"

33．在 PowerPoint 2003 的大纲窗格中，不可以（　　）。

　　A．插入幻灯片　　　B．删除幻灯片　　　C．移动幻灯片　　　D．添加文本框

34．如果要将 PowerPoint 演示文稿用 IE 浏览器打开，则文件的保存类型应为（　　）。

　　A．演示文稿　　　　　　　　　　　　　　B．演示文稿设计模板

　　C．Web 页　　　　　　　　　　　　　　D．PowerPoint 放映

35．下列对 PowerPoint 的主要功能叙述不正确的是（　　）。

　　A．课堂教学　　　　B．学术报告　　　　C．产品介绍　　　　D．休闲娱乐

三、多项选择题

1．对微机中主存储器论述正确的有（　　）。

　　A．是依照数据对存储单元存取信息　　　B．是用半导体集成电路构造的

　　C．是依照地址对存储单元存取信息　　　D．掉电后均不能保存信息

2．以下选项中，不正确的是（　　）。

　　A．所有十进制小数都能准确地转换为有限的二进制小数

　　B．R 进制数相邻的两位数相差 R 倍

　　C．存储器中存储的信息即使断电也不会丢失

　　D．汉字的机内码就是汉字的输入码

3．下面一组文件中，不能在 Windows 环境下运行的文件是（　　）。

　　A．ABC．COM　　　B．ABC．BAK　　　C．ABC．EXE　　　D．ABC．SYS

4．假如你家里有台微机要上因特网，则除了一条电话线外，还必须（　　）。

　　A．配有一个 CD-ROM　　　　　　　　　B．配有一个调制解调器

　　C．配有一个鼠标　　　　　　　　　　　D．向 Internet 服务商申请一个账号

5．Word 保存文件的操作可以有（　　）。

　　A．另存为　　　　　　　　　　　　　　B．同时保存多个文件

　　C．单击 "保存" 按钮　　　　　　　　　D．用 "文件" 中 "保存" 命令

6. 求 A1 至 A5 共 5 个单元格的平均值，可以使用公式（ ）。

   A．AVERAGE(A1:A5,5)   B．AVERAGE(A1:A5)

   C．SUM(A1:A5)/5   D．SUM(A1:A5)/COUNT(A1:A5)

7. 下列项中，属于多媒体功能卡的有（ ）。

   A．视频卡   B．IC 卡   C．声卡   D．网卡

8. PowerPoint 2003 的幻灯片浏览视图中，可以（ ）。

   A．插入幻灯片   B．删除幻灯片   C．移动幻灯片   D．添加文本框

9. 以下不属于将计算机与通信介质相连并实现局域网络通信协议的关键设备是（ ）。

   A．扫描仪   B．多功能卡

   C．电话线   D．网卡（网络适配器）

10. TCP/IP 模型包括四层，即：链路层、网络层及_____。

   A．应用层   B．关系层   C．表示层   D．传输层

四、填空题

1. ASCII 码在通常情况下是_____位码。

2. 高级语言翻译有编译和_____两种工作方式。

3. 当任务栏被隐藏时用户可以按 Ctrl+_____键的快捷方式打开"开始"菜单。

4. 操作系统是用户与_____之间的接口。

5. 在 Word 2003 中按 Ctrl+_____键可以把插入点移到文档尾部。（请写大写字母）

6. 在 Word 2003 中，按功能键_____一定会出现"另存为"对话框。

7. 在 Excel 2003 中，当用户希望使标题位于表格中央时，可以使用_____。

8. 创建演示文稿通过_____、_____、_____三种方式。

9. 国际标准化组织定义了开放系统互联模型（OSI），该模型将协议分成_____层。

10. WWW 是一种基于_____文件的多媒体检索工具。

模拟练习二

一、是非判断题

1. 任何存储器都有记忆能力，其中的信息不会丢失。（ ）

2. 通常硬盘安装在主机箱内，因此它属于主存储器。（ ）

3. 实现汉字字型表示的方法，一般可分为点阵式与矢量式两大类。（ ）

4. 在计算机内部用于存储、交换、处理的汉字编码叫做机内码。（ ）

5. 十六进制中最大的数字是 15。（ ）

6. 数字"678"未标明后缀，但是可以断定它不是一个八进制数。（ ）

7. SRAM 的存取速度比 DRAM 快。（ ）

8. 高速缓冲存储器主要是为了解决主机与外设之间的速度不匹配问题。（ ）

9. Windows 中的快捷方式的名称只能由系统提供，用户不能进行更改。（ ）

10. 在 Windows 中按 Shift+空格键，可以启动或关闭中文输入法。（ ）

11. Windows 中，可以利用"任务栏"内进行桌面图标的排列。（ ）

12. 用户不能在 Windows 桌面上创建文件夹。（ ）

13. 如果一个文件的扩展名为 .EXE，那么这文件必定是可运行的。（ ）

14. 系统只能把本地硬盘中的内容放入回收站，U 盘的文件被删除后不会放入回收站。（　　　）

15. 在 Windows 中当鼠标指针自动变成双向箭头时，表示可以移动窗口。（　　　）

16. TCP 协议对应 OSI 七层协议的网络层。（　　　）

17. 在 Internet 中域名与域名之间加 ":" 分隔。（　　　）

18. HTML 语言代码程序中实现超级链接的标记符是 A。（　　　）

19. 几台计算机使用电缆连接在一起，计算机之间就一定能够通信。（　　　）

20. 在 Word 环境下，如果想移动或复制一段文字必须通过剪贴板。（　　　）

21. 图文框中既可以有文本，也可以放入图形。（　　　）

22. Word 中文件的打印只能全文打印，不能有选择地打印。（　　　）

23. 普通视图模式是 Word 文档的默认查看模式。（　　　）

24. Word "绘图" 工具栏只能用来绘制图形。（　　　）

25. 按 Shift+空格键可选中工作表中的一行。（　　　）

26. SUM(A1:A3,5) 的作用是求 A1 与 A3 两个单元格比值和 5 的和。（　　　）

27. 要启动 Excel 只能通过 "开始" 按钮。（　　　）

28. 单击常用工具栏的 "新建" 按钮可以快速以默认模板建立一个新的空文档，等待用户输入。（　　　）

29. 在 "工具栏" 对话框中，如果看到 "常用" 和 "格式" 前面的方框中没有 √，则说明这两组工具栏显示在屏幕上。（　　　）

30. 在普通视图和幻灯片视图中都可以显示要插入声音的幻灯片。（　　　）

二、单项选择题

1. 某一个汉字的机内码和国标码之间相差（　　　）
   A. 8080H　　　　　　　B. 2020H　　　　　　　C. 4040H　　　　　　D. 1010H

2. 从外存上把数据传到计算机，称为（　　　）。
   A. 打印　　　　　　　B. 读盘　　　　　　　C. 写盘　　　　　　D. 输入

3. 汉字的字模可用点阵来表示，存储点阵中的一个点占（　　　）。
   A. 一个字节　　　　B. 二个字节　　　　C. 二进制中一位　　D. 一个字

4. 一个非零无符号二进制整数后加三个零形成一个新的数，新数的值是原数值的（　　　）。
   A. 四倍　　　　　　B. 八倍　　　　　　C. 四分之一　　　D. 八分之一

5. 以下输入点阵打印机的是（　　　）。
   A. 激光打印机　　　B. 喷墨打印机　　　C. 静电打印机　　D. 针式打印机

6. 以下（　　　）是冯·诺依曼体系结构计算机的基本思想之一。
   A. 计算精度高　　　B. 存储程序控制　　C. 处理速度快　　D. 可靠性高

7. 微型计算机中，ROM 是（　　　）。
   A. 顺序存储器　　　　　　　　　　　　B. 只读存储器
   C. 随机存储器　　　　　　　　　　　　D. 高速缓存存储器

8. 下列因素中，对微型计算机工作影响最小的是（　　　）。
   A. 磁场　　　　　　B. 温度　　　　　　C. 湿度　　　　　D. 噪声

9. 办公自动化（OA）是计算机的一项应用，按计算机应用分类，它属（　　　）。

  A．科学计算　　　　　B．数据处理　　　　　C．实时控制　　　　　D．辅助设计

10．下面关于 Windows 窗口的描述中，（　　　）是不正确的。

  A．Windows 窗口有两种类型：应用程序窗口和文档窗口

  B．在 Windows 中启动一个应用程序，就打开了一个窗口

  C．在应用程序窗口中出现的其他窗口，称为文档窗口

  D．每个应用程序窗口都有自己的文档窗口

11．执行（　　　）操作，可以把剪贴板上的信息粘贴到某个文档窗口的插入点处。

  A．按 Ctrl+C 组合键　　　　　　　　　B．按 Ctrl+V 组合键

  C．按 Ctrl+Z 组合键　　　　　　　　　D．按 Ctrl+X 组合键

12．操作 Windows 最方便的工具是（　　　）。

  A．鼠标　　　　　　　B．打印机　　　　　　C．屏幕　　　　　　　D．键盘

13．在 Windows 中，利用"回收站"（　　　）。

  A．只能恢复刚刚被删除的文件、文件夹

  B．可以在任何时刻恢复以前被删除的所有文件、文件夹

  C．只能在一定时间范围内恢复被删除的硬盘上的文件、文件夹

  D．只能在一定时间范围内恢复被删除的软盘上的文件、文件夹

14．在 Windows 中，文件有多种属性，用户建立的文件一般具有（　　　）属性。

  A．存档　　　　　　　B．只读　　　　　　　C．系统　　　　　　　D．隐藏

15．下面关于 Windows 窗口组成元素的描述中，（　　　）是不正确的。

  A．单击并拖动标题栏可以移动窗口的位置，双击标题栏可以最大化窗口

  B．不同应用程序窗口的菜单栏内容不完全相同

  C．每个窗口都有工具栏，位于菜单栏下面

  D．双击控制菜单，可以关闭窗口

16．"剪切"命令用于删除文本和图形，并将删除的文本或图形放置到（　　　）。

  A．硬盘上　　　　　　B．U 盘上　　　　　　C．剪贴板上　　　　　D．文档上

17．下列哪个 IP 地址是 B 类 IP 地址?（　　　）

  A．202．115．148．33　　　　　　　　B．126．115．148．33

  C．190．115．148．33　　　　　　　　D．240．115．148．33

18．TCP 协议对应于 OSI 七层协议的（　　　）

  A．会话层　　　　　　B．物理层　　　　　　C．传输层　　　　　　D．数据层

19．Intranet 是（　　　）。

  A．局域网　　　　　　　　　　　　　　B．广域网

  C．企业内部网　　　　　　　　　　　　D．Internet 的一部分

20．以下（　　　）不是计算机网络的主要功能。

  A．信息交换　　　　　B．资源共享　　　　　C．分布式处理　　　　　D．并发性

21．Internet 采用的标准网络协议是（　　　）。

  A．IPX/SPX　　　　　B．TCP/IP　　　　　　C．NETBEUI　　　　　D．以上都不是

22．在 Word 环境下，在编辑文本中不可以插入（　　　）。

  A．文本　　　　　　　B．图片　　　　　　　C．系统文件　　　　　D．表格

23．在 Word 环境下，改变"间距"说法正确的是（　　　）。

A. 只能改变段与段之间的间距 B. 只能改变字与字之间的间距

C. 只能改变行与行之间的间距 D. 以上说法都不成立

24. Word 不能正常打开（ ）类型文件。

  A. txt   B. rtf   C. xml   D. dat

25. 在 Word 菜单栏中选（ ），再选"面页设置"命令，会显示"页面设置"对话框。

  A. 文件   B. 编辑   C. 格式   D. 工具

26. 选择 Word 表格中的一行或一列以后，（ ）就能删除该行或该列。

  A. 按空格键   B. 按 Ctrl+Tab 组合键

  C. 按 Backspace 键   D. 按 Delete 键

27. 在 Word 2003 对话框中，（ ）是一种开关形式的选择方式。

  A. 复选框   B. 文本框   C. 列表框   D. 下拉列表框

28. 在 Word 环境下，在文本中插入文本框（ ）。

  A. 是竖排的   B. 是横排的

  C. 既可以竖排，也可以横排 D. 可以任意角度排版

29. Excel 中，&表示（ ）。

  A. 算术运算符 B. 文字运算符 C. 引用运算符 D. 比较运算符

30. 用"图表向导"建立嵌入图表，需要经过（ ）个步骤。

  A. 3   B. 4   C. 5   D. 6

31. Excel 电子表格应用软件中，具有数据（ ）的功能。

  A. 增加   B. 删除   C. 处理   D. 以上都对

32. 在 PowerPoint 中，"视图"的含义是（ ）。

  A. 一种图形   B. 显示幻灯片的方式

  C. 编辑演示文稿的方式   D. 一张正在修改的幻灯片

33. 以下（ ）文件类型属于视频文件格式且被 PowerPoint 所支持。

  A. wmv   B. jpg   C. png   D. mp3

34. 由 PowerPoint 产生的（ ）类型的文件，可以在 Windows 环境下双击而直接放映。

  A. pps   B. ppt   C. pot   D. ppa

35. PowerPoint 中设置文本的段落格式的项目符号和编号时，在"格式"下拉列表框中选择（ ）。

  A. 格式   B. 项目符号和编号 C. 字体对齐方式 D. 间距

三、多项选择题

1. 下列设备中，属于输出设备的有（ ）。

  A. 绘图仪   B. 显示器   C. 硬盘   D. 打印机

2. CPU 能直接访问的存储器是（ ）。

  A. ROM   B. RAM   C. Cache   D. U 盘

3. 在 Windows 资源管理器中，被选文件夹内的文件和子文件夹的显示方式有（ ）。

  A. 大图标   B. 小图标   C. 列表   D. 详细资料

4. 用 Windows 提供的"画图"程序制作的图片保存时，不可能的文件扩展名为（ ）。

  A. .tif   B. .png   C. .jpg   D. .mpg

5. 下列有关电子邮件的说法中，正确的是（ ）。

A．发送电子邮件采用的是 POP3 协议

B．电子邮件是 Internet 提供的一项最基本的服务

C．邮件转发自动将原附件一起转发

D．通过电子邮件可以向世界上任何一个 Internet 用户发送信息

6．无线传输媒体除常见的无线电波外，通过空间直线传输的还有（　　）等技术。

    A．微波　　　　　　　　B．红外线　　　　　　C．激光　　　　　　D．蓝牙

7．在 Word 2003 中可以快速建立表格的方法有（　　）。

A．在格式工具栏中单击"插入表格"按钮

B．在常用工具栏中单击"插入表格"按钮

C．使用"格式"菜单下的"插入表格"命令

D．使用"表格"菜单下的"插入表格"命令

8．以下 Excel 公式输入的格式中，正确的是（　　）。

    A．=SUM(1,2,…9.10)　　　　　　　B．=SUM(E1:E9)

    C．=SUM(A1;E5)　　　　　　　　　D．=SUM(TRUE,"250",3)

9．可以将 Excel 文件转化为（　　）格式。

    A．*.TXT　　　　　C．*.DBF　　　　　C．*.HTML　　　　　D．*.XML

10．在 PowerPoint 中，能完成对个别幻灯片进行设计或修饰的对话框是（　　）。

    A．背景　　　　　　　　　　　　B．幻灯片版式

    C．配色方案　　　　　　　　　　D．应用设计模板

四、填空题

1．某汉字的国标码是 613FH，它的区位码是＿＿＿＿＿＿＿＿＿＿。

2．在 Windows 的"格式化"对话框中，关于格式化类型有三个选项，分别是快速格式化、＿＿＿＿＿＿＿和创建一个 MS-DOS 启动盘。

3．要查找所有第三个字母为 A 且含 .doc 扩展名的文件，则在打开"搜索结果"窗口时，应在"全部或部分文件名"中填入＿＿＿＿＿＿＿＿＿。

4．在 Word 环境下，如果想重复进行某项工作，可用＿＿＿＿＿使其自动执行。

5．在 Word 的编辑状态中，使插入点快速移动到行末的操作是＿＿＿＿＿键。

6．在 Excel 中的 D5 单元格中有公式"=A5+B4"，删除第三行后，D4 中的公式是＿＿＿＿＿＿＿＿＿。

7．对数据清单进行分类汇总前，必须对数据清单进行＿＿＿＿＿＿＿操作。

8．在 PowerPoint＿＿＿＿＿＿视图中，可以更方便地利用工具栏给各幻灯片加切换效果。

9．按作用不同，文件加密和数字签名技术主要分为数据传输、＿＿＿＿＿＿＿、数据完整性的鉴别以及密钥管理技术 4 种。

10．Web 上每一个页都有一个独立的地址，这些地址称作统一资源定位器，即＿＿＿＿＿。

模拟练习三

一、是非判断题

1．辅助存储器又可以称为外存。（　　）

2．二进制数的逻辑运算是按位进行的，位与位之间没有进位和借位的关系。（　　）

3. 64 位字长的计算机是指能计算 64 位十进制数的计算机。（　　　）

4. 指令与数据在计算机内是以 ASCII 码进行存储的。（　　　）

5. MIDI 文件和 WAV 文件都是计算机的音频文件。（　　　）

6. 一般说来，外存储器的容量大于内存储器的容量。（　　　）

7. 微机的显示系统包括显示器和显示适配器两部分。（　　　）

8. Windows 的的剪贴板中的内容是不能保存成文件的。（　　　）

9. Windows 中，后台程序是指被前台程序完全覆盖了的程序。（　　　）

10. 在 Windows 环境下，文本文件只能用记事本打开。（　　　）

11. Windows 中，可以在"任务栏"内对桌面图标进行排列。（　　　）

12. Windows 的磁盘碎片整理程序重新整理计算机硬盘上的文件、程序以及未使用的空间。（　　　）

13. 在桌面上不能为同一个 Windows 应用程序建立多个快捷方式。（　　　）

14. 调制解调器的主要功能是实现数字信号的放大与整形。（　　　）

15. Internet 采用分组交换技术。（　　　）

16. 域名是用分层的方法为在 Internet 中的计算机所命名的直观名字。（　　　）

17. 局域网的地理范围一般在几公里之内，具有结构简单、组网灵活的特点。（　　　）

18. 域名地址 www. cdtc. edu. cn 中，www 称为顶级域名。（　　　）

19. 在退出 Word 2003 时，一定会出现询问你是否保存文档的对话框。（　　　）

20. 用"格式"工具栏可以快速建立样式。首先选定要建立样式的段落，单击格式栏上的"样式"框，从中输入新名字。（　　　）

22. 在 Word 环境下，使用工作区上方的标尺可以很容易地设置页边界。（　　　）

23. 在 Word 中，可以为长表格设置表格的"标题行重复"。（　　　）

24. Word 默认的视图方式是"页面视图"。（　　　）

25. Excel 工作表中，公式单元格显示的是公式计算的结果。（　　　）

26. 工作表是 Excel 的主体部分，共有 65536 行、256 列，因此，一张工作表共有 65536×256 个单元格。（　　　）

27. 在 Excel 中，可以选择一定的数据区域建立图表。当该数据区域的数据发生变化时，图表保持不变。（　　　）

28. 在 PowerPoint 中，按 F5 键可以从当前幻灯片开始幻灯片放映。（　　　）

29. 在"自定义动画"对话框中，不能对当前的设置进行预览。（　　　）

30. 在 PowerPoint 中，用自选图形在幻灯片中添加文本时，插入的图形是无法改变其大小的。（　　　）

二、单项选择题

1. 计算机的工作过程本质上就是（　　　）的过程。

　　A. 取指令、解释、执行指令　　　　　　B. 进行科学计算

　　C. 进行信息交换　　　　　　　　　　　D. 主机控制外设

2. 对存储器按字节编址，若某存储器芯片共有 10 根地址线的引脚，则该存储器芯片的存储容量为（　　　）。

　　A. 512B　　　　　B. 1KB　　　　　C. 2KB　　　　　D. 4KB

3. 字长为 8 位的计算机，它能表示的无符号整数的范围是（　　　）。

    A. 0～127   B. 0～255   C. 0～512   D. 0～65535

4. SRAM 存储器是（　　　）。

    A. 静态随机存储器   B. 静态只读存储器

    C. 动态随机存储器   D. 动态随机存储器

5. 中文字符编码采用（　　　）。

    A. 拼音码   B. 国标码   C. ASCII 码   D. BCD 码

6. 在 Windows 中进行文件查找时，不能按文件（　　　）进行查找。

    A. 类型   B. 大小   C. 属性   D. 修改日期

7. 若一台计算机的字长为 2 个字节，这意味着它（　　　）。

    A. 能处理的最大数值为两位十进制数 99

    B. 在 CPU 中作为一个整体同时加以 和处理的数据是 16 位的二进制代码串

    C. 能处理的字符串最多为 2 个英文字母组成

    D. 在 CPU 中运行的结果最大为 216

8. Modem 的功能是实现（　　　）。

    A. 模拟信号与数字信号的转换   B. 数字信号的编码

    C. 模拟信号的放大   D. 数字信号的整形

9. 无论冷启动还是热启动，启动 Windows 实质是（　　　）。

    A. 　给计算机硬件系统加电，使计算机从断电状态转变为通电状态

    B. 检测或清除软件故障，调出"桌面"

    C. 将 Windows 系统文件从硬盘调入内存，使操作系统处于待命状态

    D. 检测计算机的内存、磁盘驱动器、光盘驱动器、键盘和打印机等硬件

10. "任务栏"上放置了多个任务图标，表示（　　　）。

    A. 曾经运行过的多个程序

    B. 同时有多个程序在运行

    C. 已有多个程序准备运行，可在其中选择一个

    D. 这些图标所代表的多个程序相互之间不能随意切换

11. Windows 对磁盘信息的管理和使用是以（　　　）为单位的。

    A. 盘符   B. 文件   C. 字节   D. 位

12. 通常把可以直接启动或执行的文件称之为（　　　）。

    A. 数据文件   B. 文本文件   C. 程序文件   D. 多媒体文件

13. 在 Windows 中，下面的（　　　）叙述是正确的。

    A. 写字板是字处理软件，不能插入图片

    B. 画图是绘图工具，不能输入文字

    C. 写字板和画图均可以进行文字和图形编辑

    D. 在记事本中只能设置一种字体

14. 关于回收站正确的说法是（　　　）。

    A. 存放从本地硬盘上删除的对象   B. 回收站的内容不可以恢复

    C. 回收站的大小是不能更改的   D. 回收站是内存中的一块区域

15. 在 Windows 环境中，每个窗口上面有一个"标题栏"，把鼠标光标指向该处，然后"拖放"，则可以（　　　）。

  A．变动该窗口上边缘，从而改变窗口的大小 B．移动该窗口

  C．放大该窗口   D．缩小该窗口

16．在 Windows 中，下列叙述中错误的是（ ）。

  A．可同时运行多个程序   B．不能锁定任务栏

  C．可支持鼠标操作   D．桌面上可同时容纳多个窗口

17．Internet 是一个覆盖全球的大型互联网络，用于多个远程网与局域网的互联设备主要是（ ）。

  A．防火墙   B．机柜   C．服务器   D．路由器

18．Internet 采用的通信协议是（ ）。

  A．TCP/IP   B．FTP   C．SPX/IP   D．WWW

19．（ ）是 HTML 文件的扩展名。

  A．html   B．txt   C．sap   D．jsp

20．下面关于 TCP/IP 的说法不正确的是（ ）。

  A．这是 Internet 之间进行数据通信时共同遵守的各种规则的集合

  B．这是把 Internet 中大量网络和计算机有机地联系在一起的一条纽带

  C．这是 Internet 实现计算机用户之间数据通信的技术保证

  D．这是一种用于上网的硬件设备

21．某用户的电子邮件的地址是 abc@163．com，则它发送邮件的是（ ）。

  A．smtp．163．com   B．abc@163．com

  C．www．163．com   D．pop．163．com

22．在 Word 中，如果需要创建"新样式"，首先应该选择的菜单是（ ）。

  A．文件   B．编辑   C．格式   D．插入

23．在 Word 环境下，关于打印预览叙述不正确的是（ ）。

  A．在打印预览中可以清楚观察到打印的效果

  B．可以在打印预览视图中直接编辑文本

  C．不可在预览窗口中编辑文本，只能回到编辑状态下才可以编辑

  D．预览时可以进行单页显示或多页显示

24．在 Word 环境下，下面哪种对齐方式不是 Word 的对齐方式（ ）。

  A．左对齐   B．右对齐   C．居中对齐   D．顶端对齐

25．在 Word 环境下，在对文本进行字体设置时叙述正确的是（ ）。

  A．在文本中不能使用多种字体 B．在文本中不能使用多种字号

  C．在文本中不能中、英混用   D．以上说法都不正确

26．以下关于"Word 文档"的说法中正确的为（ ）。

  A．Word 文档必须先命名后录入

  B．Word 可以同时编辑我个文档

  C．用 Word 生成的文档只能是 DOC 或 DOT 类型

  D．可以用"另存为"命令，将正在编辑的文档存为其他任意格式

27．在 Word 中，可以利用（ ）很直观地改变段落缩进方式，调整左右边界。

  A．菜单栏   B．工具栏   C．格式栏   D．标尺

28．在 Word 中，如果当前光标在表格中某行的最后一个单元格的外框线上，按 Enter 键

后,( )。

A. 光标所在行加宽   B. 光标所在列加宽

C. 在光标所在行的下面增加一行   D. 对表格不起作用

29. Excel 对于新建的工作簿文件,若还没有进行存盘,会采用( )作为临时名字。

A. Sheet1   B. Book1   C. 文档 1   D. File1

30. 如果在 Excel 中的某个单元格中输入 "=average(15,3)-pi()",则该单元格显示的值( )。

A. 大于零   B. 小于零   C. 等于零   D. 错误

31. 下列哪项不属于微软公司的产品( )。

A. Windows   B. Visual Basic   C. WPS   D. Excel

32. 在 PowerPoint 中,幻灯片内的动画效果可通过 "幻灯片放映" 菜单的( )命令来设置。

A. 动作设置   B. 自定义动画   C. 动画预览   D. 幻灯片切换

33. 在演示文稿中,在插入超级链接中所链接的目标,不能是( )。

A. 另一个演示文稿   B. 同一演示文稿的某一张幻灯片

C. Internet 上的某一主页   D. 幻灯片中的某个对象

34. PowerPoint 中默认的视图是( )。

A. 备注页视图   B. 幻灯片视图

C. 幻灯片浏览视图   D. 幻灯片放映视图

35. 如果要播放幻灯片,应使用哪个命令?( )

A. 幻灯片放映中的观看放映   B. 幻灯片放映中的自定义放映

C. 幻灯片放映中的动画预览   D. 幻灯片放映中的幻灯片切换

三、多项选择题

1. 下列说法中,正确的是( )。

A. 计算机的工作就是存储指令

B. 一个程序就是多条有序指令的集合

C. 指令是一组二进制代码,它规定了计算机执行的最基本的一组操作

D. 指令通常由地址码和操作码构成

2. 当前多媒体技术中主要有三大编码及压缩标准,下列各项中( )属于压缩标准。

A. MPEG   B. JPEG   C. EBCDIC   D. H.261

3. 在 Windows "资源管理器" 中可以进行( )。

A. 文件复制   B. 文件重命名

C. 设置系统的日期和时间   D. 查看驱动器属性

4. 在 Windows 中,以下关于文件的属性说法中正确的是( )。

A. 所有的文件或文件夹都有自己的属性   B. 用户可以重新设置它们的属性

C. 文件保存后,属性就不可以改变了   D. "只读" 是属性值之一

5. 关于 Word 的模板,叙述正确的是( )。

A. 模板文件的后缀通常为 DOT

B. 允许用户建立自定义的模板

C. 不能为自定义模板设置 "保存预览图片"

D．任何普通的 Word 文档都是建立在一定的模板基础之上的

6．在 Word 中，可实现的操作是（　　）。

A．仅打印文档中的一段文字　　　　　　　B．用一幅图片作为一段文字的背景

C．在一个样式中设置多种字符格式　　　　D．对某一部分文字进行分栏操作

7．在 Excel 中，假设 A1 单元格的值为 TRUE，A2 中的值为文本"3"，A3 中的值为数字7，则下列选项中结果为 11 的是（　　）。

A．=SUM(A1：A3)　　　　　　　　　　　B．=A1+A2+A3

C．=SUM(TRUE，"3"，7)　　　　　　　　D．=SUM(A1，A2，A3)

8．关于 PowerPoint 2003 的幻灯片放映过程中使用的"绘图笔"，说法正确的是（　　）。

A．可以使用多种颜色

B．墨迹注释可以保留

C．可以擦除

D．所有的幻灯片上只能使用相同的颜色

9．网上邻居提供在局域网内部的共享机制，允许不同计算机之间的（　　）。

A．复制文件　　　　B．执行文件　　　　C．收发邮件　　　　D．共享打印

10．下列选项中，属于互联网的是（　　）。

A．CHINANET　　　　B．Novell　　　　C．CERNET　　　　D．Internet

四、填空题

1．计算机软件可分为系统软件和＿＿＿＿＿＿软件两大类。

2．2KB 的存储空间中能存储＿＿＿＿＿＿个汉字内码。

3．选定多个不连续的文件或文件夹，应首先选定第一个文件或文件夹，然后按住＿＿＿＿＿键，单击需要选定的文件或文件夹。

4．在 Windows XP 环境下，默认的打开、关闭输入法的组合键是＿＿＿＿＿＿＿＿＿＿，在不同的输入法之间切换的组合键是＿＿＿＿＿＿＿＿＿＿。

5．在 Word 环境下，选用＿＿＿＿＿＿＿＿＿＿是建立复杂公式的有效工具。

6．在 Word 环境下，使用＿＿＿＿＿＿＿键+方向键可以完成连续的文本选择操作。

7．在 Excel 某一单元格中输入公式=SUM(A1,"china",TRUE)后，则该单元格中显示的结果是＿＿＿＿＿＿＿＿＿＿。

8．要使幻灯片根据预先设置好的"排练计时"时间，不断重复放映，这需要在＿＿＿＿＿＿对话框中进行设置。

9．IP 地址每个字节的数据范围（十进制）是 0 到＿＿＿＿＿＿。

10．在电子商务领域中，为了防止黑客攻击服务器所采用的关键技术是＿＿＿＿＿＿＿＿＿＿＿＿＿。

模拟练习题四

一、是非判断题

1．在计算机中使用八进制和十六进制，是因为它们占用的内存容量比二进制少。（　　）

2．每个汉字具有唯一的内码和外码。（　　）

3．ASCII 码的作用是把要处理的字符转换为二进制代码，以便计算机进行传送和处理。（　　）

4．汇编语言是各种计算机语言的总称。（　　）

5．ASCII 码的长度是 7 位二进制位。（　　）

6．通常，没有操作系统的计算机是不能工作的。（　　）

7．外存既可作为输入设备又可作为输出设备。（　　）

8．微型计算机的地址线是指微机中的各种电源线。（　　）

9．在 Windows 桌面的任务区中，能够显示已打开的对话框图标。（　　）

10．Windows 中的快捷方式是由系统自动提供的，用户不能创建。（　　）

11．在 Windows 资源管理器窗口中创建的子文件夹，创建后立刻就可以在文件夹窗口中看到。（　　）

12．在 Windows 中，单击对话框中的"确定"按钮与按 Enter 键的作用时一样的。（　　）

13．Windows 属于系统软件。（　　）

14．在 Windows 中可以为应用程序建立快捷图标。（　　）

15．Internet 的 DNS 是域名系统（Domain Name System）的缩写。（　　）

16．IP 地址包括网络地址和网内计算机，必须合符 IP 通信协议，具有唯一性，共含有 32 个二进制位。（　　）

17．想要进入某服务器主页，用户不仅通过输入 IP 地址，还可以输入域名。（　　）

18．HTML 语言代码程序中命令<img src="飞翔．gif">表示链接到图像。（　　）

19．在 Word 2003 中，使用 Delete 删除的文本也会到 Word 的剪贴板上。（　　）

20．在 Word 2003 中不能编写 HTML 语言代码程序。（　　）

21．Word 2003 的自动更正功能可以由用户进行扩充。（　　）

22．在 Word 2003 环境下，改变上下页边界将改变页眉和页脚的位置。（　　）

23．NORMAL 模板是适用于任何类型文档的通用模板。（　　）

24．在 Word 2003 环境下，文档的脚注就是页脚。（　　）

25．在 Excel 2003 单元格中输入了公式后，该单元格就将显示公式计算的结果。（　　）

26．Excel 单元格的地址由所在的行和列决定，如 D5 单元格在 D 行 5 列。（　　）

27．在 Excel 2003 中，单元格的默认宽度是 8 个字符。（　　）

28．在 PowerPoint 2003 的幻灯片上可以插入多种对象，除了可以插入图形、图表外，还可以插入公式、声音和视频。（　　）

29．在 PowerPoint 2003 中可以利用空演示文稿来创建新的 PowerPoint 幻灯片。（　　）

30．PowerPoint 可以用彩色、灰色或黑白打印演示文稿的幻灯片、大纲、备注等。（　　）

二、单项选择题

1．要放置 10 个 16×16 点阵的汉字字模，需要的存储空间是（　　）。

 A．32B   B．160B   C．320B   D．32KB

2．1MB 的含义是（　　）。

 A．1000K 位

 C．1000K 个汉字

         B．1024K 个汉字

         D．1024K 个字节

3．微型计算机属于（　　）。

 A．数字计算机

         B．模拟计算机

　　　　C．数字、模拟相结合计算机　　　　　　　D．晶体管计算机

4．CPU 不能直接访问的存储器是（　　）。

　　　A．内存储器　　　　　　B．外存储器　　　C．ROM　　　　　D．RAM

5．在计算机系统中，（　　）存储容量最大。

　　　A．硬盘　　　　　　　　B．主存储器　　　C．Cache　　　　　D．ROM

6．计算机系统中软件与硬件（　　）。

　　　A．二者相互依靠支持，共同决定计算机系统的功能强弱

　　　B．相互独立

　　　C．由硬件决定计算机系统的功能强弱

　　　D．以上均不正确

7．微机键盘上 Shift 键是（　　）。

　　　A．取消键　　　　　　B．回车换行键　　　C．退出键　　　　D．上档键

8．CPU 进行运算和处理的最有效长度称为（　　）。

　　　A．字节　　　　　　　B．字长　　　　　　C．位　　　　　　D．字

9．在文件夹中可以包含有（　　）。

　　　A．文件　　　　　　　　　　　　　　　　　B．文件、文件夹

　　　C．文件、快捷方式　　　　　　　　　　　　D．文件、文件夹、快捷方式

10．在"我的电脑"窗口中用鼠标双击"本地磁盘（F）"图标，将会（　　）。

　　　A．格式化该 F 盘　　　　　　　　　　　　B．把该盘内容复制到硬盘

　　　C．删除该盘的所有文件　　　　　　　　　　D．显示该盘的内容

11．在 Windows 中，要移动窗口，可用鼠标（　　）。

　　　A．双击菜单栏　　　B．双击标题栏　　　C．拖动菜单栏　　　D．拖动标题栏

12．Windows 系统安装并启动后，一定会在桌面上的图标是（　　）。

　　　A．资源管理器　　　B．回收站　　　　　C．Microsoft Word　　D．Visual Basic

13．由"命令提示符"状态返回到 Windows 状态所用的字符命令是（　　）。

　　　A．Return　　　　　B．Exit　　　　　　C．暂时挂起来　　　D．Quit

14．在 Windows 中，进行"复制"操作的快捷键是（　　）。

　　　A．Ctrl+X　　　　　B．Ctrl+C　　　　　C．Ctrl+V　　　　　D．Ctrl+A

15．在 Windows 中，有两个对计算机资源进行管理的程序组，它们是"资源管理器"和（　　）。

　　　A．"回收站"　　　　B．"剪贴板"　　　　C．"我的电脑"　　　D．"我的文档"

16．匿名 FTP 服务的含义是（　　）。

　　　A．在 Internet 上没有地址的 FTP 服务

　　　B．允许没有账号的用户连接到 FTP 服务器

　　　C．发送一封匿名信

　　　D．可以不受限制地使用 FTP 服务器上的资源

17．Internet 中 DNS 是指（　　）。

　　　A．域名服务器　　　　　　　　　　　　　　B．发信服务器

　　　C．收信服务器　　　　　　　　　　　　　　D．电子邮件服务器

18．广域网的英文缩写为（　　）。

　　　A．LAN　　　　　　　B．WAN　　　　　　　C．ISDN　　　　　　　D．MAN

19．调制解调器的种类很多，最常用的调制解调器是（　　　）。

　　　A．基带　　　　　　　B．宽带　　　　　　　C．高频　　　　　　　D．音频

20．信息高速公路是指（　　　）。

　　　A．装备有通信设施的高速公路　　　　　　B．电子邮政系统

　　　C．快速专用通道　　　　　　　　　　　　D．国家信息基础设施

21．Internet 采用的通信协议是（　　　）。

　　　A．TCP/IP　　　　　　B．FTP　　　　　　　C．SPX/IP　　　　　　D．WWW

22．在 Word 环境下，希望对已有的表格增加一列。如果想在第二和第三列间插入一列，下面的操作哪一种是不正确的操作（　　　）。

　　　A．首先选择第三列，然后选择"表格（A）"的插入列。

　　　B．首先选择第三列，然后选择"插入（I）"的插入列。

　　　C．首先选择第三列，然后输入"ALT+A"，"I"。

　　　D．首先选择第三列，然后选择"工具（T）"的插入列。

23．在 Word 环境下，"粘贴"的快捷键是（　　　）。

　　　A．Ctrl+Z　　　　　　B．Ctrl+N　　　　　　C．Ctrl+V　　　　　　D．Ctrl+C

24．删除一个段落标记符后，前后两端文字将合成一段，原段落格式编排（　　　）。

　　　A．没有变化　　　　　　　　　　　　　　B．后一段将采用前一段的格式

　　　C．后一段变化无格式　　　　　　　　　　D．前一段将采用后一段的格式

25．在 Word 环境下，下面哪种对齐方式不是 Word 的对齐方式（　　　）。

　　　A．左对齐　　　　　　B．右对齐　　　　　　C．居中对齐　　　　　D．顶端对齐

26．在 Word 窗口工作区中，闪烁的垂直光条表示（　　　）。

　　　A．光标的位置　　　　B．插入点　　　　　　C．键盘位置　　　　　D．鼠标位置

27．如果已知页号或特别位置，可以用"定位"命令跳到所希望的位置。选择（　　　）菜单中的"定位"命令将打开"定位"对话框。

　　　A．编辑　　　　　　　B．视图　　　　　　　C．插入　　　　　　　D．工具

28．Word2003 对话框中，（　　　）是一种开关形式的选择方式。

　　　A．复选框　　　　　　B．文本框　　　　　　C．列表框　　　　　　D．下拉列表框

29．如果要把光标移动到单元格的开始处，可按（　　　）组合键。

　　　A．Ctrl+Home　　　　B．Ctrl+ End　　　　　C．Shift+ End　　　　D．Shift+Home

30．以下单元格引用中，属于绝对引用的有（　　　）。

　　　A．B2　　　　　　　　B．A2　　　　　　　C．$A2　　　　　　　D．B$2

31．Excel 可以建立不同类型的图表，可建立（　　　）种图表类型。

　　　A．8　　　　　　　　　B．12　　　　　　　　C．15　　　　　　　　D．18

32．下列哪项不属于微软 Office 办公自动化套装软件的成员（　　　）。

　　　A．WPS 2007　　　　　B．Word　　　　　　　C．Excel

D．PowerPoint

33．在 PowerPoint 的插入图片操作过程中，要预览图片，在下三角按钮的下拉菜单中选择（　　　）。

　　　A．列表　　　　　　　B．详细资料　　　　　C．属性　　　　　　　D．预览

34．在 PowerPoint 的（　　　）视图中，可方便地对幻灯片进行移动、复制、删除等编辑操作。

　　A．幻灯片浏览　　　　B．幻灯片　　　　C．幻灯片放映　　　　D．普通

35．在 PowerPoint 中，不能对个别幻灯片内容进行编辑修改的视图方式是（　　　）。

　　A．普通视图　　　　　　　　　　　　B．幻灯片浏览视图
　　C．幻灯片视图　　　　　　　　　　　D．ABC 都不正确

三、多项选择题

1．鼠标的基本操作包括（　　　）。

　　A．移动　　　　　　　B．单击　　　　　　C．双击　　　　　　D．右击

2．计算机不能直接识别和处理的语言是（　　　）。

　　A．汇编语言　　　　　B．自然语言　　　　C．机器语言　　　　D．高级语言

3．下列哪些字符不能在长文件中使用（　　　）。

　　A．=　　　　　　　　B．?　　　　　　　　C．#　　　　　　　　D．*

4．在 Windows 中，有（　　　）按钮。

　　A．命令　　　　　　　B．单选　　　　　　C．复选　　　　　　D．数字增减

5．以下对齐方式中，属于垂直对齐的有（　　　）。

　　A．居中　　　　　　　B．分散对齐　　　　C．靠下　　　　　　D．靠上

6．Excel 的自动填充功能，可以自动填充（　　　）。

　　A．数字　　　　　　　B．公式　　　　　　C．日期　　　　　　D．文本

7．如果 A1:A3 单元的值依次为 2.134.TRUE，而 A4 单元格为空白单元格，则 COUNT（A1:A4）的值不可能为（　　　）。

　　A．4　　　　　　　　B．3　　　　　　　　C．2　　　　　　　　D．1

8．PowerPoint 中，对于剪切和复制的描述正确的是（　　　）。

　　A．复制时将文本从一个位置搬到另一个位置，而剪切时原文本还存在
　　B．剪切时将文本从一个位置搬到另一个位置，而复制时原文本还存在
　　C．剪切的快捷键是 Ctrl+X
　　D．复制操作可以通过剪贴板来完成

9．在选购 Modem 时，应注意的重要性能指标为（　　　）。

　　A．传输速率　　　　　B．纠错能力　　　　C．Modem 的类型
　　D．接口方式　　　　　E．是否美观

10．属于 Internet 的资源是（　　　）。

　　A．E-mail　　　　　　B．FTP　　　　　　C．Telnet　　　　　D．Telephone

四、填空题

1．为了区分内存中的不同存储单元，可为每个存储单元分配一个唯一的编号，称为内存_____。

2．访问一次内存储器所花的时间称为_____。

3．假定一个数在机器中占用 8 位，则-15 的补码是_____。

4．Windows 的窗口最上面一栏是_____。

5．在 Word 环境下，工具栏上黑体大写的 U 可以把选定的字体改变为带有_____。

6．对文本要增加段前、段后间距的设置，应选择"格式"菜单下的_____命令。

7. Excel 主窗口由标题栏、菜单栏、工具栏、编辑栏、工作簿窗口、标签栏、_____等组成。

8. 要设置幻灯片的起始编号，应通过执行"文件"菜单下的_____命令来实现。

9. 网络最常用的拓扑结构是星型结构、_____、环型结构和混合型结构等。

10. 在网络通信中遵守的通信协议有 TCP/IP 协议，其中 TCP 是_____控制协议。

模拟练习题五

一、是非判断题

1. 程序是能够完成特定功能的一组有序指令集合。（　　）

2. 微型机主机包括主存储器和 CPU 两部分。（　　）

3. 计算机病毒只能通过可执行文件进行传播。（　　）

4. 在计算机中，所谓多媒体信息就是指存储在磁盘、光盘和打印纸等多种不同。（　　）

5. 八进制中最大的数字是 8。（　　）

6. 键盘上每个按键对应于唯一的一个 ASCII 码。（　　）

7. 程序设计语言是计算机可以直接执行的语言。（　　）

8. 一般来说，不同的计算机具有不同的指令系统和指令格式。（　　）

9. 在 Windows 中，一次只能删除一个对象。（　　）

10. Windows 的任务栏只能放置在屏幕的最下方。（　　）

11. 在 Windows 中，图标只能代表某个应用程序。（　　）

12. 在 Windows 中，按 Alt+Esc 键，可在打开的多个窗口之间进行切换。（　　）

13. 在 Windows 中，Alt+F4 快捷键的作用只能是关闭当前窗口。（　　）

14. Windows 的对话框是不可改变大小的。（　　）

15. 电子邮件信箱地址为 xiaoliu@163.com，其中 163.com 是电子邮件服务器地址。（　　）

16. FTP 是文件传输协议。（　　）

17. Internet 上的 IP 地址是唯一的。（　　）

18. 将几台计算机使用电缆连接在一起，计算机之间就一定能够通信。（　　）

19. Word 允许同时打开多个文档，但只能有一个文档窗口是当前活动窗口。（　　）

20. 在 Word 环境下，制表符提供使文字缩排和垂直对齐的一种方法。用户按一下空格键就在文档中插入一个制表符。（　　）

21. 在 Word 中，"文件"菜单下只能显示 4 个最近打开过的 Word 文档。（　　）

22. 在 Word 中的段落格式与样式是同一个概念的两种说法。（　　）

23. 除了菜单栏的下拉式菜单外，Word 2003 还提供单击鼠标右键获得快捷菜单的方法。（　　）

24. 在 Word 环境下，用户大部分时间可能工作在页面视图模式下，在该模式下用户看到的文挡与打印出来的文档完全一样。（　　）

25. 在单元格中输入函数时，只能在函数名称之前先输入"="，Excel 才知道是函数。（　　）

26. 使用选择性粘贴，可以选择只粘贴"数值"。（　　）

27. Excel 在输入公式过程中，总是使用运算符号来分割公式的项目，在公式中不能包括"空格"。（　　）

28．在普通视图和幻灯片视图中都可以显示要插入声音的幻灯片。（　　　）

29．PowerPoint 在放映幻灯片时，必须从第一张幻灯片开始放映。（　　　）

30．在 PowerPoint 中，用"文本框"工具在幻灯片中添加文字时，文本框的大小和位置是确定的。（　　　）

二、单项选择题

1．第二代计算机的电子器件是（　　　）。

    A．电子管　　　　　　　B．晶体管　　　　　　　C．半导体　　　　　　　D．集成电路

2．下列字符中，ASCII 码值最小的是（　　　）。

    A．9　　　　　　　　　B．u　　　　　　　　　C．x　　　　　　　　　D．R

3．在 DOS 下的汉字系统（如 UCDOS）中编辑的汉字文本，在中文版 Windows 中同样可以显示和编辑，这是因为汉字（　　　）的唯一性决定的。

    A．外码　　　　　　　　B．内码　　　　　　　　C．全拼码　　　　　　　D．ASCII 码

4．八进制数 127 转换为十进制数是（　　　）。

    A．67　　　　　　　　　B．77　　　　　　　　　C．87　　　　　　　　　D．97。

5．计算机按其信息的表示和处理方法不同，可分为（　　　）。

    A．模拟机和数字机　　　　　　　　　　　　B．专用机和通用机

    C．大型机和小型机　　　　　　　　　　　　D．主机和终端

6．（　　　）属于面向对象的程序设计语言。

    A．C　　　　　　　　　B．Basic　　　　　　　C．汇编　　　　　　　　D．Java

7．计算机病毒造成的危害是（　　　）。

    A．磁盘被彻底划坏　　　　　　　　　　　　B．磁盘和保存在其中的数据被损坏

    C．破坏程序和数据　　　　　　　　　　　　D．减短计算机使用寿命

8．微型计算机中，I/O 设备的含义是（　　　）。

    A．输入设备　　　　　B．输出设备　　　　　C．输入/输出设备　　　D．控制设备

9．计算机系统启动时的加电顺序应是（　　　）。

    A．先开主机，后开外部设备　　　　　　　　B．先开外部设备，后开主机

    C．先开主机，后开显示器　　　　　　　　　D．任意先开哪一部分都可以

10．在 Windows 中，若在某一文档中连续进行了多次剪切操作，当关闭该文档后，"剪贴板"中存放的是（　　　）。

    A．空白　　　　　　　　　　　　　　　　　B．所有剪切过的内容

    C．最后一次剪切的内容　　　　　　　　　　D．第一次剪切的内容

11．Windows 中打开帮助窗口的热键是（　　　）。

    A．F2　　　　　　　　　B．F1　　　　　　　　　C．F3　　　　　　　　　D．F4

12．在"资源管理器"窗口中，要选取多个不连续存放的文件，应按住（　　　）键不放，并逐个单击要选取的文件。

    A．Shift　　　　　　　B．Ctrl　　　　　　　C．Alt　　　　　　　　D．Space

13．在 Windows 中执行了 Shift+删除文件或文件夹操作后（　　　）。

    A．该文件或文件夹被彻底删除

    B．该文件或文件夹放入回收站，可以恢复

    C．该文件或文件夹放入回收站，不可以恢复

D．该文件或文件夹被送入 TEMP 文件夹

14．要打开菜单，可用（　　　）键和各菜单名旁带下划线的字母。

    A．Ctrl   B．Shift   C．Alt   D．Ctrl+Shift

15．Windows 中，操作的特点是（　　　）。

    A．先选定操作对象，再选择操作命令   B．先选定操作命令，再选择操作对象

    C．操作对象和操作命令需同时选择   D．视具体情况而定

16．Windows 中剪贴板是（　　　）。

    A．硬盘上某个区域   B．软盘上的一块区域

    C．内存中的一块区域   D．Cache 中一块区域

17．以下关于进入 Web 站点的说法正确的有（　　　）。

    A．只能输入 IP   B．需同时输入 IP 地址和域名

    C．只能输入域名   D．可以通过输入 IP 地址或域名

18．以下 IP 地址中为 C 类地址是（　　　）。

    A．123．213．12．123   B．213．123．23．13

    C．23．123．213．123   D．132．123．256．123

19．一个网络要正常工作，需要有（　　　）的支持。

    A．多用户操作系统   B．批处理操作系统

    C．分时操作系统   D．网络操作系统

20．计算机网络最显著的特征是（　　　）。

    A．运算速度快   B．运算精度高   C．存储容量大   D．资源共享

21．下列哪个 IP 地址是不可能的 IP 地址？（　　　）

    A．202．115．256．33   B．126．175．148．33

    C．190．115．138．33   D．240．15．148．133

22．下面关于 TCP/IP 的说法不正确的是（　　　）。

    A．这是 Internet 之间进行数据通信时共同遵守的各种规则的集合

    B．这是把 Internet 中大量网络和计算机有机地联系在一起的一条纽带

    C．这是 Internet 实现计算机用户之间数据通信的技术保证

    D．这是一种用于上网的硬件设备

23．以下关于"Word 文本行"的说法中，正确的是（　　　）。

    A．输入文本内容到达屏幕右边界时应按住 Enter 键执行

    B．Word 文本行的宽度与页面设置有关

    C．在 Word 中文本行的宽度就是显示器的宽度

    D．Word 文本行的宽度用户无法控制

24．在 Word 中，中英文输入状态快速切换的组合键是（　　　）。

    A．Shift+空格键   B．Ctrl+空格键

    C．Ctrl+小数点   D．Shift+小数点

25．在 Word 环境下，如果我们对已有表格的每一行求和，可选择的公式（　　　）。

    A．=SUM   B．=SUM（LEFT）   C．=SORT   D．=QRT

26．在 Word 环境下，在删除文本框时（　　　）。

    A．只删除文本框的文本

B．只能删除文本框边线

C．文本框边线和文本都删除

D．在删除文本框以后，正文不会进行删除

27．在 Word 编辑状态下，若要调整左右边界，利用（　　）方法更直接、快捷。

  A．工具栏　　　　　B．格式栏　　　　　C．菜单　　　　　D．标尺

28．在 Word 环境下，为了防止突然断电或其他意外事故，而使正在编辑的文本丢失，因此应设置（　　）功能。

  A．重复　　　　　B．撤销　　　　　C．自动存盘　　　　　D．存盘

29．Word 2003 中，将一个已经打开的文件以新的名字存盘，用作原文件的备份，应选用"文件"菜单中的（　　）命令。

  A．自动保存　　　　　B．保存　　　　　C．另存为　　　　　D．全部保存

30．在 Excel 中，有关对齐的说法，正确的是（　　）。

  A．在默认情况下，所有文本在单元格中均左对齐

  B．Excel 不允许用户改变单元格中数据的对齐方式

  C．Excel 中所有数值型数据的均右对齐

  D．以上说法都不正确

31．Excel 可以实现（　　）。

  A．跨行置中　　　　　B．跨行置边　　　　　C．跨列置中　　　　　D．跨列置边

32．在 Excel "格式"工具栏中有（　　）个可以改变字形的按钮。

  A．2　　　　　B．3　　　　　C．4　　　　　D．5

33．在 PowerPoint 2003 中，如果有额外的一两行不适合文本占位符的文本，则 PowerPoint 会（　　）。

  A．不调整文本的大小，也不显示超出部分

  B．自动调整文本的大小使其适合占位符

  C．不调整文本的大小，超出部分自动截断

  D．不调整文本的大小，超出部分自动换行显示

34．用内容提示向导来创建 PowerPoint 演示文稿，下列选项中哪一个不属于演示文稿类型（　　）

  A．企业　　　　　B．项目　　　　　C．成功指南　　　　　D．服装设计

35．如果要播放幻灯片，应使用哪个命令（　　）？

  A．幻灯片放映中的观看放映　　　　　B．幻灯片放映中的自定义放映

  C．幻灯片放映中的动画预览　　　　　D．幻灯片放映中的幻灯片切换

三、多项选择题

1．笔记本型计算机的特点是（　　）。

  A．重量轻　　　　　B．体积小　　　　　C．体积大　　　　　D．便于携带

2．在 Windows 中，能够关闭一个程序窗口的操作有（　　）。

  A．按 Alt+F4 键　　　　　B．单击菜单栏右端的"关闭"按钮

  C．选择"文件"菜单中的"关闭"命令　　D．双击菜单栏

3．在 Windows 中，先选中需要重命名的文件或文件夹，然后（　　）。

  A．按 F2 键　　　　　　　　　　B．右击鼠标选择"重命名"

　　C．选择"文件"菜单中的"重命名"命令　　D．再一次单击

4．在 Word 2003 中可以快速建立表格的方法有（　　　）。

　　A．在格式工具栏中单击"插入表格"按钮

　　B．在常用工具栏中单击"插入表格"按钮

　　C．使用"格式"菜单下的"插入表格"命令

　　D．使用"表格"菜单下的"插入表格"命令

5．在 Word 2003 中，对于选定的文本块可以对文字进行（　　　）操作。

　　A．加底纹　　　　　　B．加下划线　　　　　C．加边框　　　　　D．选择颜色

6．在 Excel 中，若要对执行的操作进行撤销，则以下说法错误的有（　　　）。

　　A．最多只能撤销 1 次　　　　　　　　　　B．最多只能撤销 16 次

　　C．最多可以撤销 100 次　　　　　　　　　D．可以撤销无数次

7．在输入公式时，由于输入错误，使系统不能识别输入的公式，则会出现一个错误信息
"#REF!"，错误的说法是（　　　）。

　　A．在不相交的区域中指定了一个交集　　　B．没有可用的数值

　　C．公式中某个数字有问题　　　　　　　　D．引用了无效的单元格

8．在选定区域内，以下哪些操作能把当前单元格移动一个单元格？（　　　）

　　A．用鼠标单击右面的单元格　　　　　　　B．按 Enter 键

　　C．按→键　　　　　　　　　　　　　　　D．按 Tab 键

9．在 PowerPoint 的幻灯片浏览视图中，可进行的工作有（　　　）。

　　A．复制幻灯片　　　　　　　　　　　　　B．幻灯片文本内容的编辑修改

　　C．设置幻灯片的动画效果　　　　　　　　D．可以进行"自定义动画"

10．以下（　　　）是计算机网络的主要功能。

　　A．信息交换　　　　　B．资源共享　　　　　C．分布式处理　　　D．并发性

四、填空题

1．_____是用户与计算机之间的接口。

2．在 Windows 中要想将当前窗口的内容存入剪贴板中可以按键盘 Alt+_____键。

3．在 Word 2003 的"打开"对话框中，单击"文件类型"选项框内的_____项，可查看所有的文件类型。

4．对文本要增加段前、段后间距的设置，应选择"格式"菜单下的_____命令。

5．Excel 公式"=sum（12，"34"，TRUE）"的结果是_____。

6．在 Excel 中，其视图方式分为_____视图和普通视图。

7．Excel 单元格中，输入由数字组成的文本数据，数字前加_____。

8．PowerPoint 中提供了 4 中视图方式：普通视图、幻灯片浏览视图、备注页视图、

_____。

9．校园网的网络域名类型是_____（如有英文请写大写字母）

10．拨号上网的计算机的 IP 地址一般是_____IP 地址。

反侵权盗版声明

电子工业出版社依法对本作品享有专有出版权。任何未经权利人书面许可，复制、销售或通过信息网络传播本作品的行为，歪曲、篡改、剽窃本作品的行为，均违反《中华人民共和国著作权法》，其行为人应承担相应的民事责任和行政责任，构成犯罪的，将被依法追究刑事责任。

为了维护市场秩序，保护权利人的合法权益，我社将依法查处和打击侵权盗版的单位和个人。欢迎社会各界人士积极举报侵权盗版行为，本社将奖励举报有功人员，并保证举报人的信息不被泄露。

举报电话：（010）88254396；（010）88258888

传　　真：（010）88254397

E-mail：　dbqq@phei.com.cn

通信地址：北京市万寿路 173 信箱
　　　　　电子工业出版社总编办公室

邮　　编：100036